寺尾善雄訳

後西遊記

秀英書房

まえがき――『後西遊記』とは

『水滸伝』『三国志演義』『西遊記』『金瓶梅』の四書を「中国四大奇書」という。そのスケールの大きさ、筋の面白さ、登場人物の多彩さ等から見て、いずれも、その名に恥じない小説ばかりである。それだけに、類書や後続書もたくさん現われた。ここに訳出した『後西遊記』も、神魔小説といわれる『西遊記』の続編であるが、惜しいことに作者の名前は不明である。

本書の内容は、お読みいただければわかるように、『西遊記』の物語があってから約二百年後、三蔵法師らがもたらした三蔵真経の解釈の間違いから、仏教が堕落してしまったことを嘆いた大顛《だいてん》（半偈《はんげ》）和尚が、孫悟空ら三人の弟子の後継ぎである孫履《そんり》真《しん》、猪一戒《ちよいつかい》、沙弥《さみ》の三弟子を引きつれ、仏さまの加護を受けながら西天へ真解《しんげ》、つまり注釈書を求めて旅立ち、途中でいろいろの妖魔や困難を克服して、みごとに真解を唐へもち帰るというお話である。

『後西遊記』は全部で四十回、『西遊記』の百回から見れば、その半分にも足りないし、遍歴年数も前者の十五年にくらべ、本書のは五年しかかかっていない。それだけに、筋のはこびもスピーディだし、適当にユーモアや諷刺があって、話も面白くなっており、単なる類書、後続書ではない。これも原著者の手腕のたまものであろう。一体に、中国の小説は冗漫で、日本人の読者にはピンと来ない箇所がたくさんある。本書は、そんな箇所を遠慮なくカットし、さらに今日的な批判を適当に織り込みながら、楽しく読める物語にしたつもりである。したがって、本書は原文の逐語訳ではないので、これをもととして原書を読まれたら失望されるであろう。あらかじめおことわりしておく。

以上、原文の大要をつかんで、かなり自由に訳出したわけだが、原文の中には、甚だ淫猥な箇所もかなりあるので、これは思い切ってカットした。この点も、ここでおことわりしておきたい。

訳者識す

後西遊記

訳・寺尾善雄
画・伊藤正法

歴史は繰返すというか、物事、前があれば後があるというか、三蔵法師《さんぞうほうし》らが西天へお経をとりに行き、首尾よく持ち帰ることに成功して、その功によって成仏して西天へ去ってから二百年後、天地の間にまだその気が残り、かつ、それを必要とする因縁があったと見えて、孫悟空《そんごくう》の故郷、花果山《かかざん》に、またしても一匹の石猿が誕生した。石猿は師の通臂仙《つうひせん》から先輩悟空の話を聞いて、自分がその二代目になろうと決意、斉天小聖《せいてんしょうせい》・孫履《そんり》真《しん》と名乗って、身体鍛練、武術の修得にはげむ。こうして、この物語は始まる。

履真《りしん》はあるとき、花果山《かかざん》頂に立つ悟空《ごくう》の遺品の如意棒《にょいぼう》に手をかけたが、動かすことができないのに発憤し、仙術修行に旅立つ。だが、これという師にもめぐり会えず、失望して帰郷、花果山の後の無漏洞《むろうどう》に入って打坐した結果、悟空と一体となったと見て、遂に仙術を会得するに至った。

こんどは如意棒《にょいぼう》は、やすやすと動いた。履真は群猿に押されて花果山の王となったが、あるとき、海辺で竜の子を釣ったことから海底の竜宮に招かれて竜王をへこまし、山では虎をふるえ上がらせ、その余勢をかって地獄《じごく》に押しかけ、閻魔《えんま》大王と生死についての問答をして、これを屈伏させた。

八、猪一戒《ちょいっかい》も仲間に……106

途中のある寺で、住職は、豚のような妖怪《ようかい》に、別の持ち寺を乗盗《のっと》られたとこぼす。履真は早速、妖怪退治に乗出したが、その妖怪こそ実は猪八戒《ちょはっかい》の忘れがたみであり、父八戒の命によって西天行きのお伴をすべく、半偈の到着を待ち受けていたことが判り、履真は半偈に引き合わせて一行に加える。

九、一戒、親父の熊手を取りもどす……120

ところが一戒は、父八戒譲りの熊手を持っていない。聞けば八戒がある坊主に貸したのだという。履真と一戒の二人は、知恵を働かして熊手の奪還《だっかん》に成功する。しばらく進むと急に地面が割れ、一行は危うくその穴に落ちそうになる。大事をとって早々に宿についたが、それは欠陥《けっかん》大王の仕業だと判明した。

一〇、欠陥大王を退治……134

翌日、履真と一戒は、妖怪の欠陥大王退治に出掛ける。穴戦術に失敗した妖怪は地下潜行戦術に出た。困った二人は金星から金母を借りて来る。その間に半偈は妖怪にさらわれてしまったが、金母のおかげで地面が硬くなって弱っている欠陥大王を退治し、半偈を救い出す。村人の歓呼《かんこ》の中を、再び旅へ。

一一、沙弥《さみ》も加わって一行は四人に……146

一行は流沙河《りゅうさか》にぶつかる。やって来た沙悟《さご》浄《じょう》の弟子と称する沙弥、実はニセモノに騙《だま》されて、半偈は水中へ引きずり込まれる。生血が欲しくて半偈を殺そうとしたのである。半偈救出に思案しているところへ、本モノの沙弥が現れて半偈を救出、化物を更生させ、沙弥はお伴に加わる。一行はこうして四人に。

やがてさしかかったのは解脱山という山で、そこには解脱《げだつ》大王という、人を殺すことを解脱させると信じている妖怪が、手下を千余人も従えて網を張っていた。ここでも半偈は捕えられたが、履真の頓智《とんち》と、他の二人の活躍のおかげで妖怪を逆に解脱させ、半偈を救い出すことができた。

次に行き遇ったのは、かつて孫悟空が三蔵のお伴をしての天竺への途次、人参果の木を倒して問題を起こした鎮元大仙《ちんげんだいせん》の住む道観《どうかん》。ここでは猛火の接待を受けたが、観音《かんのん》さまの霊水で救われ、大仙の試練とわかり、その激励を受け、人参果もご馳走になって、一行は勇気百倍。

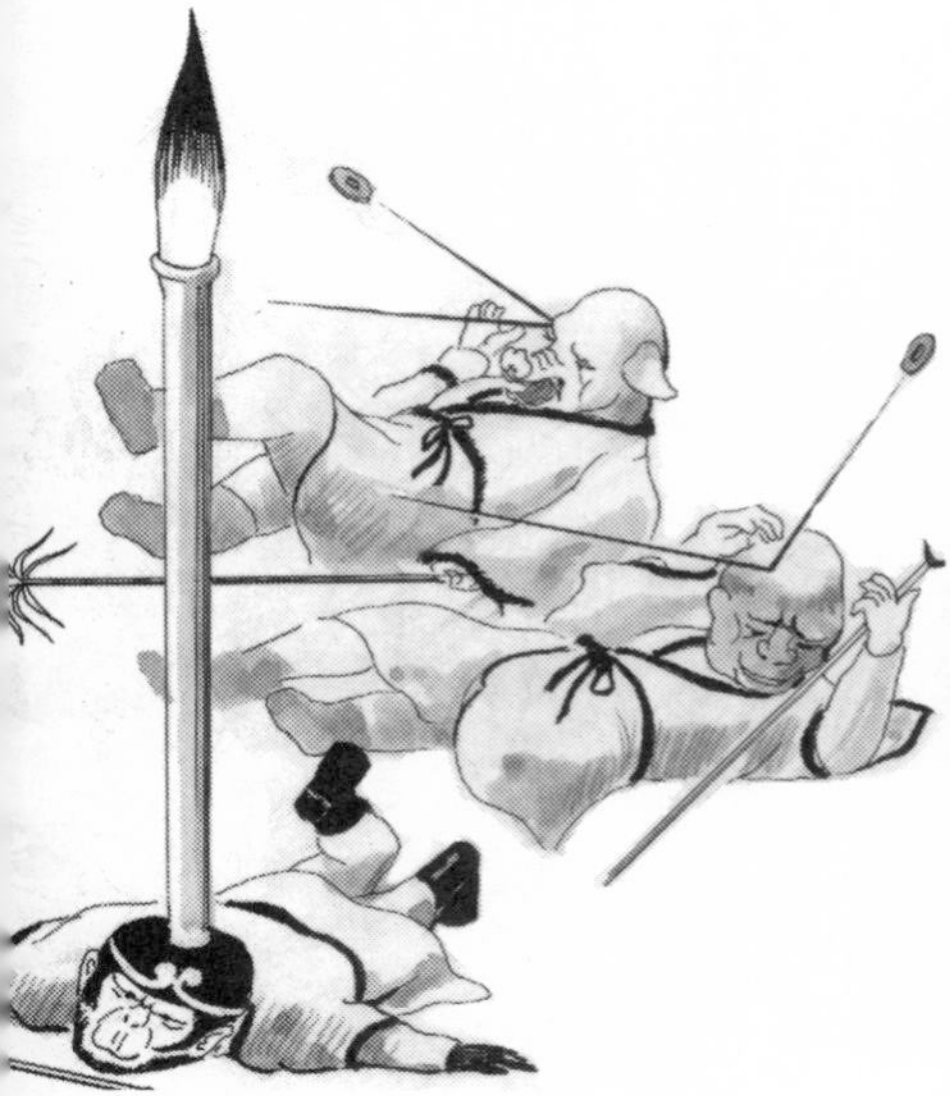

続いて羅刹国《らせつこく》。一戒が無銭飲食を働いて王子に逮捕されたことから、その母こそかつて悟空に芭蕉扇《ばしようせん》を騙しとられた羅刹女《らせつじよ》の後身、その夫も牛魔王《ぎうまおう》の後身だとわかる。一行は、三蔵法師らと間違えられ、恨みを晴らそうとする夫婦と王子に苦しめられるが、地蔵菩薩《ぢぞうぼさつ》の援助で危機を脱することができた。

次は、キリンの精である文明天王《ぶんめいてんおう》の支配する国。ここは徹底的な排仏政策をとっていたため、一行は総スカンを食い、食事も恵んでもらえぬ上、仏教を邪教《じやきよう》視する天王の筆の力で抑えつけられ、一行は大弱り。文昌星《ぶんしようせい》に救われたものの、ペンの威力をいやというほど味わわされたのであった。

続いてぶつかったのは造化小児という難物。その手下の陰陽両大王をやっつけたことから、小児と対立することになる。小児は、いろんな輪を投げて履真を苦しめ、その闘争心をいましめる。これも一行の道心を錬えるためとわかって万事解決。小児のもてなしと励ましをあとに、一行はさらに西へ。

履真以外の三人は、大ハマグリのワナにかかって、その胃の中へ入ってしまった。放っておけば消化されてしまうという危機。半偈は呪文を唱えて履真を呼ぶが、ハマグリの毒気にあたって、履真は手も足も出ない。やむなく竜王から玉を借りて来て毒気を払い、内外力を合わせて大ハマグリを退治する。

二〇、東風は西風を圧する？……270

西域と天竺とを厳しく隔てる関門に突き当たった一行、関守の菩薩の審査の後に関を越えようとするが、一戒《いっかい》だけは難行苦行、これというのも彼の俗欲がまだ十分抜けてないためだが、苦心惨憺《さんたん》、どうにか越し得た。ついで差しかかったのが蓮花《れんげ》村《そん》。仏のお蔭で望むことすべて叶うという理《り》想郷《そうきょう》だった。一同、感心して、なおも進む。

二一、最後の四難に大弱り……284

一行は蓮花村の仏教を否定する冥報和尚《みょうほうおしょう》の支配する西の村へ入る。食いしん坊の一戒が斎《とき》を強要したばかりに、まず和尚に気絶させられ、ついで沙弥もやられる。和尚は半偈に法論を挑《いど》んだが、履真の仙術によって敗れて憤死《ふんし》。二人を救出して、なおも進む。一行はやがて地・水・火・風という最後の四難に遭ってこれを克服した。霊山はもうすぐだ。

十万八千里の長途も、ようやく終わって、一行はとうとうお釈迦さまの面前へ。釈迦は労をねぎらい、真解《しんげ》を授ける。一行は雲に乗ってそれを長安へ持ち帰る。履真は真経《しんきょう》の封印を解き、半偈は真解によってそれを講じたのち、そろって再び西天へと取って返す。お釈迦さまによって論功行賞が行なわれ、一同みな成仏する。めでたし、めでたし。

後西遊記

石猿孫履真の誕生

（一）

ここは東勝神州傲《ごう》来国の花果山――。そのむかし、ここに石猿の孫悟空が生まれ、唐の玄奘三蔵法師のお供をして天竺に行き、お経を中国へ持ち帰った。その功徳で孫悟空は仏となって極楽世界へ昇ってしまい、生まれ故郷の花果山を顧みなくなった。人は捨てても山野は変わらないし、四季はたがわずめぐってくる。孫悟空のことが遠いむかしばなしになってしまっても、花果山の峯々は相変わらずまゆずみを凝らし、緑の山山は天にそばだっており、むかしながらの仙境であった。

かつて悟空の部下であった猿たちの子孫は、むかし通りに子を生み、育て、樹々の間を走り回って、その日その日を安楽に過ごし、いまや総数一万匹という猿の一大国家となっていた。悟空が去ってから約二百年経ったある日のこと――。

いつもの通り、列を組み、群れをなして果物をとり、花を探していた猿どもは、山の頂上にいく千、いく万とも知らぬ光のすじが立ち昇っているのを見つけた。「不思議なことだ」「奇怪だ」と口ぐちにいい合って不安そうにながめていたが、怪しい光は翌日も翌々日も消えず、とうとう四十九日間続いた。その日はちょうど冬至、旧暦のいう一陽来復の日であったが、一天にわかにかき曇ったと思うと、どこからともなく雷のような一大音響が起こり、大地をふるわせた。

猿たちはびっくり仰天して、あわてて洞穴や石のかげに隠れたが、大きな音がしただけで、その後は別に何の変わったこともない。洞穴から、石のかげから、恐る恐る這い出た猿たちがあたりを見廻わすと、四十九日間も続いたあの山上の怪光が消えうせ、わずかに二条の金色の光があるばかり。

「ややっ、これはどうしたことだ」「何か悪いことでなければよいが……」「だれか確かめて来る者はいないか」「俺はこわいよ」など、ワイワイ、ガヤガヤいっている中で、一匹の胆の太いのが、そっと山へ登ってみて驚いた。頂上にまえからあった大きな岩が真っ二つに裂け、その中から、一つの石の卵がころがり出、その卵から二条の金光が射している。さっきの大きな音は、どうやら、この岩が割れたとき発したものらしい。

くだんの石の卵は、しばらくころげ廻っていたが、たちまち、カン！　という澄んだ強い音をたてて割れ、中から、一匹の石猿が飛び出した。二条の金光はたちまち鋭さを増したと見たのは、この光は石猿の眼から出ていることがわかったからである。

小さいながらも手足のすっかりそなわった石猿は、はや飛んだり、はねたり、岩の上によじのぼったりと、なかなか元気がいい。

（生命のない石から、生きた猿が生まれる。こりゃ、奇妙キテレツじゃ）

と感心したり、驚いたりした偵察猿、見れば見るほど石猿が不思議に、しかも神々しく思えて来たので、

「これは皆の衆によいみやげができた」

と喜んで、石猿を抱いてふもとへ帰って来た。みんなが珍しがって石猿を取りかこみ、果物を与えてあやしたり、撫でたりしているところへやって来たのは、通臂仙《つうひせん》という猿界切ってのインテリであり、生き字引きでもある、仙人ならぬ仙猿であった。

通臂仙は孫悟空のころにも生きていたというから、年齢はもう一千歳を越えている。もともと利口で、おさないころ孫悟空にものを教え、知恵をさずけたが、悟空が大きくなって仙術を会得し、天界をさわがして仙桃を盗んで来たときも、一番に師匠であるこの通臂仙に与えた。おかげで通臂仙も不老不死となり、悟空が成仏して天に昇ってからも花果山の洞穴にひとり住んでいたもので、猿たちは、ことあるごとにこの通臂仙に教えを乞うて来たが、きょうも、石猿の誕生という異常を聞いて洞穴から出て来たものである。

石猿を一目見た通臂仙は驚いた。

「これぞまさしく斉天大聖孫悟空さまの生まれ変わり。この猿には干渉しないで、したいようにさせておけ。いらぬ世話して欲心でも起こされたら、天地がひっくり返るような騒動になるぞ」

通臂仙は喜んで石猿の頭をなでたのち、

「花果山水簾洞に、またよい主人があらわれた」

とつぶやきながら上機嫌で立ち去った。

猿たちは改めてびっくりした。自分たちの先祖に孫悟空という、とてつもない偉い石猿がいて、天界を騒がしたのち、天竺までお経をとりに行って、その功で仏になったという話が語りつたえられている。その孫悟空の生まれ変わりだというのだから、驚いたのも無理はない。そういえば、生まれ方といい、金色に光る目といい、態度、身のこなし、すべて尋常一様ではない。一同、かしこまって通臂仙の指示にしたがい、以後、この石猿の勝手気ままを放任していた。お山のボス猿の威令に従わなくてもよいことになったわけである。

石猿は毎日々々遊び暮らした。気が向けば跳ねまわったが、気が向かなければ洞穴の中で寝そべって、仲間が持って来てくれる食べ物に遠慮なく手を出した。何しろ、ボスも一目おいている石猿なので、食べるものには不自由しなかった。

こうして、たちまち数年は過ぎた。猿の成長は人間よりも早い。幼年期を終わって少年期から多感な青年期にさしかかろうとしていた石猿は、ようやく本能のままに食べて寝てという生活に対する疑いの念を抱くようになりはじめた。人間なら、人生というものへの懐疑というところであろうか。

そんなある日、仲間の齢とった猿が一匹死んだ。きのうまでピンピンしていた仲間が、きょうは冷たいむくろと化してしまったということに、石猿は強いショックを受けた。そして、仲間にたずねてみた。

「あの老人はなぜ死んだんだ」

「長く生きていたから、血が枯れたのさ」

「じゃあ、俺たちもいつかはああなるのだろうか」

「あたりまえだ」

当然のことのようにいう仲間のことばに、石猿は驚いた。そして、自分もやがてはそうなるのかと悲しんだ。

「俺は死ぬのはイヤだ。何とか死なない方法はないか」

「そんなこと、できっこないよ」

「でも、何か方法はあるだろう」

「じゃ、仙術の修業でもするんだな」

「なに？　死なない方法があるのなら、どうしてみんなそうしないのだ？」

猿たちは笑った。

「仙術修業は大変なことなのだ。とても、ふつうの者にはできないよ」

「しかし、やってやれないことはあるまい」

「それはそうだが、仙術修業には第一、根気が必要だし、福分がなくてはならない。さらに、いい先生に遇わなければいけない。その上に、長く、苦しい忍耐と修練とが要るんだ。だから、ふつうの者にはとてもできないわけだ」

「俺ならどうだ」

「さあ、お前は変わり者だし、通臂仙のことばもあるから、あるいはな」

石猿は黙って考え込んだ。心の内には仙術に対する深いあこがれがわき起こって来た。以来、何とかして仙術を習いたいと、寝てもさめても思うようになった。

ある日のこと、いつものように深いもの思いにふけりながら、通臂仙の住んでいる洞穴の前を通りかかったところ、中から朗吟する声が聞こえて来る。

頭には天をいただき
足は大地を踏む
千万年また千万年
仙桃を味わったおかげで
わしはこうして不死身じゃわい

いわずと知れた通臂仙の声である。この声が、石猿の頭には天啓のように響いた。

（そうだ。この老人をみんなは通臂仙と呼んでいる。してみると、きっと仙道の心得があるにちがいない。あれほど探し求めていた仙人が、こんな近くにいようとは……）

小踊りしながら洞穴の中へ入ってみると、通臂仙は石のベッドの上に長ながと寝そべり、徳利を箸でたたきながら吟じている。

「いよう、来たな小僧。毎日々々遊び廻って、いたずらばかりしているお前が、きょうは一体どういう風の吹きまわしだ」

「いたずらもしますが、まじめにもなることだってあります。どうもわからぬことばかりで困っているのです。どうか教えて下さい」

通臂仙はうなづいた。

「うむ。お前はどことなく見どころがあると思ったので、したい放題のことをさせるよう、みんなにいっておいた。どうやら、深い懐疑の念を抱いたようだが、まあ感心なことだ。だが、わしに聞いたって何もわからんぞ」

「だって、あなたは仙者でしょう。知らぬとはいわせません」

「いやいや、お前にはまだわかるまいが、神仙にも種類がある。大悟徹底して天地間の大事に参画できる者、これを第一等とする。このような神仙には天帝も一目置かれ、仏も遠慮される。もちろん人を救い、世を治めて行くことができる神仙だ。その次のクラスは自由自在に天地間を往来し、朝には北海にいたかと思うと、夕べには南冥に行っている。鉄をも金にし、人びとから聖者とあがめられる。ところが、我々のような下等の仙者は、天上から仙薬を盗んだり、仙桃をもらったりして、ようやく天地と年齢をひとしくするようになれただけで、伝えるべき何の教えも道もなければ、天に昇る術もない。だから、わしに聞いても何もわからんといったのだ」

「しかし、仙薬を盗んだ腕前をお持ちではありませんか」

「いや、それにだっていく通りもある。天上界に堂堂と押しかけて、太上老君のかまどをこわしたり、西王母の桃園になぐり込みをかけて不老不死の桃をたらふく食ったりするのは、天地間に通じるほどの腕前がなくてはかなわぬこと。俺たちのは、いってみればコソ泥のようなもの。ほかの者のあとについて行って、お余りをちょうだいしただけさ。腕前なんてものじゃないわい」

「意気地のないことをおっしゃる。うんと仙術を修業して、それこそ正々堂々と天上界に押しかけて、仙薬や仙桃をよこせと掛け合おうじゃありませんか」

通臂仙は、わが意を得たとばかり喜んだ。

「うむうむ。仏になられた斉天大聖が、まえに〝天地間の霊気は尽きる時がない。何百年か後に、わしのあとを継ぐ者が出て来るだろう〟といわれたが、お前の気概と気宇の壮大さは、まさしく大聖の後継者にふさわしい。大聖のおことばに間違いはなかった。ありがたや、ありがたや」

通臂仙が西に向かってペコペコ頭を下げ出したので、

石猿は不審に思った。

「斉天大聖って、一体だれのことですか」

「話せば長いし、うかつには話せないことだ。お前のいたずらがやみ、お前の気持ちがもっとホンモノになったら、くわしく話して聞かせよう」

「もったいぶらないで聞かせて下さい。よう、よう」

と腕をゆすぶったが、通臂仙は、

「いや、まだその時期ではない」

と目をつぶってしまった。石猿は仕方なく洞穴を出たが、それからというものは、通臂仙の話が気にかかって、前のように跳ね廻る気がしない。じっと坐って物思いにふける日が多くなった。

（大分おとなしくなったわい）

そう見てとった通臂仙、あるとき自分の方から洞穴を出て、石猿をさそって、例の山頂の岩のところへつれて来て、きびしい顔でいった。

「そこへすわれ、お前はどこから生まれて来たか、知っているか」

石猿はそこへひれ伏した。

「私はおろか者で存じません。仲間たちは、そこにある石の中から生まれたのだといいますが、私には本当とは思えません。父も母もなくて、どうして石から生まれることができましょうか。どうぞ事実をお教え下さい」

「よいかな、よいかな」

仏さまのような声を出した通臂仙は、ゴホンと一つ、せきばらいをして語り出した。

「この天地に四大部州がある。東を東勝神州、西を西牛賀州、南を南贍《せん》部州、北を北倶《く》芦《ろ》州という。ここはその東勝神州の傲来国で、この山が花果山だ。この山は天地が分かれたときにできたもので、この岩は天の周りの三百六十五度にちなんで高さ三丈六尺五寸、まわりは暦の二十四気にちなんで二丈四尺、九宮にかたどって九つの穴、八卦にのっとって八つの穴があり、天地の秀気をふくみ、外から日月の光を受けている。だから、この岩は天地の気をはらんで秀れたものを生み出しており、お前もここから生まれた、つまり、天地の申し子というわけだ。ふつうの猿ではないことが、これでわかったか」

「では、私はふつうの父母から生まれたのではないことを、卑下しなくてもよいのですね」

「卑下どころか、大いに威張っていい。天地が父母なのだとな。お前だけではない。斉天大聖もこの岩からお生まれになったのだ」

「前にもお聞きした、その斉天大聖について、もっとくわしく話して下さい」

「うむ、きょうこそすべて話してやろうと思ったから、ここへ連れて来たのだ。大聖はお前と同じように、この岩からお生まれなされた。思慮深く、腕も立ったので、またたく間に首領にかつがれたが、そのうちに無常迅速すなわち死という問題にぶつかって、思い悩んだ末、この死というものをなくする方法を考えて仙術修業に旅立たれた。

よい師匠を探しまわること三十年、やっと須菩提祖《しゅぼだい》師という立派な師を見つけて仙術を会得された。そこで一飛び十万八千里の觔斗雲《きんと》と七十二の変化の術を習得、この山へ帰って来られ、斉天大聖と名乗って四方の妖魔を配下にされた。が、それだけでは足らず、海の竜王から武器武具をもらい受け、地獄へ行って猿族の名前を死の帳面から除かれた。

こうした行ないが天上に聞こえたため、天帝は驚かれて天兵十万を動員、この山を囲んで大聖を捕えようとなさったが、大聖の武力の方がまさっていたのだな、十万の天兵は手も足も出ず、ほうほうのていで天上へ逃げもどったげな。その勇ましいことったら、全くなかったぞ」

「痛快、痛快、それから、どうなりました」

「何しろ天兵十万も歯が立たなかったとあっては天帝も仕方がない。ハト派の太白金星の意見をいれ、天上に招いて弼馬温《ひつばおん》という馬飼いの役につけられた。ところが大聖は、役が低いといって天から降りてしまわれたので、天帝も、また乱暴されてはかなわんと、こんどは正式に斉天大聖の称号を許された。そこで大聖もやっと納得して天上へもどられたのじゃ。

天上で大聖は帝室御料の蟠桃園の監督を命ぜられたが、そこでもじっとしておれず、禁断の桃の実を盗み食いしたり、西王母の宴会をワヤにしたり、太上老君の仙薬を失敬したりして、この花果山へもどって来られた。わしはそのとき、土産にいただいた仙薬をのんだため、いまもこうして生き長らえているわけだ。

重ね重ねの狼籍に天帝は大いに怒られ、天の網、地の網を敷き、前回に何倍する大軍をさし向けられたが、容易に勝負はつかぬ。地上には大聖配下の猿軍と、急を聞いてはせ参じた妖魔軍、空には天兵、とにかく数十万の大軍が天と地に分かれて闘うのだから、天日ために暗く、雄たけびは天地をゆるがしたな」

「講釈師、見て来たようなウソをつき、ですか」

「こら、茶化すな。わしはこの目で見ていたのだぞ」

「すみません、そうでしたね。それから？」

「この合戦の最中、太上老君がこっそり金剛琢《たく》という鉄の玉を投げ下ろしたので、大聖はそれをまともに受けて気絶された。そこを高手小手にしばり上げられ、天上に連行されて騒乱罪、強盗罪、抗命罪ほか、ありとあらゆる罪を着せられ、斬刑に処せられることになったが、不老不死の仙薬、仙桃を食べている大聖には刀も斧も刃が立たない。雷に打たせ、火で焼いたがこれも駄目とわかった。そこで、こんどは太上老君が八卦炉に入れて七七は四十九日間焼いてみたが、これも徒労に終わった。万策尽きた天帝はお釈迦さまに処分方を頼まれた」

履真は大きく目を見張る。反応よしと見た通臂仙は、ここで一段と声を高める。

「さて、ここがむずかしいところじゃ。八ッ裂きにしてもあき足らぬ大聖ながら、不老不死の身体になっている大聖が、このお仕置で死んでしまったとなると、仙薬・仙桃の効能はウソだということになり、自己矛盾におちいってしまう。そうなると、もはや仙薬・仙桃の権威は地を払い、だれも有難がらなくなってしまうだろう。天界のお歴々も、バカではないから、その点に気がついて大いに弱った。そこで、お釈迦さまに泣きついたのだが、処分も頼んだものの、内心では、お釈迦さまが大聖を殺してしまうことを恐れていたのだ」

「絶対矛盾の自己同一とはいかないのですか」

「こら、妙な知ったかぶりをするでない。三十年はやいわ」

「すみません。それから、どうなりました。」

「待て待て、あわてるな。さて、天帝の依頼を受けたお釈迦さまは、自分の五本の指を金木水火土の五行山として大聖を捕えて封じ込んでしまわれた。一飛び十万八千里といっても有限だ。ところが、お釈迦さまは無限大の方だ。十万が百万、億、兆、あるいはそれ以上の距離、面積になろうとも、有限であることに違いはない。無限の前では、それこそ大海の一粒の粟でしかない。そこが大聖といえどもお釈迦さまにはかなわぬ所以だ。大聖が封じ込められていたのは、五百年という長い間だったが、お釈迦さまは大聖に、その間、罪業を悔い改め、善根を重ねるよう諭され、大聖もその教えを守って、ひたすら打坐しておられた。

五百年たったころ、お釈迦さまの思し召しで真経を天竺から中国へ運ぶことになり、三蔵法師という、えらいお坊さんがその役に選ばれた。大聖は、これも如来のおはからいで、その三蔵法師に救い出され、そのお供をして西方へ旅立った。途中、九九は八十一回の難儀に遭い、一つ一つそれを克服して首尾よく真経を中国へ持って帰ることができた。その功徳によって成道して闘戦勝仏となられ、いま西方の極楽世界におられるのじゃ。これは大聖の法力が大きいからでもあるが、この山の岩の精気が強かったせいでもある。その岩が思いがけなく、またしてもお前を生み出したのだ。お前はまさに大聖の嫡流にあたるし、世のために大事をなしとげねばならぬ運命に置かれておるのだぞ」

石猿は、この話を聞いて、すっかり喜んだし、自分が急にえらくなったような気がしたが、一面、不安にもなった。

「お話はわかりましたが、この山の精気がいくら盛んでも、大聖のときに出つくして、いま私が出て来ても、それこそイボみたいなもので、大したことにはなりますまい」

「馬鹿をいうな。お前は知るまいが、物事には前と後とがある。つまり、柳の下にドジョウは二匹まではいるということだ。大聖が前の気を受けられたので、後の気は千百年後のお前にあらわれたのだ。心配するでない」

「そうですか。お話によると、私は大聖の後裔、嫡流、チャキチャキの花果山っ子ということになりますね。ところで大聖は俗名を何といわれたのですか」

「大聖は、姓を孫、名を悟空、お経をとりに行くときの法名を行者といわれたな」

「では、私の姓も孫となりますが、私はおろかで空を悟ることはできませんので、悟空とはつけられません。さらに、この地上でいろいろ修行をし、道をおさめなければなりませんので、履真と名乗ります。けれども、和尚になることも、お経を取りに行くこともないのでしょうから、法名はいりません。また、大聖には及びもつきませんので、斉天小聖と自称しましょう。いかがですか」

通臂仙はニガ笑いした。

「自分で小聖などといっておれば世話はない。それにしても、大聖の後継ぎであることを宣言するんだから、しっかりせにゃいかんぞ」

ポンと肩を一つたたかれた石猿、ではない名乗りたてホヤホヤの孫履真、うなづいて、

「さっそく大聖のおん前にまかり出て、教えを乞いたいと思いますが……」

「それはもっともだ、だが仏になられた方が、凡夫と会われるものか」

「それはおかしいでしょう。いくら仏さまでも人と会って人を救わなければ、いないのも同然です。仏である必要はありますまい」

「理屈をいう奴じゃな。そうではない。人と会われんというのではなくて、凡夫は下根で業が深いので、会いたくても会えないし、仏を見ようにも見えないのだ。お前が本当に大聖にお目にかかりたいというのなら、まず自分を高め、それにふさわしい者になることだ。いま行ったって会えるものか。」

賢い履真のことだから、この道理がよくわかった。そして、大聖孫悟空に一日も早く会えるよう、修行することを岩に向かって誓った。

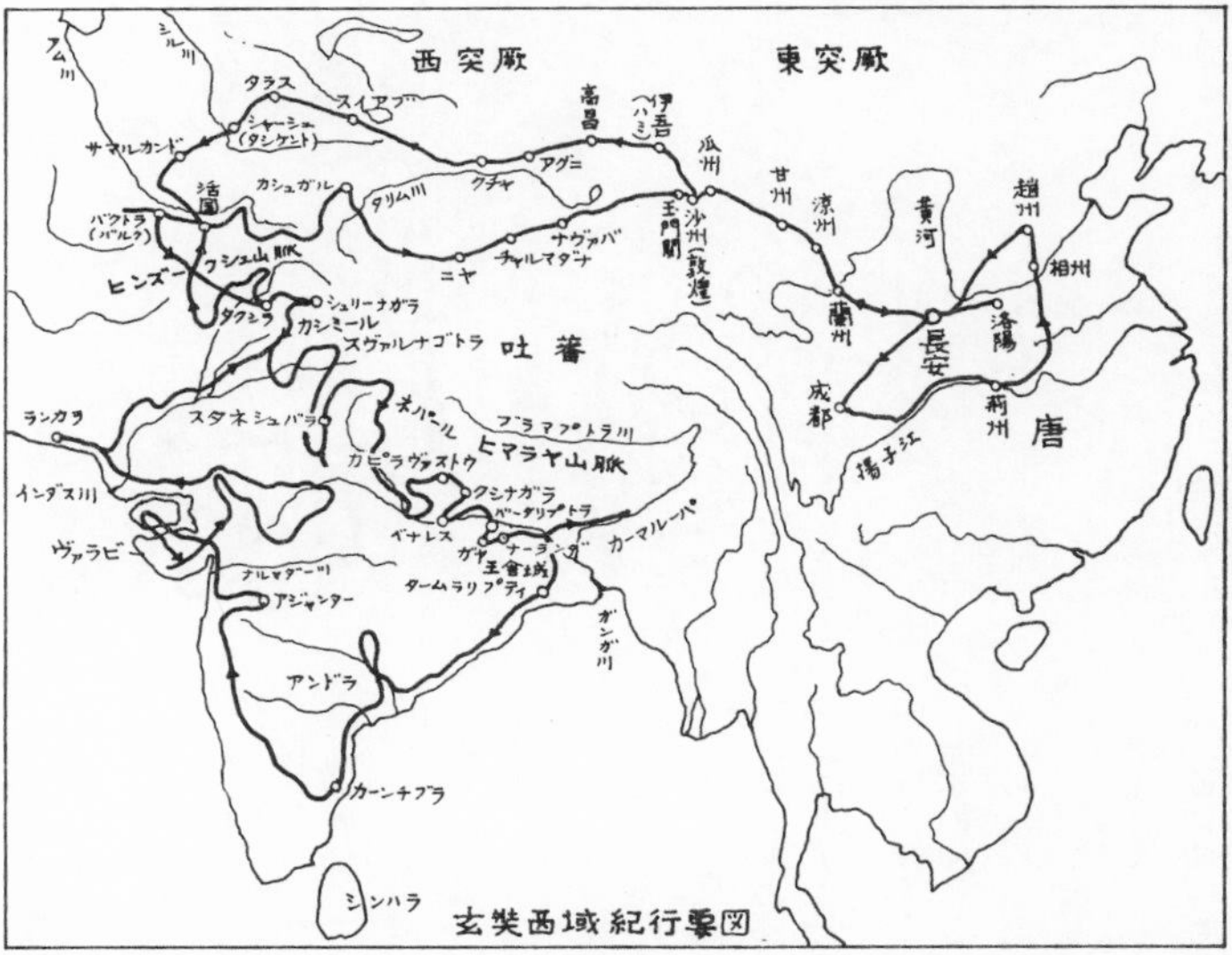

西突厥
東突厥
アムル川
シル川
タラス
スイアブ
シャーシュ（タシケント）
サマルカンド
高昌
伊吾（ハミ）
アグニ
クチャ
瓜州
甘州
涼州
活国
カシュガル
タリム川
バクトラ（バルク）
玉門関
沙州（敦煌）
ナヴァバ
チャルマダナ
ニヤ
クシュ山脈
ヒンズー
タクシラ
シュリーナガラ
カシミール
スヴァルナゴトラ
吐蕃
黄河
趙州
相州
洛陽
長安
蘭州
成都
荊州
唐
揚子江
ランカラ
スタネシュバラ
ネパール
ブラマプトラ川
ヒマラヤ山脈
カピラヴァストウ
インダス川
クシナガラ
パータリプトラ
ヴァラビー
ベナレス
ガヤ
ナーランダ
カーマルーパ
ナルマダー川
王舎城
タームラリプティ
アジャンター
ガンガ川
アンドラ
カーンチプラ
シンハラ

玄奘西域紀行要図

仙術の修行に旅立つ（二）

通臂仙から自分の生まれと大先輩孫悟空のことを聞いた石猿孫履真は、それ以来、うって変わったように思慮深くなり、以前のようにただわけもなく跳ねまわらなくなった。

（よしよし）

そう思った通臂仙は、ある日、履真を連れ出した。

「大聖にお目にかかる手はじめに、といっても、これはお前の修行の一助ともなるわけだが、まえにも話した通り、大聖が天空を騒がしたり、西天への旅でかずかずの妖怪を退治したりなされたのも、全くもって一本の如意金箍《そう》棒のおかげだ。その棒も、成仏されてからは用がないので、後の山に立てて山の鎮めとなさった。だから、まずそこへ連れて行って、如意棒をおがませてやろう」

通臂仙はもったいぶって先きに立った。びっしりと

樹木におおわれ、あるかないかの道を進むうちに、目の前がたちまちひらけて小高い岡が見えた。その中心に、一本の鉄棒が石の柱のようにすっくと立っている。長さは五メートルぐらい、太さはお碗ほどもあろうか、太陽の光りをあびて、きらきら光っている。履真は近寄って、ふかぶかと頭を下げたのち、ためつすがめつ、前から後からながめた。

「一体どれくらいの重さがあるのです?」

「大変な重さだ。けれども大聖はこれをキビがらのようにふりまわされたのじゃ。だから、天にも地にもかなう者はなかった。いま、お前が大聖のあとを継ごうというのだから、これを十二分に使いこなす気力、腕力がなくてはいかん。どうだ、動くか動かないか、一つためしてみろ」

履真は抱きついて動かしにかかったが、鉄棒は大地に根がはえたようにビクともしない。顔を真っ赤にして力んでみたが動かばこそ、力も尽きて、そこへ坐り込んでしまった。

「とても駄目だ。こんなことでは大聖の後継ぎなどとても……」

とベソをかくと、通臂仙は笑った。

「せっかちな奴だな。大聖でさえ長年の修業でようやく動かせるようになられたのだ。青二才のお前に動かせるわけがない。あわてず、あせらず、修業を重ねろ。そのうちにきっと動かせるようになるわい」

「仰せの通りです。でも、これで修行のはげみができました」

履真はそこで、ただ鉄棒を動かしたい一心から、木を抜いたり、岩を動かしたりして力をつけるのに懸命になった。一年もたつと、おかげで仲間うちでは、だれも敵わない力持ちになったが、鉄棒は依然として動かない。なにくそ、と思ってまた一年あまり修練して鉄棒に挑んだが、やはり歯が立たない。がっかりしているところへ通臂仙がやって来た。

「こら、なまけ者め、何をしておる?」

「なまけているのではありません。一生懸命、腕をみがきましたのに、あの鉄棒はどうしても動かないのです」

「馬鹿をいうな。力というものは使おうと思えば出るのだ。お前の努力と誠意が足らぬだけじゃ。もっとも、力だけでは駄目なことも、この世にはあるが…」

と、ナゾめいたことばを残して通臂仙は去った。履真は反論のしようもないまま、また鉄棒の所へ行っておじぎをしながら、

「どうか大聖、私にこの鉄棒を動かす力をお与え下さい」

と折っているうちに、突然気がついた。

(そうだ。この鉄棒は天地の宝だ。とすれば、俗人に動かせるはずがない。大聖も仙者になられたからこそ使いこなせたのだ。いくら力持ちになったとて、それだけでは、この鉄棒は動かせまい。力だけでは駄目なことも、この世にはあるという通臂仙のことばは、これをいったのだ。よしっ、おれも仙術を修行しよう。大聖のように……)

こう思いつくと矢もたてもたまらない。さっそく通臂仙をたずねた。その顔を見るや否や通臂仙はいう。

「おう、わかったと見えるな。で、いつ出発するのじゃ?」

「私がまだ何にもいわないのに、わかるんですか」

「わからいでか」

「これからすぐ出発します」

「それがいい。善は急げというからな。が、道はさまざまだ。決して邪道に入るのではないぞ」

「はい」

「よし、そして、ちゃんとここへ帰って来るのじゃぞ」

「行く道あれば帰る道ありです。きっと帰って来ます。ご安心下さい」

履真はそこで、大聖の故事にならって木を集め、いかだを作った。その上に果物や干した糧食を積み込み、岸辺から大海へ舟出した。岸には通臂仙はじめ、生まれて以来狎れ親しんだ、あまたの猿たちが見送る。履真がもし芭蕉のような俳人なら、前途いく万里の思いに胸もふさがり、ここらで「行く春や、鳥哭き魚の目になみだ」の一句もモノするところだが、石猿の彼にはそれほどの風流心はない。ただ、別れの感傷にも似たものにしばしひたり、岸に向かって手をふっているうちに、折りからの東南の強風にあおられ、いかだは見る見る陸から遠ざかってしまった。

海上を風のまにまに漂流すること約一ヵ月、いかだは北倶芦州に吹き寄せられた。この州は非常に寒いで、けだものも少ないし、住む人も多くはない。帝王でさえ鳥とけだものを合わせたような形をしている。ともかく、いかだを岸につけて上陸し、十キロばかり歩いてみた。途中、人らしいものに会ったが、妖怪やら鬼やら、さっぱりわからないし、話しかけても、ことばも通じない。

（こんな所に、仙人も仏もいるものか……）

履真はあきらめて、またいかだに乗り、こんどは東北の風に乗ってただようちに、西牛賀州へついた。この州は文化もひらけ、人家も多く、町もにぎわっている。

（ここなら神仙もいるに違いない）

そう思って、あちこち探し廻っているうちに、

「ここを去ること西南四十キロのところに青竜山という山があり、その上の白虎洞にいる悟真祖師は、この国でも評判の仙者だ」

と教えられ、大喜びで道を急いだ。なるほど、前方に山が見える。峯と峯とが重なり合い、ちょうど一匹の青竜がわだかまったよう。山頂にのぼってあたりを

見廻したところ、大きな白い岩があって、これまた白虎のうずくまったのに似ている。その岩の向うにある洞が、どうやら白虎洞らしい。

そばへ寄ってみると、洞門は開いてはいたが、案内も乞わずに入ることもためらわれた。そこで、しばらく立って待っていたが、出て来る人もない。仕方がないので、そろりそろりと入って次の門まで来たところ、一人の道士が出て来た。

「お前は何者だ。何の用があって来たのか」

「私は仙道を志して、はるばる東勝神州から参りました。聞くところによりますと、こちらの悟真祖師は神仙であられる由。ぜひ弟子の一人に加えていただきとう存じます」

道士はせせら笑った。

「お前はエテ公の分際で仙術修業しようというのか」

「形こそ猿ですが、頭の中身は人間同様しっかりしております。意思も十分堅うございます。何とぞ祖師にお取りつぎ下さい」

猿は人間よりも毛が三本足りないとあくまで信じ込んでいる道士は、

「わしたちでさえ、そうたやすくはお目にかかれぬ祖師に、エテ公のくせに取りつげとは片腹いたい。本来なら追い返すところだが、遠くからわざわざやって来た求道心に免じて、それだけはかんべんしてやろう。ただし、ここでは正式に入門する前に、仙術修業ができるほど心が定まっているかどうかを試験することになっており、たいていのものは、その段階でふるい落とされる。どうじゃ、やれるか」

「どういうことをするのですか」

「まず定心堂に入って心を静め、次に養気堂に移って息をととのえる。二つの試練に堪え、定心と養気ができるようになって初めて祖師にお目通りして、正式に入門が許されるのだ。」

「わかりました。どうとでもしておためし下さい」

道士はそこで履真を案内して定心堂へ入った。八宝で造り上げた立派な宮殿だが、履真だけを残して道士は戸を閉めてしまったため、中はまっ暗となった。どこかに窓でも…と思って周囲をながめ廻してみたが、それらしいものは何にもない。出ようにも、壁ばかりで戸のありかは分らないし、手さぐりしても無駄だとわかった。

（はは あ、たいていの者は、この暗さに参ってしま

うのだな）

そう思ったから、その場へ坐り込んで、グッと下腹

に力を入れ、目を閉じた。

（定心堂というのだから、わざと暗くしてあるには

違いない。一念を清め、心の邪魔物や不純物を去れば

よいのだ。室の明るい暗いは問題じゃない）

そう思ったら、気が軽くなった。そこで、そのまま

じっとしていると、心がすっかり静まったのが自分で

もわかる。しばらくして目を開けてみると、まっ暗の

はずの室内が、ほんのり明るくなっているのに気がつ

いた。

（そうだ。光は自分の心の中にあったのだ。心が定

まると世の中が明るくなる。すべては己の心次第なの

だ）

そうわかった履真は、喜んでなおも坐り続けた。ま

わりは次第に明るさを増して、とうとう真昼間のよう

になった。

そこへ戸が開いて、さっきの道士が顔を出した。

「どうだ、困ったろう」

「いいえ、ちっとも困りませんでした」

「なんだと？中は暗かったのだろう」

「心が明かるかったので、暗くはありませんでした」

ほがらかな履真の返事に、道士は意外という顔をし

た。

（こやつ、図々しい。では次で少々いためつけてや

れ）

「ここはまだ、ほんの序の口、次の養気堂が大変な

んだぞ」

「かまいません。覚悟していますから」

「言いおったな。ついて来い」

道士につれられて行ったところは、山の上にある養

気堂である。堂の中は八幡の藪知らず、迷路が入り組

み、わかれ、重なり、折れ曲っていて、歩いているう

ちに、何が何やらわからなくなってしまったが、グル

グル廻った末、堂のまん中と思われる部屋へ入り込ん

だ。道士は履真に目かくしをし、

「三べんまわって目かくしを取れ」

という。いわれた通りにして、目をおおう布をとってみると、はや道士の姿はない。八つある入り口のどれが入って来た入り口やらわからない。キョロキョロしていると、どこからともなく道士の声が聞こえる。

「そこに坐っておれ。呼ぶまでは出て来てはならぬ」

(なるほど、迷路で困らせようという寸法だな。なーに、へこたれるものか)

と肚を決め、部屋のまんなかに坐った。目を半眼に開いて心を静めていると、陰の気と陽の気とが織機のオサのように、出たり入ったりしているのがわかる。数時間もたつと、陰陽往来のなかに、上気が下がり、下気がのぼっているのも感じられるようになり、身体までがのびやかに、軽々として来た。それにつれて、見えぬはずの迷路のありさまが心眼にハッキリうつり、堂全体の構造も手にとるようにわかって来た。

あまりのことに履真自身が驚いていると、

「出て来い」

という道士の声。履真はためらうことなく、一つの扉を押し、わかれ道にも迷わずに堂外へ出た。いささかのとまどいもなく出て来た履真を見た道士は、驚くとともに、ねたましくなった。

(こやつ、ただ者ではない)

「お前は何者だ。こんなにやすやすとできるはずがない」

そこで履真は、孫悟空の後継ぎで、東勝神州からやって来たいきさつ、生いたちなどをくわしく語った。

「二つともできたのですから、祖師にお引き合わせ下さい」

道士の驚きとねたましさは、いっそうつのった。

(こんな奴を引き合わせて、気に入られたら、こっちは割りを食うわい)

阿呆どもの考えることは決まっている。そこで、もったいぶっていった。

「お前の修行のほど、来歴もよく分った。すぐにも引き合わせてやりたいが、祖師はいま、三年に一回という大切な秘密の修法をなさっておられる。その間はいっさい人にお会いにならない。われわれ高弟でも、その場所に近付いてはならぬのじゃ。その修業があと五日かかるか、十日も続くのか、それも時によってちがう。ま、気長に待つことじゃな」

といい捨てて去った。

履真は仕方なく、物置き小屋のような所に寝起きして時期を待ったが、いつまで経っても道士は迎えにやって来ない。ある日、退屈まぎれに山に上ってブラブラしているうち、ふと洞の後にある花園の見える所に出た。見下ろしていると、若い女が一人、花園の中をそぞろ歩きしている。履真は驚いた。

(道家にこんな若い女がいるなんて…)

山を下りて花園の門まで来ると、一人の小僧が谷川の水で洗濯をしているのに出会った。

「もしもし、小僧さん、この中には女のひともいるんですか」

「いますよ」

「これは驚いた。道家には女もいるなんて」

「あなたは何もご存じないのですか。仙術修行には女性も必要なんです」

といって、サッサと門の中へ引っ込んだ。

履真は思った。

(そんな馬鹿なことがあるか。きっと正しい仙道ではあるまい)

そこで、夜になってから垣根を越えて中へ入ってみた。猿だから、それくらいのことは屁のかっぱである。木へのぼり、屋根づたいに奥まで行って天窓からのぞいて驚いた。中では、すっぱだかになった老道士と、ひる間かいま見た若い女とが、寝台の上で合戦の最中である。そばのテーブルには酒徳利や皿が散らかり、まさに杯盤狼籍のてい。道教では必ずしも女色を禁じていない。それどころか、八百歳になってもまだ、色欲のおとろえなかった彭祖をあがめたり、女と交わっても泄らさないし衰えないことを研究するぐらいだから、色道修行は道家にとっては一つの大きな要素なのだが、クソまじめのピューリタンである履真にとっては、もってのほかのこと、クソ道士、エセ仙術、インチキ祖師……とあらゆる罵言を吐きながら、そのまま山を降りてしまった。

西牛賀州も駄目とわかったので、こんどは西北の風にのって南贍部州についた。定心養気の方はすでに卒業しているので、前のようにぐずぐずはしない。たくさんの郡を過ぎ、県を通って仙者を探しまわった。

この南贍部州は、孔子の教えによって大体はよく治まっているが、どうせ新らしがり屋、珍しいもの好きで、いまや仏教——といっても実は仏教的なこと——を信仰するのが流行している。だから、有名な山や景色のいい所にはきっと壮麗な仏寺が建ち、金ピカの袈裟や衣をつけた僧侶たちが満ち満ちている。だが、これらの僧は葬儀、法要、供養、勧化などをして宗門を盛んにし、信徒から金を集めて壮麗な寺院を建て、仏を飾りたてることを第一とし、最近では政治にクチバシを入れることも始めたが、肝心の生きた人間の魂を救う、この世に仏土、浄土を築くという本来的な仕事はちっともしないし、世の人もあきらめて、仏教にそのようなものを期待しなくなっているのだから、仏教の形式だけが盛んで、中身はくさり切っているありさま。

だから、履真がいくら探しまわっても、本当の高僧、善知識にめぐり会えるはずがない。履真はあきらめた。

（四大州を全部まわってみたが、あまり役に立たなかった。この上は生まれた山に帰り、自分で修業することにしよう）

そう思いついたら行動も早い。そのまま海へ出、いかだに乗って東勝神州へ帰った。足掛け三年、留守にしたわけだが、むかしと変わらぬ懐しい景色だ。猿たちは履真の姿を見つけてワイワイ騒ぎ、さっそく歓迎会を…と言い合っているが、当の履真は、そんなことはどうでもよい。一刻も早く修行をと思うようになっていたところを見ると、三年間の放浪は、まんざら無駄ではなかったといえる。少なくとも、定心養気はできていたのだから——。

さて、修行する場所だが、前に通臂仙から聞いた無漏洞を思い出した。この洞穴は花果山の後にあり、上は小さい口が開いているが、中はまっ暗で、どれぐらいの深さがあるか、まだ行ってみた者はいない。みんな気味悪がって、外からこわごわのぞき見するだけである。

「ベリーナイス、ここに限る」

まつわりつく猿どもをふり切って、件の洞穴にとび込んだ。猿たちはびっくりした。

「大変だ。生きては帰れまい」

といって通臂仙に知らせた。通臂仙は笑いながら、

「よいよい。したいようにさせておけ。考えあってのことだろう」

と取り合わない。猿たちも仕方なく引き揚げた。

こちらは履真、とび込みはしたが、

（どうせ石ころだらけのデコボコ穴で、狭くて坐る場所もなかろう）

と思ったところ、案に相違して中はひろく、しかも、一面にやわらかい草が生えていて、まるでふとんを敷いたよう。おまけに、暑からず、寒からずと来ているので喜んで坐り込んだ。

もちろん中はまっ暗だったが、とっくに定心堂で鍛えているので、少しも驚かない。心を静めていると、洞穴の中は次第に明るくなり、昼間と同様になった。さらに雑念を去って心を統一させていると、一面、光明に満ちた大世界となった。こうして七七は四十九日たったころ、どこからともなく、火のような目、金色のひとみ、口のとがった年寄りの猿が、如意棒を手にしてあらわれた。

（おやおや？）

と思っていると、音もなくそばへ寄って来て、坐った。

（不思議、不思議）

となおもじっといる中に、ことばにはならぬが、仙道の秘訣、神髄、機密が、甘露を注ぐように心に、頭に沁み込んで来る。履真が夢を見ているような気持になったところで、くだんの年寄りの猿は、つと身を寄せたかと思うと、全く自分と一つになってしまった。

履真はハッと我に返り、とたんに悟った。

（ああ、本当の師匠は自分の心の中にあったのだ。有難し、かたじけなし。）

身体は軽いし、気力は充実している。七十二の変化もできるような気がして来た。心の底から大歓喜が湧き起こり、あたりの岩肌までもが息づいて光明を発している。

（これは、こうしてはおられぬ。実際に力があるかどうか、出て行ってためしてみてやろう）

つぶやいて一跳びすると、身体は楽々と洞穴から外へ出ていた。

地獄へ押しかけて閻魔大王をへこます

（三）

無漏洞の中で、自分の心の内にある本当の師匠から仙術を伝授され、神通力を得た履真は、その力を発揮して洞の外にとび出した。ちょうど夜は白々と明け渡り、真っ赤な太陽が東の空に昇りかけていた。履真は、太陽に向かって両手をあげ、胸一ぱいに朝の大気を吸った。全身に活気がみなぎった。りんりんたる勇気をおさえた履真は、鉄棒の前に膝まづき、手を合わせて祈った。

「大聖さま。何とぞこの私に力をお貸し下さい。もう一度、花果山の威光を輝かし、大聖さまのご遺徳を明らかにしたいと存じます」

祈り終わって両手を鉄棒にかけてゆさぶった。と、どうだろう。前にはテコでも動かなかった鉄棒が、いとも軽々と抜けたではないか。

（これこそ大聖のお加護）

喜び勇んで、取り上げた鉄棒をふりまわしてみた。これまた、重からず軽からず、まことに工合がよろしい。初めは馴れないので、ぎこちなかったが、ふり廻しているうちに、自由自在となった。

けれども、地上には岩あり、立木ありで、どうも思う存分、棒をふれない。そこで、ポンと大地を蹴ると、身体はすでに中空にあり、足の下には一団の雲があった。こんどは邪魔になるものは何もない。鉄棒をとり直して縦横無尽にふり廻した。ちょうど一匹の竜が、天上でくるくるとうねり遊ぶようである。

地上では、起き出た猿たち、履真が中空で棒をふり廻しているとは知らず、ただ晴れ渡った空にかかる一点の雲と思っていたが、その雲がだんだん下りて来る。そのうちに、その雲に黒いものが乗って盛んに動きまわっているのに驚いた。

「神仙のお越しだ」

と、急いで通臂仙に知らせた。雲はいっそう下りて来た。その上にいる黒いかげは、何と履真であると知って二度びっくり。

「孫小聖だ、孫小聖だ」

もはや履真と呼び捨てにするものはいない。やがて雲から降りた履真、通臂仙の前に両手をついた。

「おかげをもちまして、仙術を会得いたしました」

と、ていねいに頭を下げる。通臂仙はあわてて扶け起こし、

「あなたはもはや、まことの仙術の奥儀に達せられたお方、私の方こそ、あなたの下座につくべきです」

「いやいや、これもひとえにあなたのおかげです」

「それにしても、いつの間に、どういう方法で仙術を会得されたのですか」

履真はそこで、さきに花果山を舟出して以来のいきさつと、洞穴の中での修行を物語った。通臂仙はすっかり感心した。

「なるほど、あなたがお生まれになって以来、ふつうの猿ではないと思っていましたが、よくぞ、この私めの期待にこたえて下さいました。この上は大聖の後をついで、立派に花果山を再興していただきたい」

そして、むらがる猿たちに向かっていった。「皆の衆、この山はさきに大聖が成仏されて以来、主人となって取りしきるものがいない。ために、まとまりがつかなくて、ほかから軽んじられている。いまこそ孫小聖に、この山の王になっていただき、むかしの勢いをとりもどそうではないか」

猿どもに異存があろうはずはない。口々に「孫小聖万歳！」と叫ぶ。履真はあわてて辞退したが、猿たちの声はいっそう高くなる。こうなっては仕方もない。ついにやむなく王にまつり上げられてしまった。

新しい王の就任祝賀会は盛大に行なわれた。万事、酒なくてはすまぬのは、人の世も猿の世界も変わりはないし、飲むほどに酔うほどに、民謡、都々逸、なつメロからゴーゴーまでとび出すのも至極あたりまえ。

通臂仙がいう。

「大王、この鉄棒の使いぐあいはいかがですか」

「まことに使いよいが、不要のさいに仕舞うのに不便ですな」

「大王はまだご存知ないと見えますな。この鉄棒は、大むかし、夏の始祖の大禹が黄河の治水のさいに使った神珍鉄で、のばせば天にも届き、縮めれば針のようになります。大聖はいつも縫い針の大きさにして耳の中へしまって置かれたものでした。そのときの呪文は

〃大きくなれ〃あるいは〃小さくなれ〃でけっこうです」

履真は喜んで教えられた通り、鉄棒を小さくして耳の中へしまい込んだ。

山は新王の出現で活気づき、みんなはせっせと働いたし、争いごともなくなって太平が続いた。履真は毎日のように領土の内外を歩きまわって偉大なるサル王国の再建にはげんだ。ある日、東の海岸へ出てみると、大波がわき起こっており、魚や竜がたわむれているのが見えた。

「仏家では竜を鉢の中で飼うというし、英雄豪傑は竜を屠って、その肝を食うと聞いている。ひとつ、わしも竜を捕えて鉢の中で飼ってやろう」

と、如意棒に「変われ」といって釣竿にした。そして自分の毛を一本抜いて万丈もの糸とし、小石を大きな珠に変えて糸の先につけ、海の中へ投げ込んだ。

水中に入った珠は、キラキラと光を放ってとても美しい。玉には目がないのが竜である。たちまち竜のこどもたちが寄って来て、珠を奪おう、呑もうとして大さわぎ、それを片っぱしから釣り上げるものだから、履真の魚籠は竜の子で一ぱいになった。

これを見てあわてたのは、海中をパトロールしていた巡水夜叉、水昌宮へ駈け込んで老竜王に訴えた。

「大王、大変です」

「何だ、あわてて。大変とは大いに変わるということだ。何か大いに変わったことでも起きたのか」

「実はその、海岸に一人のエテ公があらわれ、竜を釣っているんです。すでに殿下がたが七、八匹釣り上げられました」

「それは大変、なぜもっと早くいわぬ」

「ですから、こうしてあわててご注進に及びましたので…」

「して、どんな猿じゃ」

「顔は雷のよう、目は火のよう、瞳は金色で、むかし、ここへ乗り込んで来た斉天大聖によく似ていて、もっと若い奴です。いまに、みんな釣り上げられてしまいますぜ」

老竜王は色を失った。

「どうしたらよかろう」

「鯉将軍に命じてエビやカニの大軍をひきいて出撃

させ、大波を立てて溺れさせてはいかがですか」

「そんな子どもだましのような方法が斉天大聖に似た奴に効くものか。よけい怒らせるだけだ」

「ではどうなさいますか、こう言っている間にも、殿下がたは次々に釣り上げられているんですよ」

「仕方がない、わしが直々に出かけて行って掛け合うとしよう」

としをとって、気力、胆力ともにおとろえた竜王、おっかなびっくりで水の上へ顔を出してみると、なるほど、斉天大聖によく似た猿が、おもしろそうに孫たちを釣り上げている。ここで威張ってみてもコケおどしにしかならぬ、と身のほどを知っている竜王は、力づくなどという手は使わない。いともていねいな口調でたずねた。

「のうのう、そこに釣糸を垂れたるお方、さだめし名のある仙者と心得候。おん名を名乗り候え」

履真、莞爾とうち笑い、ベランメエ口調で、

「知らざあ言って聞かせやしょう。生まれは花果山水簾洞、そのむかし天宮を騒がして斉天大聖の位につき、のちに西天へお経をとりに行ったその功で、闘戦勝仏とあがめられるようになった孫悟空たあ、おれさまの先祖。その斉天大聖にあやかって仙道をおさめ、いまじゃ花果山の王として、その名も高え斉天小聖孫履真たあ、おれさまのことだあ」

と六法を踏み、目をひんむいて大見得を切った。ま、芝居でいえば、こんなところだろう。竜王は驚くと同時にやや安心した。

「斉天大聖のおあとですか。大聖とはむかしずいぶん親しくしていただきました。そのおあとなら、さだめし私の贈りました如意金箍棒をお持ちでしょうな」

(うたぐり深い、もうろく爺いだ)

履真はそう思ったが、そこは面には出さずにっこり笑い、

「如意棒なら、ほれ、この通り」

といって釣竿をおさめ、もとの如意棒にもどした。見ていた老竜王は、もはやいうことなし、と小腰をかがめ、

「これはこれは、まぎれもない大聖のおんあととお見受けいたしました。失礼の数々は、ひらにお許し下さい。以後ご昵懇に願い上げます」

と、ていねいにあいさつ、「お近付きのしるしに、まずは一献」と水底の水晶宮に案内した。ちょうど腹の空きかけていた履真、釣り上げた小竜を放し、喜んで招きに応じたことはいうまでもない。

水晶宮につくと、竜王は一家眷族総出で下へも置かぬ大歓待、その間にも、

「私と斉天大聖とは、とても懇意な間柄でして……」

とくりかえし、くりかえしいう。竜王の魂胆は、履真の頭のあがらぬ大聖と親しいということを示して自分の権威を高め、合わせて履真にこれ以上の乱暴をさせず、お互いに平和友好を保って行こう、というにあるのはもちろんのこと。そうは判っても、こう大聖を持ち出されては、乱暴者の履真も、おとなしくせざるを得ない。のんべえの彼は、飲ませ上手の竜王におだてられ、飲まされ、いい気持になって花果山へ帰った。御馳走政策は、いつの世でも、どんな人種に対しても常に有効である。竜王の方も、

「うまく行った。あんなのとまともに戦ったら、えらいことになるところだった」

と胸をなでおろした次第。

竜王に勝った履真は考えた。

(世に竜虎という。水中では竜が大将だが、陸上では虎が王様だ。してみると、虎をやっつけて、おれさまの強いところを見せておかぬと、本当の王とはいえぬ。それに、虎はよくわしの一族をとって食うから、ひとつ思い知らせておかずばなるまいて)

そこで、例の如意棒を片手に、虎を求めて山中へ踏み込んだ。一匹の餓えた虎が、その姿を見つけたが、虎もまんざら馬鹿ではないと見え、雷のような顔、火のような目、金色の瞳という異相の猿が、太い鉄棒を片手に、恐れる色もなくノシ歩いているのに若干気味が悪くなった。そこで、襲うのをあきらめて洞穴へもどり、仲間に告げた。

「変なエテ公が来たぞ」

「食ってしまえばいいのに……」

「それがそうはいかんのだ。どうもあいつは、ふつうのエテ公と違うようだ」

「なーに、エテ公はエテ公。どれ、行ってみるか」

と、七、八匹の虎がゾロゾロ穴から這い出し、数に

モノをいわせ、一せいに吠えついた。履真は喜んだ。

「いたいた、畜生め。朝から待っていた所だ。それも一ぺんに七、八匹も出て来やがるとは……。ありがた山のホトトギスたあ、このことだわい」

と鉄棒をふり上げる。虎は爪をとがらせ、牙をむいて四方から跳びかかった。

「チョコザイな」

と履真は跳び上がって虎の一撃をかわしたのち、鉄棒を風車のように廻した。虎どもはよけかねて、頭を割られる奴、背骨を砕かれる奴、あごをはずされる奴、足を折られる奴と、たちまち全滅してその場でくたばってしまった。ところが、その中に一匹だけ、片足びっこをひきながらコソコソ逃げ出そうとする奴がいる。履真はすかさず鉄棒でとりおさえ、虎をふまえた和藤内よろしく、片足でその頭をふみつけて叫んだ。

「やい、畜生、命が惜しいか」

虎はコックリをする。

「ならば一命は助けてやる。そのかわり、帰って仲間に伝えろ。この斉天小聖孫履真さまが花果山の大王になったからには、花果山に住むすべての生きものは、わしの命令にそむくことを許さぬ。もしも命令にそむいたり、猿を襲ったりしやがったその時は……」

といって鉄棒で虎の首をぐいとねじまげ、仲間のむごたらしい死にざまを一わたり見せたのち、

「きっとこのわしが、あのようにたたき殺し、虎ナベにして食ってしまうから、そう心得ろ、とな、よいか」

虎はふたたびコックリをし、履真の足がどけられたのをさいわいに、尻尾を巻いてコソコソと去ってしまった。

以来、猿を襲う虎はいなくなったが、何でも虎の社会では、むずかる子ども虎に「孫小聖が来るぞ」とおどかすと、子供はピタリとむずかるのをやめるようになったというが、これはあてにはならない。

さきには竜を下し、いままた虎をおさえた履真、これで地上にかなう奴はあるまい…としばらくはいい気持になっていたが、そのうちに何だか物足らなくなった。そこで通臂仙をたずねた。

「私は大聖から伝えられた仙術で、ともかくも仙者となり得ましたが、本当の神仙は天地陰陽、古今に通

じているといいます。けれども、私は天地間のことは少しもわかっておりません。もし本当の神仙に会って、そのような問答をしたら、即座に負けてしまいましょう。何とかして天地の理を知りたいと思うのですが……」

「あなたが、そのような気持を抱かれたことは、さらに大きくなる第一歩です。そもそも、木に根があり、水に源があるように、生死善悪にも、よって来たる所があるのです。この問題は地獄の閻魔大王に聞かれたらよろしかろう」

「よいことを教えて下さった。さっそく行ってみるとしよう」

鉄棒を持ち直すと、一飛びして冥途へとび込んだ。するると、門には若い青鬼が一匹、これまた鉄棒をかまえて、ふんぞり返っている。かまわず通り抜けようとすると、目をむき、鉄棒をかまえてどなった。

「こやつ、ここを閻魔の庁と知っての推参か」

どこでも門番、車夫、馬丁のたぐいは、主人の権威をかさに着て威張りたがるものである。だが、わが履真クンは平気の平座、

「おうさ。その閻魔大王にちょっと用があって来たんだ。通るぜ」

と、如意棒で一押しすると、青鬼はたちまちよろけて尻餅をついた。力は弱いが口だけは達者な奴と見え、へばったまま奥へ向かって大声をあげた。

「変な奴が押し入ろうとしています。方々、お出会いなされ、お出会いなされ」

声に驚いて顔を出した老人の赤鬼、履真の顔を見るなり、「あっ」と叫んで森羅殿へ駈け込んで閻魔に告げた。

「大変です。斉天大聖孫悟空がまたインネンをつけにやって来ましたぞ。どんな難題を持ち出すか知れません。早くお逃げになっては……」

年寄りというものは、どこでもハト派と見える。閻魔は眉をひそめた。

「孫悟空なら、とっくに成仏して極楽にいるはず。それが乱暴をしに来るわけはあるまいに…」

と不審に思いながら出て来た。はや階段のところまで来ている履真、閻魔がよく見ると、なるほど孫悟空そっくりだが、年齢は若い。しかし、いかにも強そう

に見えたので、竜王同様、きわめて下手に出て氏素性をたずねた。ここでも履真は団十郎ばりの大見得を切ったが、閻魔王からも「大聖とはごく親しい間柄でして……」と機先を制せられ、おとなしく酒食の饗応にあずかった。斉天大聖ということばは、履真にとっては唯一の泣きどころなのである。

さて、閻魔からわざわざの来意をたずねられた履真、かたちを正して切り出した。

「私は大聖から伝えられた仙術を習得し、いささか変化の方法を心得ましたが、肝心の天地陰陽の理、生死の本質については少しもわかっておりません。そこで、その任にあたっておられる貴殿におたずねしたくて、かくは推参した次第です」

「私どもはただ天帝の命にしたがって、生死の帳面上のことを扱っているに過ぎません。おたずねの儀は深遠微妙、とても、われらのよく知るところではないのです」

「これはご謙遜を。ほかのことはいざ知らず、少なくとも生と死については、貴殿のもっぱら関与されるところ、ぜひともお教えを賜わりたい。と申しても漠然としていて、お答えの仕様がないといわれるのなら、問題を限定いたしましょう。まず、おたずねしたいのは、孔子の高弟で、亜聖とうたわれた顔回が若死にをし、稀代の大盗賊、残忍無比といわれた大泥棒の盗蹠《せき》如き悪人が長生きして、天寿を全うしたのはなぜですか」

「せっかくのおたずねですから、浅学をかえりみず私見を申し上げましょう。大体において長生きと若死にとは、善と悪とにもとづいております。すなわち、善人は長生きをし、悪人は早死をします」

「しかし、事実は…」

「わかっております。事実は逆ではないかとおっしゃりたいのでしょう。細かく申し上げますと、長命と短命とは、この原則が個々の場合に、いろいろな違ったあらわれかたをします。体質、養生によってもちがいます。後世に芳名をのこすのと、悪名をのこすという善悪があり、あるいは幸運に乗る、不運に苦しむという善悪もあります。おっしゃる通り、顔回は芳名を残し、盗蹠は悪名をのこしたのはこれです。ですから、ここではその一面だけでなく、他の面をもいろいろ考え合わせて判断しております」

「なるほど、生死についても常法と変法とがあることがわかりました。この変法は個々によって違うので省略するとして、常法についておたずねします。人の長命と短命は、その人の善悪に基くのですか、それとも、あなたが臨機にその善悪を勘案して決めるのですか、あるいは前もって善悪を知って決めるのですか」

「いやいや、人の生命は南斗と北斗の星に関係します。その時どき、その人びとを招いて、その通りに扱うだけで、決して時を間違えたり、臨機に勘案するようなことはありません」

「とすると、人の生死にはみな決まった数があるわけですな。善をすれば長命、悪をすれば短命とはいいながら、そう決まっているところから考えると、善悪と長短とは必ずしもうらおもての関係にはないということになる。善人あえて敬うに足らず、悪人あえてこらしめるに足らずということになります。だが、生死のことがちゃんとわかっておれば、役人が一人で帳面を照合し、死ぬ人をここへ招きさえすればよいわけで、何もあなたが骨を折って判断なさる必要はあるまいし、罪人を極刑に処して応報の恐しさを示す必要もないでしょうに」

閻魔王は、履真のこの鋭い質問に、たじたじの態である。

「いや、どうして。さすがは斉天大聖のおんあと、私も返答に窮しました。ご指摘のように、天帝のお定めにも、まだ不備の点があるのです」

「では、それはこれまでにしておくとして、いま俗世間には悪徳政治家、貪官汚吏から黒幕的ボスがはびこって、天下の大法を私の感情や利益のために曲げる例が少なくありません。ここには、そのようなことはないでしょうな」

「これはしたり。そのようなことは一切ありません。俗世間には司直の手にかかっても、なお、俺は潔白だ、検察ファッショだ、あくまでも正当な政治献金だ、わしの知らぬ間に部下がやったことだ、そういうことは〝知らぬ〟〝忘れた〟〝記憶にない〟等とわめく政治家、政府高官、財界人がたくさんいるようですが、私たちは、あくまで公明正大、決してワイロをとったり、圧力に屈して法を曲げたり、〝実力者〟に遠慮して手を下すことを見合わせたりは致しませんぞ」

「果たしてそうかな？　間違うということもあり得るでしょう」

閻魔王は、いささかムッとした。

「では、ここに処分事例があります。ためしにご覧になって下さい」

履真は坐り込んで、さし出された文書綴りの中から、適当に一つを選んで開いてみたところ、唐の貞観十三年、経河《けい》の竜王がさし出した訴状で、それによると、竜王が雨を降らす時を間違えたので斬られようとしたのを、時の太宗が、「助けてやろう」と請け合いながら、臣下の魏徴に誤って殺させた。これは約束違反であり、不当であるという訴えである。

判決文には〝竜王が勝手に雨を降らす時期を変えたことは許されない。唐の太宗はなるほど夢の中で「助けてやろう」といったかも知れぬが、元来、この竜王は「魏徴の手にかかって死ぬ」と北斗星が定めているのだから、魏徴に斬られたのは天命で、太宗とても、どうすることもできなかったのである。それを竜王は、太宗のせいにしている。これこそ不当である。太宗は再び娑婆《しゃば》に返すべきである〟と書いてある。履真は、

「なるほど、情理兼ねそなわった判決だ。けれども、どうも納得できない。というのは私は本件について、こんな事実を知っているからだ」

といって、次のような隠れた事実を指摘した——。

唐の太宗のころ、長安に袁《えん》という占いの名人がいた。よく当てること神の如くで、漁師もこの袁の占いによって魚を獲っていた。竜王は、

（このままでは、わしの眷族は、みんな獲りつくされてしまう）

と心配して対策を考えた末、とりあえず部下をやって袁に翌日の天気をたずねさせたところ、袁の答えは「午前八時に雲が出、同十時に雷が鳴り、正午ごろ雨が降り出し、午後三時にやむ。雨量は三十三ミリ」と出た。

報告を聞いた竜王は、まさかと思っているうちに、天帝から「雨を降らせよ」という命令がくだった。その内容はなんと、さきに袁の占った通りである。竜王は仰天した。

「天帝の命だが、内容を変えて、あいつの信用をな

くしてやれ」

と、降る時期や雨量を勝手にちがえた。怒ったのは天帝である。

「わしの命令にそむいた竜王を魏徴に斬らせろ」

と命じた。それと聞いた竜王は、太宗の夢にあらわれて、助けを乞うた。太宗は、あわれに思って魏徴を外へ出さないように碁の相手をさせた。ところが、対局中に、魏徴はいねむりを始めた。太宗が「変だな」と思っているところへ、一人の役人が竜の首を持って報告に来た。

「いま、この首が空から落ちて来ました。不思議なのでご覧に入れます」

いねむりから醒めた魏徴、

「天帝の命令で、いま夢の間にこの竜を斬って参りました」

というので、太宗はびっくりした。その夜、太宗の夢にあらわれた竜は太宗を責め、

「約束をしておきながら助けてはくれませんでした。閻魔の庁へ行って理非を明らかにしてもらいましょう」

といって太宗を引っぱって行こうとした。

いまにも死のうとする太宗に、魏徴は一枚の紙を渡した。

「これを崔《さい》という書記官にお渡し下さい。きっとお助けするでしょう」

太宗が冥途へ行くと、閻魔王は、

「陛下が悪いのではありません。ただ竜王があまりうるさいうものですから、お迎えしただけです」

といい、太宗の寿命を調べさせた。

こちらは文書を保管する役の崔書記官、さきに魏徴の手紙をもらっているので、太宗の寿命「一十三年」の「一」を「三」に書き直しておき、何食わぬ顔をして閻魔に見せた。

「なるほど、三十三年もあるのか。では一応娑婆へお帰りを願うとしよう」

こうして太宗は再び息をふき返したわけである——。

このように説明して一件書類に目を通した履真、「だから、納得できないのだ」としていった。

「善悪はみな心で造るという。この竜王は生まれる以前は善悪は何もしていない。なのに北斗星は前もっ

て〝魏徴の手にかかって死ぬ〟と書いたのは、どういうわけですか。竜王が天帝の命令にそむいたのは悪いことには違いないが、これは北斗星の決めたことで、竜王はその通りにせざるを得ないようになっている。天帝は生を好まれるはずなのに、北斗星はどうして竜王の横死を決めたのだろう。どうも納得できないことがらです」

腕を組んで、しばらく考えていた閻魔王、

「あるいは竜王が前世に悪事を働いたため、北斗がそれを、いまの世でむくいを受けるようにしたのではありませんか」

「それもおかしい。もし今世で罪がないのに罰せられ、〝前世のむくいだ〟というのでは善悪の理が明らかにならない。もし今世で罪を犯して罰せられるのなら善悪のむくいは明らかになる。けれども、それでは前世のむくいが消えぬことになって不合理です。前世の前に前世があり、後世の後に後世があるのだから、このように前後がかかわり合うということになると、立派な子孫でも悪い祖先ののこした罰をいつまでも受けるし、悪い子孫でも生涯よい祖先の福を受けることになりましょう。はじめの善悪の報いに間違いはなくても、後の善悪には報いがあるのかないのか分らなくなり、中には、とんだ罰を受けて無実の罪に泣く者も出て来ましょう。こんなことでは是非のしっかりした規定がないことになるし、いたずらに法文をひねくりまわすだけにおち入りませんか」

閻魔王は目を白黒させて返答もできない。

（少しいじめ過ぎたかな）

と履真は思ったが、肝心の疑問がどうしても晴れないので、どうもおもしろくない。

「まあ、これはあなたの罪ではありますまい」

と、その場をおさめたが、ついでに、さっきの話を証明してやろうと、一冊の書類をとり上げた。「万国帝王寿命表」とある。めくって行くと「大唐太宗皇帝李世民、享年三十三」とのっている。ところが、よく見ると、三の字の下の一と上の二とは筆蹟も墨の色もちがって、明らかにあとで書き加えたものである。読者はすでにご存知の通り、崔書記官が細工したものだが、履真は笑って、閻魔王に見せた。

「これでも公明正大、何らの不正はないというのですか」

閻魔王もあわてた。さっそく部下をきびしく調べたところ、崔の仕わざとわかった。

「とんだことをしてくれた。これでは孫小聖に合わす顔がないではないか。それにしても、唐の国運は二百八十九年と決められている。太宗の寿命を二十年ふやすと、三百九年となり、わしまでもが天帝からお叱りを受けねばならぬ。困ったことだ」

まず自分の保身を考えるのが官僚の常らしい。崔書記官をきつく吟味したところ、太宗は崔の生前の主君であったため、同僚の魏徴の頼みで、ついこんなことをしでかしたのだという。「困った、困った」と連発している閻魔王に、履真はそばから口を出した。

「唐朝を二百八十九年で終わらせればよいわけでしょう?」

「そうです」

「では、唐朝の運命の後の方を削ることですな」

「……」

「つまり、いまの憲宗の世を縮めるのです」

「在位三十六年、寿命は六十三歳となっておりますが」

「では、在位十六年、寿命は四十三歳になさい」

「憲宗を四十三歳で死なせるわけですか」

「さよう。大体あの皇帝は神仙が好きです。そこで崔書記官を道士にして唐にくだし、勝手に太宗の寿命をのばした罰として、こんどは仙薬の力で憲宗の寿命を縮めさせるのです。これで、この一件は終わりにしてはどうですか」

閻魔王は喜んだ。ことは片付くし、天帝の命にはたがわずにすんだし、第一、自分の首がつながったわけだから……。

履真は、またほかの一冊をとり上げてみた。天下万民の生死簿である。めくっていると、農民劉某の寿命が「六十四歳」とあるのを朱筆で消して、「七十六歳」と書き直している。

「これは何ですか」

「いや、これは地蔵菩薩のなさったことです。本人に善行があったので、一めぐりふやされたのです」

履真は笑い出した。

「なーんだ。生死とはつまるところ賞罰による私ごとなんだな。北斗星が生死をつかさどるというが、これもおかしなものだ。北斗の筆だって不正確なものとわかった。これ以上、冥途の書類を見る必要はない」

といって立ち上がった。ふと見ると、柱に対聯がかけてある。

是ヲ是トシ非ヲ非トスル地
明ヲ明トシ白ヲ白トスル天

と書いてある。履真は、

「こんな大きな宮殿にこれだけではさびしい。少しつけ加えてもよろしいか」

「どうぞ」

と閻魔王も、さっきのことがあるので、さからえない。そこで履真は書き足した。

是ヲ是トシ非ヲ非トスル地
畢竟　誰カ是ニシテ誰カ非ナル
明ヲ明トシ白ヲ白トスル天
到底　明ナラズ白ナラズ

大笑いで「はい、おやかましゅう」とあいさつして冥途をとび出した。

ここでひとつ、わが履真クンと、そのご先祖の悟空センセイの愛用したキント雲（觔斗雲）について説明しておかねばなるまい。キントとは中国語でトンボ返りのこと（現代語では翻筋斗）。とにかく、このキント雲に乗っかると、一度トンボ返りする間に、なんと十万八千里も飛べるという。中国では六丁を一里とするなら、日本の里に直して一万八千里、キロに換算して約七万二千キロ。一回のトンボ返りに三秒かかるとすれば、一時間に千二百回、時速にして、なんと八千六百四十万キロになる。

光速には遠く及ばないまでも、地球の周囲（赤道上）が四万キロなので、一時間に地球を二百十五回廻ることができる勘定で、音速の七万倍以上、いまでいえば、これまたなんとマッハ七六〇〇〇弱の、文字通り超々々……音速機である。こんなスピードで、ガソリンは要らず、天候もおかまいなし。ただ雲を呼んでヒョイと乗りさえすれば、思うところへ自由自在に飛んで行けるのだから、履真がアッという間に天界へ行ったのも無理はない。

こんなものが、現代に伝わっておれば、いまごろになって月旅行だの、宇宙船だのと大さわぎする必要はないのだが、そこはその、神変摩訶不思議の仙術。残念ながら下界には後継者が絶えてしまった。

ところで、こんなに速い雲に乗って、よく目が廻らなかったものだとか、身体は何ともないのか等々の疑問が起こるが、それこそ凡夫の浅知恵というもの。悟空も履真も、不老不死の道を心得た仙術の大家だから、何ともなかったのである。われわれ俗人どもは、決してこのような便利な乗り物を利用しようなどと妄想すべきではありませんぞ。履真クンになり代り、読者諸賢にご忠告すること、かくの如し。喝!

天宮を騒がして悟空にたしなめられる

（四）

冥途へ行って生死と善悪の問題で閻魔王をとっちめた履真、意気揚々と花果山へ引き揚げて来た。ことの次第を通臂仙に告げたところ、通臂仙はいう。

「なるほど、そうでしたか。してみると、彼らは天帝の命令で動いているだけですね。では、どうです。この上は天にのぼって本質をきわめられては……」

「いや、私もそう思っていたところだ。明日は天に昇ってみるとしよう」

そばで聞いていた猿たちは、一せいに膝まづいて言い出した。

「むかし、斉天大聖は天に昇られて仙桃や仙丹などをたくさん土産に持ち帰られたそうです。どうぞ小聖も仙酒や仙丹を私たちにお持ち帰り下さいますよう」

「よしよし、きっと持って帰ってやるからな」

履真は上機嫌で請け合い、翌朝、夜明けとともに出

発した。九天までのぼってながめると、金の御殿、玉の宮居がいらかをつらね、あまたの星がそのまわりをとりかこんで光を放ち、さすがは天帝の住居らしい宏壮華麗さである。

履真が近付いてみると、大門がすっかり開いている。これ幸いと入って行こうとすると、衛兵司令の増長天王が、たくさんの部下をひきつれ、槍ぶすまを作って道をさえぎった。

「このうつけ者め、目をあけてよく見ろ。ここは天帝の住み給う天宮なるぞ。ひかえい」

天宮の門衛だけあって、いうことまで大時代的であり、天帝の威光をかさに着て大威張りである。履真はせせら笑った。

「海は広いから魚を勝手に泳がせるし、天は大きいから鳥の飛ぶにまかせているではないか。天帝のみ心は宏大なのに、お前たちこっぱ役人が行く手をはばむとは何ごとだ」

こっぱ役人とののしられて増長天は真っ赤になった。

「こやつ、いわしておけばちょこざいな。その口引き裂いて、ものもいえぬようにしてくれん」

槍をしごいて突っかかって来た。履真は、戦って勝てぬ相手ではないと見たが、のっけから喧嘩するのもまずい、第一、争いをしに来たのではないのだから……と、ムズムズする腕を我からおさえ、一応門外へ逃げ出した。増長天もあえて追っては来ない。門から追い出してしまえば、もはやそこは衛兵の管轄外で、巡察隊の領分というわけなのだろう。

（さて、どうして入ったものか）

と考えているところへ、かなたから放牧した天馬の一団が、門をめざしてやって来るのが見えた。

（しめた。あの中にまぎれ込んで入ってやろう）

と、身体を一ゆすりすると、はや立派な一匹の天馬、うまく一団に加わって首尾よく門を通り抜けた。そして、まわりの馬につられて、とうとう厩に来てしまった。いつまでも馬でいることもあるまいと、そこで本性をあらわして、珍しげに厩をのぞき廻っていたところを、馬飼い役人に見つかった。

この馬飼い役人は新参で、つい先日、ヨボヨボの爺さんがウロウロしているのを見て怒鳴りつけたところ、それが太上老君であったため、かえってひどく叱られたことがある。以来、人相風態だけで人の価値を判断しないという美徳(?)を身につけているため、この異相の猿にもひどく遠慮した口をきいた。

「もしもし、あなたはどなたさまで？　何用あって、こんなに朝早くお越しでございますか」

履真が見ると、人のよさそうな役人なので安心した。が、こういう手合いは、ある程度、高飛車に出た方が効き目があると思ったので、グッと胸をそらせて重々しくいった。

「拙者は、もとの斉天大聖、いまは闘戦勝仏として浄土にましますの孫悟空の子孫にして、斉天小聖孫履真と申す者、先祖のいさおしのあとをたずねんとてまかり越した。見知りおかれい」

新参の小役人、これを聞いて「あっ」と叫び、同僚のところへ飛んで行った。古参の役人が出て見ると、雷の顔、火の目、金の瞳、如意棒と、道具立ては孫悟空にそっくり。斉天大聖の子孫が訪ねてくるというお達しはなかったが、粗末に扱ってあとで叱られてもかなわぬ、長いものには捲かれろと、これまた小役人根性を発揮して、お馬廻り役一同とともに、あわててかしこまってガン首をならべた。

「これはこれは、ようこそのお越しで。大聖が弼馬温の役に就任されましたころから見ますと、馬の数もずいぶんふえましたが、手前どもはあいも変わらぬ安月給でございまして。はい。それに、近ごろはベースアップもありませんし、入札や許可・認可にからむ役得も、ピーナツをくれる業者もございません。税務署の役人のように買収供応に来る者もありませんので、年中ピーピーしております。何とぞ天帝に、手前どもの待遇改善を図られるよう、よしなにおとりなし下さい」

履真はおかしくなった。

(天宮の正式の客人と思っているのだな)

「よしよし、あとで天帝にお目にかかるから、その方たちの窮状を申し上げておこう」

小役人たちは、いっせいに最敬礼。

「わしはこれから、大聖が監督に当たられた蟠桃園を訪ねたいのだが、どこにあるのかね?」

「はい、蟠桃園はここから東南へ二里あまりのところにございます。何なら馬のお仕度を」

「いや要らぬ。わしが仙術の大家であることを忘れたのか?」

「あ、そうでございましたね。これはどうも、とんだ失礼を」

と、頭を下げている間に、履真の姿は見えなくなっていた。

一またたきもしないうちに、履真は蟠桃園についた。見れば、かつて孫悟空のいた役所は、久しく無人と見えて荒れほうだい。大体ここは孫悟空のために建てたのだから、主人公がいなくなれば修繕する必要もないわけだから、自然荒れたのである。人のためにわざわざ作ったポストのようなものだ。

それはまあよいとして、履真を一そう驚かせたのは、蟠桃園そのものの荒れようであった。三千本もあったという桃の木はすっかり枯れ、実どころか、葉一枚ついていない。

(これはおかしい。道を間違えたか、それとも馬役人がうそをついたのかな)

と思っている所へ、土地の神が見廻りにやって来た。少々ボケている老人なので、履真を孫悟空と間違えたらしく、駈け寄って来てあいさつをした。

「や、これはお珍しい。極楽の方のお暮らしはいかがでございますか。ところで、きょうはまた何のご用で？」

「間違われたな？」と思ったが、「それなら、それでよい」と、履真はさあらぬていで、

「極楽は全く退屈な所で、ひまをもてあましているよ。きょうはひとつ、仲間の仏たちに仙桃を少し持って行ってやろうと思って来たのだ」

「おやおや、大聖はもうお忘れですか。この桃は三千年で中熟、六千年で大熟、大きいのは九千年でやっと熟します。大聖がここを荒らされたため、西王母さまはお怒りになって、実を全部もいでおしまいになりました。あれからまだ千年ほどしか経っていませんので、葉さえついていないのです」

履真は内心がっかりした。『西遊記』をお読みの方は、この話はご存知と思われるので省略するが、履真は、

「そうそう、そうであったな。わしも極楽ぼけしたと見える。しかし、いくつかはしまってあるだろう」

「生まものですから、しまってはおけません。けれども、西王母さまの所には、あるいは缶詰ぐらいはあるかも知れませんよ。行ってご覧になられては……」

「うむ、久しぶりに西王母にお会して来るとするか。ところで、西王母の御殿はどこだったかな？」

土地の神は笑い出した。

「大聖は本当に極楽ぼけなさいましたね。ここから真西、二キロのところではありませんか」

「いや、忘れたのではない。ちょっと君をからかっただけだよ」

と、また一飛びして西王母の御殿へやって来た。仙人界の女親分の住居だけあって、宏壮ななかにも優雅華麗さをたたえ、五色の雲が棚びいている。

「これはいい所だ。いかにも仙桃や仙丹がありそうだ」

とつぶやきながら入ろうとすると、またしても門番という、権威主義のイヌにつかまって文句をいわれた。だが、履真は、

「わしも仙者のはしくれ、だれかれという家の区別はない。天上天下ことごとくわが住む所、用があって

西王母に会いに来たのだ。下手なとめ立てすると容赦はせんぞ」

タンカを切って、あっけにとられている門番を尻目にどんどん入って行った。

宮殿の玄関に立った履真、如意棒をドシンとついて、われ鐘のような声、

「頼もう」

「どーれ」

「拙者は斉天大聖孫悟空の後裔で、斉天小聖孫履真と申す者。西王母にお願いの筋あって参上した。すみやかに取りついでもらいたい」

孫悟空の末孫と聞いて、取次ぎの役人はびっくりした。いつぞや孫悟空にはひどい目に遭わされたことがあるからだ。あわてて奥へ引っ込み、西王母に告げた。西王母にとってもいやな相手である。

「何とか理由をつけて追っぱらっておしまい」

と取り合おうとしない。役人はやむなく出て来て、

「その、何でございます。西王母さまはいまお取り込み中で、お目にかかれないと申されております。ご用件だけでもうかがって参れとのことでございます」

と平身低頭。履真、

(ははあ、玄関払いを食わせようというのだな。だが、そう簡単には引きさがらぬぞ)

「お忙しいのなら仕方がない。また出直すとしよう。しかし、せっかく来たのだから、無心したいものがある。こちらの仙酒、仙桃、仙丹はとてもうまいと聞いている。ちょうどひるどき、馳走にはあずかれまいか」

役人はまた引っ込んで来ていう。

「せっかくのお頼みながら、いま桃は花も咲いておりませんし、酒はまだこうじの段階です。きょうのところは、ひとつ、ご勘弁下さいまして、桃が熟し、酒が出来たころ再びお越し下さいませんか」

「しかし、仙丹ぐらいはあるだろう」

「それは太上老君が煉られるものですから、ここには……」

「ないというのか」

「はい」

「なめるな」

履真は鉄棒をどんとつき直した。地ひびきがして、

玄関がぐらぐら揺れる。

「あれもない、これもないで、はい、さようですかと黙って引き下がれると思うか。ひとを見そこなうな。俺が黙って帰ろうとしても、この如意棒がいうことをきかぬわい」

もはや完全なゆすりである。役人はあわてて、また奥へすっ飛んだ。

「あんな乱暴者の食いしんぼうの田舎者は、一寸したた料理でもあてがってやれば、すぐおとなしくなりましょう。このままでは何をしでかすかわかりません。ことが大げさになるのは聞こえもよくありますまい」

この事なかれ主義は西王母の心を動かした。西王母も、

「悟空の後継ならやりかねないね。食べもののうらみは大きいというから、ここは穏便に済ませるとしましょう」

と、まかない方に命じて四品の馳走、仙酒に干した仙桃とを用意させた。

人間なら札束をみて、というところだが、エテ公だから札は要らない。目の前にうまそうなご馳走を出されたものだから履真はすっかり喜んだ。

「いやどうも、はずみで大きな声を出したりして悪かった。遠慮なくゴチになるとしよう」

と大いに食い、大いに飲んで、たちまち徳利を空にしてしまったが、まだ物足りない。

「サカナはいいから、酒をもう二、三本頼む」

仕方なく持参したところ、それも空にして少々酔っぱらった。はじめのうちは「俺は酔っぱらったぞ、天国よいとこ一度はおいで、酒はうまいし姐ちゃんはきれい……」などと鼻歌まじりでやっていたが、どうもタチのよくない酒と見えて、

「どうだい、役人。西王母の腰元は美人ぞろいと聞いている。ひとつ声がよくて芸の達者なのを五、六人つれて来てくれんか。〝酔ウテ歓ヲナセドモ管絃ナシ〟じゃつまらんと、白楽天の『琵琶行』という詩にもあるではないか」

芸者と間違えている。役人もあきれて西王母に告げたところ、さすがのお婆ちゃんも柳眉をさか立てた。

「つけ上がるのもほどがある。もう許しませぬぞ」

と天帝に注進させた。天帝はびっくりするとともに

怒り、さっそく上、中、下三界の霊神や五行の星官に命じて履真逮捕に向かわせた。

そうとは知らぬ履真、酒よ仙女よと相かわらずねだる。役人はほとほと困りはて、

「もう十分飲み食いされたでしょう。そろそろお引き取りいただけませんか。私をこれ以上いじめないで下さい」

履真も善良そうな、この小役人が少々気の毒になったので、

「実はな、わしはここへ来るまえ、手下どもに〝仙桃や仙酒を土産に持って帰る〟と約束したのでな。持って帰ってやらなければ、うそをつくことになる。うそをつくのは政府や代議士センセイの十八番だが、わしは役人でも代議士でもないのだから、うそはつけぬ。どうだ。ものは相談だが、西王母に申上げて、土産を少しもらってはくれまいか」

聞いた西王母はウンザリしたが、それぐらいのことで、このやっかい者を追っ払えるのなら……と仙酒二本と干し仙桃一籠を用意させた。履真は大満悦、いい気持になって門を出ようとしたところ、たちまち響く金鼓の音とときの声、「はて、おかしい、何ごと？」と思う間もなく、履真は天兵にすっかり取り囲まれてしまった。

「ろうぜき者、そこ動くな」

「天帝を恐れぬ不届き者、すなおにお縄を頂戴いたせ」

「御用」「御用」

口々に叫んで押し寄せて来る。

(さては西王母の婆あめ、この俺さまの逮捕を天帝に頼んだな)

せっかく、いい気持ちで帰ろうとしたところを邪魔されたものだから、履真は腹を立てた。

(腹ごなしに一あばれして、俺さまの力のほどを見せておくか)

と、一ゆすりすれば、エンパイア・ステート・ビルほどもあろうかという巨人、いや巨猿になった。それが如意棒をかまえ、

「さあ、来い、ウジ虫ども」

とにらみつけたものだから、天兵もその威に打たれてたじたじの態。そこへ履真が如意棒を大きくふりま

わしたため、台風のような風が起こって、天兵たちを吹きたおした。こうなると、戦意はまったくゼロ。悲鳴をあげ、散を乱して逃げ出した。

「きたなし、者ども、かえせ、かえせ」

三界霊神や五行星官の下知も全く効き目はない。第一、これらの指揮者の馬が驚いてサオ立ちになり、履真に背を向けたのだから、どうしようもない。要するに、霊神や星官たちの手に負える相手ではなかったわけ。

一戦もせずに味方の軍が敗走したと聞いて、天帝は歯がみして口惜しがった。こうなると、天兵中の機動隊長、新選組長とうたわれ、かつて孫悟空退治に活躍した托搭《たくとう》天王、哪吒《なしつ》太子、二十八宿、九曜星官らを総動員するほかはない。十万の天兵動員令が発せられた。まえの悟空退治で十万の天兵がさんざんてこずり、お釈迦さまの加勢でようやく捕えたにがい経験があるので、命令とはいえ、托搭天王は甚だ気乗りがしない。

「命とあらば出撃しますが、さきの悟空退治の先例もあります通り、もしうまく行きませんと、それこそ天の威光をそこなうことになりはしないかと案ぜられます。あの履真という猿、悟空に勝るとも劣らぬ手ごわい奴にございますれば……」

損ずる恐れのあるのは、天の威光よりもまず、指揮官たる自分の面子や地位であることはもちろんである。保身にきゅうきゅうとするのは、古今東西変わらぬ官僚の特性だから。聞いていた天帝、

(この不甲斐ない奴ばら)

と思ってはみたものの、頭を冷やして考えてみれば、必ず勝てるという保証はない。ただでさえ、「天帝横暴」「独裁反対」「天界に民主主義を」の声も起こりかけている近ごろの天界のこと、もし一敗地にまみれれば、命令を下した天帝の地位に影響がないとはいえない。

(〝敵ヲ知リ、己レヲ知ラバ百戦アヤウカラズ〟じゃ。ちとかっこうは悪いが、この際は勝つことが先決)

と思い直した。

「仕方がない。また如来にお願いするか」

如来お迎えの使者を立てようとしたとき、

「恐れながら」

と膝を進めて来たのが、知恵者とうたわれた太白金

星である。

「おお、太白金星か、何かよい考えでもあってか」

「如来のお手をわずらわすには及びますまい。奴めをたった一人でひしぐ適当な仁がおりますぞ」

「して、何者だ」

「奴めは斉天大聖の後裔だと称しております。そこで、闘戦勝仏に調伏方をお頼みになっては……」

なるほど、それはよい考えである。一兵も損することなく目的は果たせる。天帝は喜んで金星に使者に立つよう命じた。

ところで、成仏した孫悟空は、極楽の永安宮に住んでいた。毎日ひまなので、旃壇功徳仏――つまり、もとの玄奘三蔵法師――と仏法の話をして過ごしていた。

そこへ太白金星がやって来た。話を聞いた大聖は、

「なるほど、まことに物ごとの根は絶えないもの、妄念はそこから生じるものと見えます。私が行って取り鎮めましょう」

と即座に承諾して出発した。

こちらは履真、天兵を追い散らして意気揚々と花果山へ帰って来た。そして、土産の酒や桃を手下どもに分け与え、いまや飲めや歌えやの酒盛りの最中である。

事のいきさつを聞いた通臂仙は眉をひそめ、

「大いに天空を騒がしたわけですから、その中に天兵が攻め寄せて来るでしょう。のんびりしてはおられますまい」

だが、心おごった履真は、

「なーに、天兵の腕前は先刻承知。やって来たら、この如意棒をお見舞いするまでさ」

と歯牙にもかけない。

そこへ、洞の外で声がした。

「孫履真、すみやかに出て先祖に対面しろ」

履真が出て見ると一人の老人が叫んでいる。

「何奴じゃ」

「私は太白金星である。お前はとんでもない奴だ。天帝は大いに怒られ、天兵十万を動員して、お前を捕えようとなされたのを、わしはお前のためにおいさめ申し上げて、そのかわり、お前の先祖の老大聖にお願いして、お前をさとしてもらおうとお連れしたのじゃ」

「でたらめを言うと承知せんぞ」

「何でこの私がうそをつかねばならんのだ。あれを見ろ」

金星が指さした方に目をやると、一団の雲の上にそれらしい姿が見える。毛面ながら慈悲にあふれ、金色のひとみは知恵の光を宿しているし、雷のような口は平たくなり、あごもふっくらしている。目を閉じて手を膝の上に組み、いわゆる結跏趺坐《けっかふざ》した静かな姿は、これがかつて天宮を騒がした頂本人かと疑われるほど。履真は目をこすった。話に聞いている大聖とはどうも違う。

(ニセモノでは?)

と疑ったので、ひとつためしてやろうと耳の中から如意棒をとり出し、一度ふり廻したのち、

「あなたがまことのご先祖さまなら、この棒がいまでもお使えになれますか」

と声をかけた。大聖は微笑し、無言で手招きした。すると、どうであろう。如意棒はひとりでに履真の手を離れ、大聖の手に飛んだ。

(ありゃりゃっ)

と思っていると、如意棒はまたたく間にぬい針のようになって大聖の耳の中へ入ってしまった。

履真はびっくりしたの何の、たちまちパッとその場にひれ伏した。

「まことのご先祖さま。申しわけありません。お許し下さい、お許し下さい」

米つきバッタのように頭を地面にすりつける。大聖は笑って、

「なかなか元気があってよろしい。ちょうど私の若いときのようだの」

「はっ、申しわけありません」

「じゃが、もうそろそろ、ただの乱暴者から飛躍すべき時だな」

「はい」

「お前は、この一本の棒を頼みにしているようだから、根性の直るまで私があずかっておくとしよう」

履真はあわてた。

「もうもう決して乱暴は致しません。お約束いたしますから、如意棒はお返し下さい。頼みます。おがみます」

と、手を合わせておがみ出した。そのかっこうがあ

んまり滑稽なので、大聖もプッと吹き出した。

「よし、そのことばにいつわりはあるまい。返してやろう。だが、せっかくだから一つ、利子をつけてやろう。そうれ、受けとれ」

といって、袖の中から金の輪のようなものを投げてよこした。履真が手で受けとろうとする間もなく、輪は履真の頭にスッポリとはまった。何かはわからないが、履真は、

「ありがとうございます。利息までいただきまして……。ところで、これは何の役に立つのでしょうか」

「いや、そのうちにきっと役に立つ、この私にもかつて大いに役に立った。近い将来、ある人がお前を必要とする時が来るだろう。その時、お前は真の道に入ることになろう。心してその日を待て、よいな。私は帰るぞ」

履真はあわてた。

「せっかくお目にかかれたのですから、もう少しお話でもお聞かせ下さい。このままお帰りとは、そりゃまたつれない」

「いやいや、お前が真の道を得たら、いくらでも会えるようになる。それまでの辛棒じゃ、なまけるでないぞ、おこたるでないぞ」

「お名残り惜しゅうございます」

「うむ、ここに一つの偈がある。よく覚えておくがよい。

頑力ハ限リアリ
慧勇ニ辺ナシ
正果ヲ成サズンバ
遂ニ野仙ニ属セン

わかるな？　意味は……」

「はい。ありがとうございます。でも、これからどういう修行をしたらよいのでしょうか」

「いや、私のしたことが、間もなくお前の身にも起こる。因縁の日が来ると、招かれるであろう。だが、いまは言えない」

「わかりました。が、鉄棒はお返し下さいませんか」

「ちゃんとお前の耳の中にある」

と笑って、金星とともに雲に乗って去ってしまった。

履真はその後姿をふしおがんだのち、耳に手をやってみると、なるほど、如意棒は縫い針のようになって

耳の中へ入っていた。改めて大聖の法力の偉大さに驚嘆したが、頭にはめられた輪こそ金箍《そう》児といって、まえに悟空を大いに苦しめた金輪であろうとは、履真は知る由もなかった。

遅ればせながら、履真クンの会得した七十二の変化の法について述べておかねばなるまい。なに、至って簡単なものである。口の中で「臨兵闘者皆陣列在前」という、いわゆる〝九字〟をとなえ、次いで変わろうと思うものの姿を心を描いて「変われ」と小声でいうと、たちまち、その姿になるのである。

この九字は、もともと漢代の仙人・抱朴子が開発したもので、道士はもちろん、密教の僧も愛用したし、日本に伝わってからは、忍者もよく使った。ただ忍者の場合は、これを唱えてパッと姿を消すことはできたが、いろんなものに変化することはできなかった。それは仙術の修行が足りなかったからである。

読者もひとつ、前述の九字をとなえて「変われ」と言ってみられよ。なに？　変われない？　変われないとすれば、それはみなさんの仙術修行が足りないからであって、訳者の罪ではない。では、お前はできるのかですって？、いや、訳者は、そんな真似はしません。訳者は〝君子ハ口ヲ動カセドモ、手ヲ動カサズニ　〝君子ハ言ニ敏ニ、行ナイニ拙ナランコトヲ欲ス〟という中国のことわざを信奉する正真正銘の君子人でありますれば……。

仏教の堕落を嘆く三蔵と悟空

（五）

孫悟空にたしなめられた履真は思った。

（なまかじりの仙術と如意棒とで天界に押しかけて行くとは、われながら向う見ずだった。ご先祖さまが来てくれなければ、とんだことになるところだった。それにしても、大聖のいわれた〃自分のしたことが、すぐお前の身の上にも起こる〃とは一体なんのことだろうか。）

考えてもよくわからなかったが、そのうちに自分の身の上に何かが起こるだろうという期待と不安の毎日を送っていた。

一方、天帝に一件の落着を話して極楽にもどった悟空は、三蔵に履真のことを物語った。三蔵は驚くとともに、ガッカリしたようにいった。

「われわれが苦労して天竺から真経を持ち帰り、人びとに仏果を得させるようにしてから二百年もたった

ので、仏の教えはあまねく行き渡っているはずなのに、石はどうしてまた石猿を生んだのでしょうか。きっと世の中にまだあやまちがあるからに違いありません。とすると、われわれの骨折りは無駄だったのでしょうか」

同格の仏になったのだから、ことばづかいもていねいである。

「いやいや、そうではありますまい。真経を伝えたのは仏の慈悲からですし、堕落するのも衆生が罪深いからです。すべて、ものごとの原因はなくならないものですから、いつまでも続くでしょうし、衆生のあやまちも消滅するときはありますまい。けれども、それはあながち仏法の無効を意味するものでもないでしょう」

孫悟空もかつての師匠に説法するまでになっていた。三蔵は考え込んだ。

「しかし、道に迷った者があるのは、教え方が悪かったわけです。あなたも私も、かつての功によって仏となり、こうして気楽に暮らしていますが、ここでノホホンとしている時ではありますまい。ひとつ、長安へ行って真経がどのくらい行なわれているか探ってみる必要がありそうですね」

「ごもっともです。どういうかっこうをして参りますか?」

「こうしたらどうです。むかし、観音菩薩が長安で経を求める人を探されたときのように、かさかき坊主の姿となったら?」

「名案です。そうしましょう」

二人は雲に乗って南贍《せん》部州大唐国に行き、雲から下りて、かさかき坊主に変じ、三蔵が大壮父という師匠、悟空が吾心侍者という弟子と決めて長安城内に入った。

唐では二百年まえ、三蔵が真経を持ち帰って以来、人びとは仏教をあつく信じ、寺を建て、僧をもてなし、経をとなえ、財を喜捨しさえすれば福が得られる、布施をすれば命がのびると信じ込んでいた。

こんな工合だから、仏教が本来、清浄無為を旨とし、天下を安んじ、民心をおさめる教えであることはすっかり忘れ、僧俗ともに外見的な仏教の興隆、たとえば壮大な迦藍を建てる、大金を投じ、たくさんの僧を招いて、にぎにぎしい法要を行なうことなどにふけって愚民どもを感心させることのみに熱中していた。だから、長安城内、至る所に大きな寺があり、読経の声が聞こえ、香煙の絶え間はなかったが、仏教の本義はすっかり忘れられてしまっていたわけである。こころある人が、このさまを見て、排仏を叫ぶのも無理はなかった。

さて、二人は、ひときわ宏壮な寺に入った。法門寺といい、山門には「勅願法門禅寺」という金文字の額がかかっている。金堂は天空高くそびえ、屋根を飛ぶ鳩も小雀のように小さく見える。いたる所に金箔をちりばめ、法座は白玉の台、いならぶ僧は栄養もよいのか、まるまると太っていて、金襴の袈裟、衣をまとうてまばゆいばかり。机の上には蝟集する善女のさし出したお布施が山をなし、まこと、仏教は空前の繁昌(?)と見えた。二人が珍しげに歩いていると、接待役の僧が見つけて呼びとめた。

「あいや、それなる二人のお方、いずこより見えられた。して、いずこへ参られる?」

「江南の地より仏道修行のために参りました」

「はるばる江南よりとな?」

接待僧は、二人の粗末な墨染めの衣姿を、上から下まで、ジロジロとながめた。

「都の盛んな仏道を慕って来られたのじゃな？」

「はい」

「それはそれは、ご奇篤なこと。見られい。この盛大な当山のさまを。まさに極楽にいる思いがされるであろうの」

二人は仕方なく答えた。

「はい」

「それにしても、よく来られた。当山の大法師は、都でも高名の徳の高い方。明日はさいわいに説教をなさるので、聴聞して行かれるがよい」

「ありがとうございます。ところで当山は、どういう縁起をもつ寺でございますか」

「おお、よくぞ訊ねられた。当山には、そのむかし、天竺から真経を持ち帰られた三蔵法師のご遺骨がおさめてあり、その塔は三十年に一度、開帳されることになっている。今年がちょうど、その年に当っているのじゃ」

自分の遺骨が収められていると聞いて、三蔵法師はおかしくなったが、さあらぬ態で、

「それは世にも尊いことでございます。ぜひおがませていただきたいものです。ところで、大法師は何とおおせられますか？」

「生有法師といわれ、かの玄装三蔵法師から数えて六代目で、当代切っての名僧知識とうたわれている。三蔵法師のもたらされた真経ことごとくに通じ、壇にのぼって法を説かれるときには、天上から花がふりそそぎ申す。朝廷大官はもちろん、天子までもが時折説法を聴きに行幸なさるため、お布施も米穀も山と集まるという、まことにめでたい当山の仏教の興隆ぶりじゃ。何とすばらしいことであるまいか」

「それはそれは、うれしいことを聞きました。はるばる参った甲斐があるというものでございます」

三蔵と悟空は顔を合わせてニヤリとしたが、当の接待僧は、ひやかされているとは少しも気づかない。

「そうとも、そうとも、お二人はまことによい時にお越しになった。これも仏さまのお導きであろう」

と言いのこして、満足そうに行ってしまった。二人は深いため息をもらした。

「われわれが苦労して求めて来た真経が、あの者たちの罪つくりの種になっていようとは……」

「まったくです。俗僧どもが真の仏法を知らずに、仏の教えを立身栄達の道具にしているのは全くにがにがしいことです。まあ、明日、その生有とやらいう生臭坊主が、どういう説教をするか、聴いた上で考えましょう」

相談はまとまった。二人が法門寺に来てみると、堂内には鐘の音、木魚の響き、読経の声が高く、香煙がたちこめている。この法要が終わると説教が始まるとあって、紳士貴顕からちまたの庶民に至る老若男女がひしめいている。ほどなく法要も終わり、生有法師は一だんと金ピカまばゆい袈裟、毘盧《ひる》帽、九環の錫杖、真珠という、とっておきの装具に身を固め、もったいぶって法座にのぼった。

まず神呪をとなえ、法筆経を読み上げて一句一句講義したのち、

「前生の因を知ろうと思えば、今生の果を見ることだ。来世の果を知りたければ、今世の因を見ればよい。千言万語の仏典も、所詮は、人が善をなし、修行をすることをすすめたものじゃ。この世で受ける福といい禍といい、すべて自分が作り、自分が受けるものである。では、何をもって善となすかといえば、布施に勝るものはない。何を最上の修行かというと、仏を信ずるに如くはない。要するに、仏を信じ、布施をするなら、立身出世し、幸福と長命を受けるであろう。いま貧苦や病弱に苦しむ者、早死にをする者は、みな前世において信仰と布施が足りなかったからである。無常迅速は世のならい。死は明日にも方がたを見舞うであろう。その時になって信仰と布施の足りなかったことを後悔しても、もう追いつかぬ」

さあさあ、お早いが勝ち、明日では遅過ぎる、出したり出したり……と、夜店の投げ売りのような、あくどいお布施勧誘談義だが、聴いている人びとは、さも感に堪えたよう。説教が終わって法師が退出すると、お布施を受ける机はお金や物で山積みになったというから、坊主まるもうけ、金もうけは宗教に限るのは、いまもむかしも変わりないようだ。

三蔵と悟空の嘆きは頂天に達した。

「仏法もこれではまるで生臭坊主どもを肥やすため

の道具でしかない。法力によって、こんなお寺なんかぶちこわし、坊主どもを牛や豚に変えてしまいますか。その方がよっぽど役に立つ」

悟空はいささかヤケ気味。三蔵はそれを制した。

「しかし、世の中には本当の仏教、ホンモノの僧もいるに違いありません。もっと探してみましょう」

二人は、かつて三蔵が住職をしていた洪福寺へ行ってみた。この寺は、活仏が出た寺として三蔵成仏後とくに有名になったもので、法門寺に勝るとも劣らぬにぎわいを見せている。二人が行った時はちゃうど、大工や左官が入って普請の最中。仏像には金箔を張りかえ、屋根には銅を葺き直し、柱などには彩色を加えるなどの大作業である。不思議に思って、一人の老和尚にたずねてみたところ、法門寺にある三蔵法師の遺骨を三十年に一回開帳して、ひろくおがまされることになっており、今年がその年に当っている。そこで、勅命によって、その遺骨を法門寺から三蔵法師ゆかりのこの洪福寺に移し、天子は百官をひきいてここへ行幸しておがまれることになったため、大急ぎで準備しているのだという。

「今上陛下が仏法を好まれるのはまことにご奇篤なこと、ならば正道をご信仰なさるべきです。それをだれ一人としておすすめしないとは、おかしなことですな」

三蔵がこういうと、老僧は顔色を変えた。

「何といわれる。陛下が仏骨をおがまれるのは立派な正しい信仰ではないか。お手前はそれを邪道といわれるのか。私だからよいようなものの、ほかの者が聞いたら、ただではすむまい。早う行かっしゃい」

二人は暗然として寺を出た。

「これまで仏教界が堕落していようとは思いも掛けなかった。しかたがない、また霊山へ行って世尊に申上げて助けていただくとしましょう」

二人が本身に立ち帰り、急ぎ雲を飛ばせて霊山へ来て見ると、お釈迦さまはちょうどひまな様子。二人はさっそく下界の実情をのべ、救ってくださるよう頼んだ。お釈迦さまはいう。

「三蔵真経は意味が深遠微妙なので、おろかな俗人にはわかるまい。どうしても真解つまり注釈書が必要なのだ。それさえあれば下根の凡夫でも仏法の本義がわかるであろう。惜しいことに、以前お前たちが真経を伝えたとき、時期が切迫していたものだから、真解を持たせることができなかった。だから、あやまりはあやまりを、いつわりはいつわりを生み、遂に真実の仏法がわからなくなってしまったのだ。それというのも衆生が罪深いからである」

「さようでございますか。では、その真解を私にお下げ渡し下さい。急ぎ長安へ持参いたしまして、さきの仕事の仕上げをしたいと存じます」

「待て待て、そう早まるな。衆生は疑い深くて信仰心が薄いから、もし真解を軽々しく渡してやっても、〝なんだ、こんなものか〟と軽蔑して捨ててしまうに違いない。ここは、どうでも熱心な求道者を探し出し、天子に奏問させて、その者に、はるばる山川を越えて、ここへ来させ、真解を持ち帰らせるほかはあるまい。以前は観音尊者がお前たちを探し出した。こんどは、お前たちがその適任者を見つけるのだ。それで、さきのお前たちの仕事は成就することになるではないか」

「ありがとうございます。謹んで、ご教示に従います。が、ここを出てから、いい求道者にめぐり合う因縁がございましょうか」

「心配はない。お前がここへ来たのも因縁あってのこと、お前が行くのも同じく因縁があるからだ。」

三蔵はハッと悟った。

「おおせのほど、よく分りました」

とひざまづいて合掌し、

「まえには観音菩薩が広大な神通力で、世尊のおぼしめし通り、ことあるごとにお救い下さいました。私の法力はまだ不十分でございますので、ここを出てからどうしてよいか分りません。お教えて下さい」

釈尊は笑った。

「心配性だな、お前は。真解を求める者の道は、お前たちの通ったあとを辿ることになろうから、これは説明する必要はあるまい。お前たちが四分導いてやればよい。また、解を求めるのは経を求めるのと違う。経は文字がならんでいるものだから、求めるについても、むずかしいことも多かった。解はそうではない。すぐわかり、たちまち解けるようでなければいけない。求める手段や方法についても同様、ある程度たやすくなくてはならぬ。以前に観音尊者が長安へ行ったとき、五つの宝を与えておいた。それは、お前も知っての通り、錦襴の袈裟、九環の錫杖、金、緊、禁と三つの箍《そう》児であったが、こんどは一本の木棒だけとする。これで一喝すれば、いかなる妖怪変化も退散するであろう」

といって、阿難に取り出させ、三蔵に与えた。三蔵と悟空の二人は礼をいって退出、さっそく雲に乗って長安へ向かった。

二人はまた、かさかき坊主に変相して長安の街で、真解を求めに行く僧を探し廻った。

ある朝、正陽門に行ってみると、朝廷からのお達しが掲げてある。大勢の人の頭ごしに見ると「来る四月八日の釈尊誕生日に、天子が洪福寺へ行幸になり、親しく仏骨に礼拝される。下民はこの天子の意を体して、ますます仏に対する信仰心を高めよ」と書いてある。二人は改めてガッカリした。

その四月八日が来た。ときの憲宗皇帝は文武百官をはじめ、あまたの后妃らをつれて、都大路を静々と洪福寺に向かった。城内の民もその日は仕事を休み、道にむらがって、この盛儀を拝観し、聖寿を祝い、天下の太平をことほぎ、口々に「万歳」をとなえた。

仏骨礼拝を終わった憲宗は、生有法師にたずねた。

「成仏した者は死ぬことはないはずなのに、なぜ骨が残る？」

「ごもっともでございます。仏にはもとより死ぬということはありませんし、涅槃《ねはん》とは〝尽きる〟という意味ですから、骨を残す必要はございません。にも拘らず骨を残しますのは、凡人と違っていることを見せるためでございます。人びとはそのあり得べからざることの証拠である仏骨を見て信を起こす、その信は敬となり、仏の教えが人の心に入り込み、定着するのでございます」

生有は、わけのわかったような、わからぬような返事をしたが、天子はわかったような顔をして喜び、たくさんの金銀や布を布施して還御した。

それに引き続いて百官をはじめ一般庶民の礼拝が始まったのだが、何しろ三十年に一度の荒かせぎのチャンスである。坊主どもは、ここを先途とかせぎまくったことはいうまでもない。このさまを見ていた三蔵、

「天子が仏道を重んぜられるのは至極けっこうだが、

惜しむらくは愚僧どもに迷されておいでになる。罪なことです」

「いやいや、悪魔どもの盛かりはいっときだけのこと、衰えずにおくものですか。見ておいでなさい。きっと何か変わったことが起きますから」

悟空はそういってなぐさめたが、悟空の予想通り、一人の大臣が排仏の上奏文をさし出した。

その人は、文人としても有名な韓愈（退之）である。

「孔子は異端邪説だ。自分が排斥しなければ一体だれがする。

とは異端邪説だ。自分が排斥しなければ一体だれがする。


といって、切々たる文章を奉ったもので、その趣旨は「仏をいくら尊崇しても過去の歴代の王朝は福を受けなかったにも拘らず、陛下は坊主どもの甘言に惑わされて、きたならしい仏骨を礼拝なされる。人民は陛下にならって家産を傾けてまで寄進をしているが、生臭さ坊主どもを肥え太らせているだけではないか。早く目をさまして仏教を排し、孔子の道にかえらなければ国は滅びてしまうであろう」という、歯に衣を着せない激しい調子であった。


仏教を信ずる心の篤い憲宗は、この上奏文を見て激怒した。すぐにも死罪に——というのを臣下がなだめ、罪一等をへらして、はるかな潮州（汕頭《スワトウ》）の刺史に左遷した。いまでこそ飛行機でひと飛びだが、長安からの距離は〝道八千〟、つまり中国の八千里というわけだが、この八千というのは白髪三千丈式の形容なので、そのままが実際の距離ではない。とにかく千五百キロもはなれた亜熱帯で湿気の多い瘴癘《しょうれい》の地へ赴任させられたわけである。

「自分の一身はどうなってもよいが、むかしの聖人から伝わったこの立派な国が、くそ坊主どものために滅茶滅茶になるのは何としても残念だ」

と嘆いたが、勅命とあっては仕方がない。泣く泣く潮州へ勅任した。この韓愈のことを聞いた三蔵は悟空に言った。

「もともと仏法は世を救い、人を助ける道で、孔子の道徳仁義と表裏一帯をなすものです。したがって、布施や喜捨などはどうでもよいこと、ましてや仏骨などは末の末のことです。そんなものを有難がって騒ぐとは実にあきれて果てた仏法の堕落です。こんどの韓愈の左遷も本当は仏教の罪だと思います」

「いやいや、悪いのは生臭坊主であって、仏法自身の罪ではありますまい。けれども、こんどの韓愈のことは、いよいよ真解の必要を痛感させました。急いで求道者を探しましょう。でないと、悪僧どもはますます人民をたぶらかして私腹を肥やすでしょうから」

二人は、いっそう懸命になって本当の僧を探しはじめたが、二人のことはしばらく措くとして——。

こちらは潮州についた韓愈、ある日、ひまつぶしに海釣りを楽しんだが、興にまかせて遠出をし過ぎたため、帰るに帰れなくなり、やむなく一夜の宿を探した。庶民のあばら家ならいくらでもあるのだが、日本の知事よりももっと格が上の刺史という身分のため、どこへでもというわけにはいかない。あちこち探しまわっていたところ、お寺がみつかった。大嫌いなお寺だが、ほかに適当な所がないのだから仕方がない。

（どうせ生臭坊主が住んでいるのだろう）

覚悟を決めて入ってみると、ふつうのお寺にあるようなけばけばしい装飾品は何にもなく、ただ一体の仏像と一対の燭台、経机、その上に香炉が置いてあるだけで鐘も経文もない。その前にすわっている中年の僧も破れた墨染めの衣をつくろって着ていたのにびっくりした。

（こりゃ大分様子がちがうぞ）

そう思って佇んでいると、その僧が立ち上がってやって来た。

「これはようこそお越しを。お出迎えもせず失礼いたしました」

刺史とわかっていても、あえてペコペコしない。そのさわやかな態度に韓愈は好感を抱いた。僧の名を聞くと「大顚《てん》と申します」という。韓愈は微笑した。

「大顚というと、大いに狂っているという意味ですが、お見受けしたところ、大顚どころか、大定、すなわち、大いに静まっているというべきです。それをなぜか大顚といわれるのか」

「いや、世間では、気の狂った者ほど気がたしかだと思っています。としますと、私のような変わり者はやはり大いに狂っていよということになるのでしょうよ」

と笑いとばした。それは、いかにも心地よげだったので、韓愈もつい釣り込まれて大笑いをした。

「それはそうと、あなたは仏弟子でありながら、仏像の飾りはないし、鐘や経文もお置きにならぬようですな」

「仏像さえあれば、よけいな飾りは必要ないでしょう。鐘なんてうるさいばかりです。仏があれば経文も要りませんよ。それどころか、私は仏像さえ不要だと思っているんですが、信者は、〝これがないとかっこうがつかない〟というので、仕方なく置いているんです」

いままで耳にしたことのない説である。韓愈はいよいよ喜んだ。

それから二人は、夜のふけるのも忘れて話し合った。ともに仏教の堕落を嘆き、何とかして世を救う方法はないだろうかということに話が進んだ。

「俗吏の私でさえ、天子に迷をさましていただくために処罰を覚悟で排仏を上申しました。仏の弟子であるあなたが、この山中で、己れの悟りだけを大事に守っていてよいのですか。迷っている人民を放っておいてよいのですか」


この一言は、大顚の心を激しく打った。そして、知安にのぼって仏教正常化のために尽力することを約束した。こうして、因縁の糸は、大顚を、三蔵と悟空の待つ長安へたぐり寄せつつあったのである。

余談ながら、韓愈が、いわゆる「仏骨表」を奉って天子の逆鱗にふれ、潮州に左遷される途中で姪の湘に別れを告げたときの詩は「左遷セラレテ藍関ニ至リ姪孫湘ニ示ス」という題で、きわめて有名なので、左に掲げておこう。

一封朝ニ奏ス九重ノ天
夕ニ潮州ニ貶セラレテ路八千
聖明ノ為ニ弊事ヲ除カント欲す
肯テ衰朽ヲ以テ残年ヲ惜シマンヤ
雲ハ秦嶺ニ横タワリテ家何クニカ在ル
雪ハ藍関ヲ擁シテ馬前《すす》マズ
知リヌ汝ガ遠ク来タル応ニ意有ルベシ
好シ吾ガ骨ヲ収メヨ瘴江《しょうこう》ノ辺

（朝に上奏文を一通、おく深い天子の御殿にたてまつった。すると夕方には八千里もの遠い潮州へ流されることになった。聖明な天子のために悪弊を除きたいと思えばこそのこと。おとろえ果てた身なので、いまさら老いぼれの年を惜しもうとは思わぬ。雲は秦嶺山脈にたなびき、私の家はどこか分らぬ。雪は藍田関を埋めつくして私の馬は進もうともしない。お前がはるばるやって来たのは、きっと何かの意図あってのことであろう。私にはよく分る。それなら私の骨を、高温多湿、悪い気のたちこめる大川のほとりに埋めてくれるがよい）

なお韓愈はその後、憲宗の死とともに都へ召喚されて重く用いられた。くわしくは本篇とは関係ないので省略する。

半偈、西天への取解を命ぜられる（六）

大顚は韓愈のすすめで長安へのぼった。適当な寺があったら、そこへ泊めてもらおうと思って方々探した。当時、中国の仏教は最盛期にあったため、泊まる所にはこと欠かなかったが、いずれも伽藍の豪華壮麗を売りものにし、お布施の多いことをもって繁昌のしるしとしている寺ばかりであったため、大顚の方から願い下げにしてしまった。

あちらこちら探して西の町はずれまで来たところ、小さな庵が見付かった。半偈庵という木札が掛っている。そのひっそりとしたたたずまいに、何か心ひかれるものがあったため、大顚はしおり戸を開けて中へ入った。ところが庭は荒れ、壁は落ち、屋根には草がぼうぼうと生えている。庭で待っていても、だれも出て来そうもないので、仏堂に入って坐っていると、一人の老僧が出て来た。一夜の宿を借りたい旨を伝えると、

不思議そうにたずねる。

「お泊め申すのはいとたやすいことですが、法門寺や洪福寺のように、ホテル顔負けの立派で設備のよい宿房を持つ寺もありましょうに」

「いやいや、すべて寺というものは、静かで簡素なのがよいのです」

老僧は笑った。

「そんなことは私のような不精者のいうことです。けれども、こんな荒れ寺へ好き好んでお越しとは、あなたもかなりすね者と見えますな」

「そういうあなたこそ」

そこで二人は顔を見合わせて大笑い。これで、すっかり心の垣根がとれてしまった。この和尚は嬾雲《らんうん》と自己紹介した。

「長安のお寺はみんな繁昌しているのに、どうしてこの寺はさびれているのですか」

「そのことです。大体、寺が盛んなのは、時流にのって、当世ふうの説教をしてお布施をかき集めたり、葬式をやたらに引き受けたり、拝観料をとって観光客を集めたり、ひどいのになると、駐車場、学校、保育所から温泉マークまで経営したりするからです。私はそんな才はないし、和尚のくせに仏法もよく知りません。その上、なまけ者ですから、当世に気に入られるようなこと、儲かりそうなことは一切しないため、こんなにさびれたのです」

「では、いま長安で、人びとにもてはやされているタレント和尚はだれですか」

「それは法門寺の生有法師でしょう。口も八丁なら手も八丁。説教は上手だし、布施集めは当代随一です。第一、天子まで丸め込んでいるくらいですから……。そこへ行くと日本の、やたらに仏教の本や随筆なんかを書いている和尚などは、この生有の足元にも寄れますまい」

「なるほど」

「その生有法師が、韓愈の排仏上奏のさい、天子に言上したそうです。

〃仏教がそしられるのは、天下の人が仏さまの教えをよく知らないからです。つまり、玄奘三蔵法師のもたらされた大乗経がよくわかっていないためです。何とぞ、天下の寺院にご下命になり、高僧を招いてお経についての説教をして下さい〃

とね。天子はもっともと思召され、各寺院でお経を講じるよう勅命を下されたそうですよ」

「その説教はいつから始まりますか」

「来年の正月一日からだそうです」

大願はそこで、この庵に止宿することになったが、よく考えてみると、

（生臭坊主どもは、いまの仏教興隆をよいことに、お経を講じるとなると、必ずや仏陀の本旨を曲げて、布施や寄進が大切だと説くに違いない。これでは、かえって害を増すばかりだ。いまこそ起ち上がって、はるばる上京して来た目的を果たさねばならぬ）

そこで、一通の上奏文を作って朝廷にさし出した。その要旨は次の通りだった。

「仏教は清浄を本とし、世を救うのを旨としている。にも拘らず、近ごろの僧侶は愚かなくせに貪欲な者が多く、外見を立派にすることだけを考えています。人びとも、この俗僧のことばに惑わされて、ただ布施や寄進をし、香をたき、経を誦《よ》みさえすればよいと思い込んでいます。承れば、天下に経を講説する

よう勅命がくだったそうですが、せっかくの講説も、この俗僧どもの手にかかっては、仏教の奥儀を明らかにし得ないばかりか、三蔵大乗経はただ延年受福を求める小乗の方便とされてしまう恐れがあります。願わくは、仏陀の正しい教えを明らかにするため、本当の仏教を知る高僧にのみ説教をお命じ下さいませ。」

憲宗は、これを読んで「なるほど、これも一理ある」とは思ったが、態度を決めかねて、生有法師を召し、大顛の上奏文を見せて意見をたずねた。一読して生有は怒った。

「これは仏門を破壊する過激の言です。アカです。お聴き入れご無用かと存じます」

「なぜか」

「太宗皇帝陛下から今日まで二百余年、香をたき、経を誦《よ》み、仏寺や仏像を立派にすることを善しとしない者はおりません。それをこの僧は非難しております。何か為にする言説と思われます。それに陛下」

と膝をのり出し、

「ここに潮州府とございます。この僧は、きっと韓愈としめし合わせて、陛下の篤い仏教信仰の大御心を批判しようという不忠の臣の行為かと存じます」

憲宗も、その中傷に乗せられるほど馬鹿ではない。

「韓愈は儒家で大の仏教嫌いな男、そんなはずはあるまい」

だが、生有はここを先途とあくまで食いさがる。

「いいえ、たしかに韓愈の入れ知恵でございます。私がご寵愛をかたじけのうしているのをねたんで、故意に異説をとなえ、己れの立身栄達の手段にしようという魂胆は見えすいております」

「そうかも知れん。が、そうでないかも知れん。もっとよく調べてみよう」

憲宗はそういって生有をさがらせ、近臣を召して、大顛の行状をくわしく調べ上げるよう命じた。

生有法師は皇城を退出したが、大顛が自分の説を非難排撃しているのを深く恨んだ。それはそうだろう。悪くすれば飯の食い上げになり、天子の寵を失うハメになりかねないからである。人をやって暗殺を…とも思ったが、僧侶の身ではとてもそこまではできない。仕方なく、いく人かの腹心の弟子に命じて大顛を誘惑させることにした。

ある日、大顚のもとへ、慧眼、聡耳、広舌という、見るからに賢そうな三人の若い僧がやって来た。大顚はもちろん、そうとは知らないが、いわずと知れた生有の廻し者である。

「あなたのご高徳をしたって参りました。ぜひ弟子にしていただきたい」

大顚は取り合わない。

「仏は心の中にある、各々はそれを見出し、それに仕えさえすればよい。私のところへ弟子入りする必要はない」

それではと広舌が次の手を出した。

「陛下は深くあなたを信じなされ、日ならずして天下の寺院を統べる僧官に任じようとしておられます。とするとあなたは王侯をもしのぐ富貴栄達の身となれましょう。弟子にしていただければ、私もそのおかげをこうむれますし、少なくとも州の僧官ぐらいにはしていただけそうですから」

大顚は笑い出した。

「坊主には地位も名誉も富貴も不必要だ」

この手も駄目なら、と
「それにしても、このような荒れ寺にいらっしゃって寂しくはございませんか。」

「仏さまといっしょだから少しも寂しくはない」

三人は、たったこれだけの問答ですっかり参ってコソコソと退散してしまった。

そのうちに、また三人がやって来た。こんどのは、伝虚、了言、玄言という。

「大変です。陛下はあなたの上奏文を読んで激怒され、あなたを捕えて死刑に処されようとしておられます。早くお逃げになっては……」

「生死一如、恐れることも悲しむこともありますまい」

「それはそうかも知れませんが、生命あっての物種でしょう」

「仏さまの思召しなら、死ぬこともやむを得まい」

と頑として応じないので、この三人も失敗して逃げ帰った。

しからば、と最後の誘いの手を出した。

「この庵では小さいし、都心に遠いので不便でしょう。もっと大きくて便利な寺にお移りになりましては……」

「どこも同じく仏さまの土地だ。大小、便不便があるものか」

この試みも失敗、生有はとうとうあきらめた。話は伝わり伝わって天子の耳にも入った。天子はことごとく感心して、上奏文を裁可しようとした。

あわてたのは生有である。さっそく官中に伺候して言上した。

「なるほど仏教の本旨は清浄にありましょうが、仏の教えを広く伝えるためには香をたいたり、経を誦んだり、仏寺を立派にしたり、延年受福を願うことも方便として必要でございます。このたびも、天下各所で経を講じ合い、互いに切瑳琢磨し合ってこそ、より深い理解に達し得ると存じます。真経をただ高い所へしまって置いただけでは、それこそ宝の持ちぐされになってしまいましょう。」

生有から平素、手厚く贈賄されていた官中の大官たちも、この時とばかり、生有の肩を持って、

「経を講じることは、すでに天下に公布されております。いま急に取り止めましては、朝令暮改のそしりを受け、ご政道に対する天下の信を失いましょう」

と口ぐちに意見具申する。文字の国だけあって、泣き所を衝くことばが大いに利用される。天子もしばしためらった末、

「経についての説教は前にいった通りにせよ。但し、どの寺の説教でもよい、大顚に自由に聴いて意見をのべさせるようにせよ」

という断を下した。生有は、大顚に対する処置には不満だったし、心配のたねだったが、それ以上、自説にこだわるわけにも行かないので已むなく承諾した。

さて、大顚の上奏のことを聞いて喜んだのは三蔵と悟空である。さっそく例のかさかき坊主に変じて半偈庵をたずねた。大顚はちょうど在宅しており、静座して目を閉じ、神気を練っていた。三蔵らが見ると、頭には仏光があり、全身から清浄の気が発散している。

「これなら大丈夫」と思ったので、そっと前へ行って大声をあげた。

「このエセ坊主、ボンヤリと居眠りをしているとは何ごとだ」

大顚はびっくりして目をあけた。見れば異相の僧二人が前に立っている。外見だけで人を判断しない大顚は、とっさに、この二人を非凡の高僧と見抜き、深く礼拝した。

「私は深く仏門に志す者でございますが、田舎に長くおりましたため、よい師匠にもめぐり会えませんでした。いま幸いにお二人にお目にかかることを得ました。何とぞ仏の真実の義をお教え下さい」

三蔵と悟空は目を見合わせ、うなづき合った。

「私にたずねるより、自分で努力したらよかろう」

「はい。努力はいたしますが、お教えいただけますなら、より幸いでございます」

「よしよし。だが、時が来れば自然にわかる」

といい、二人で心地よさそうに大笑いしながら出て行った。大顚はあわてて門の外へ出てみたが、もはやその姿はなかった。

三蔵と悟空は、大顚こそ真解を求めるのに打ってつけの人物と見て喜んだが、なお不安な三蔵はいう。

「適当と思われる人物はいたが、いまは俗論が支配的なので、人びとに真解を求める気持があるかどうか、問題ですな」

「私もそれを心配しています。やむを得ません。説教のさい、あなたと私とがもとの姿を現わして、神通力で経巻に封をし、説教しようにも経が開かないようにしましょう。それから、お釈迦さまにいただいた木棒で一喝してやれば、きっと改心して真解を求める気になりましょう」

そうするほかはあるまい、と二人の間に相談がまとまった。

元和十五年——というと西暦八二〇年に当たるが——の元旦となった。勅命によって各寺々では、それぞれ名のある法師を頼んで三蔵真経を講じた。洪福寺では法門寺から生有を招いたが、天子が臨幸なさること、大顚の上奏文と生有との争いなどが知れ渡っていたため、都はもちろん、近郷近在から聴きに押しかけた人で、さしもの広い境内も一杯になった。

もったいぶって壇に上った生有が口を開こうとすると、人ごみの中から突然、二人のかさかき坊主が大声をあげた。

「和尚、いい加減なことをいって大乗妙法真経を汚してはならんぞ」

生有は驚いたが、威厳をつくろい直して叱りつけた。

「黙れ、この乞食坊主め。わしは勅命を奉じて経を講じるのだ。邪魔する分には許さぬぞ」

「お前の如き生臭坊主に大乗真経がわかるものか、さっさと下りろ」

他の一人のかさかき坊主は、

「売僧《まいす》、妖僧、さがれ」

と叫んで棒をふり上げる。棒で打たれたわけでもないのに、生有はひどく打ちのめされたような痛みを全身に感じて、思わずそこへはいつくばってしまった。

「これは何ということ」

と立ち上がろうとすると、目に見えない棒はなおも生有を打ち続ける。天子の面前もあらばこそ。遂に悲鳴をあげながら壇の下へころげ落ちて気絶した。

見ていた憲宗は怒った。

「朕の命で開く講筵《えん》を乱す不届者、捕えよ」

と命じた。警固の武士がバラバラと二人、つまり三蔵と悟空とを取りかこんだが、二人は少しもあわてない。

「天子に申上げたき儀あり。邪魔立て致すな」

といって棒をふると、武士たちはたちまち身体がすくんで動くこともできない。不動金しばりにされたわけである。二人は天子の前に進んだ。

「その方は何者だ。なぜ朕の命にそむくのだ」

「私どもは西方極楽世界から参りました」

「たわけたことを、何を証拠にそのようなことをいうか」

「いまお見せしましょう」

というが早いか、もとの三蔵法師と孫悟空の姿になり、雲を呼んで地上十メートルばかりの所に立った。

天子は驚いた。まぎれもなく、日夜礼拝している玄奘三蔵であり、その従者の孫悟空である。あわてて礼拝をしてたずねた。

「ご坊はなぜ朕の真経講説を止められるのですか」

「さればでございます。この経が出来たのも、太宗皇帝が私に求めに行かせられましたのも、ひとえに世を救うためでございます。ところが私が経を持ち帰りましたとき、西天へ帰る日が迫っておりましたため、講じるいとまがありませんでした。ですから、真経はありながらも、人は真解を知りません。ために愚僧どもは口から出まかせをいって人を惑わしているのです。仏はそこで私にこの一本の棒を授け給い、天下の邪魔者どもを制し、一枚の札で三蔵の経文を封じて衆生を堕落から救おうとしておられるのでございます」

「なるほど、よく分りました。けれども天下に散在する経文をたった一枚の札で封じることができましょうか」

「いや、封じてご覧に入れます」

三蔵は袖の中から一枚の金字の札を出して悟空に渡した。悟空は一ゆすりしたかと思うと、もうその姿は消えていた。驚きあきれた天子はたずねた。

「経を封じてしまうと、経を求めて来られたご坊の意図と違うことになりましょう。どうなさいますか」

「それはわけもないことです。私がしたように、一人の僧を天竺へおつかわしになって真解を求められますよう」

そこへ悟空が飛んで帰り、天下の経文をことごとく封じたことを告げた。二人は、

「では、お忘れなく。私どもは、いまのことを世尊に報告いたします」

といったかと思うと、雲に乗ったまま、だんだん高く昇って行った。その行く方を首筋が痛くなるまで夢見る心地で見送った憲宗は、やがて我に返って思った。

（わしはこんなにも仏教に対して間違った信仰心を抱いていたのか。ここはどうあっても、真解を求めて来ずばなるまい）

そこへ、気絶からさめた生有が「恐れながら」とまかり出て来た。

「私めは仏の仰せで説教を中止いたしますが、ほかの寺々では、きっと実施していると思います。それがすんでから停止を命じられましてもよろしいかと存じます」

天子も、まさか悟空が封じてしまったとは思えないので、

「それもそうだ。すんだ後のことにしても遅くはあるまい」

と話したが、そこへ都にある他の寺々の講師があわただしく駈けつけ、口々にいった。

「私どもが壇に上って口を開こうとすると、だしぬ

けに空から火の目、金のひとみをした神人が一枚の札を持ってあらわれ、〃仏命によって経を封ずる〃といって経文に貼りつけて行ってしまいました。私どもは、かまわずに開こうとしましたが、経文はのり付けでもしたように、どうしても開きません。いかがしたものでございましょうか」

地方の寺からも相次いで同様の訴えが来るのには天子も驚いた。

「なるほど、三蔵法師の話はうそではなかった。これは、どうあっても真解を求めて来ることが必要だ。しかも、事は急を要する」

そこで、ひかえている生有にいった。

「真解を求めて来るということは、なみ大ていのわざではないので、朕としては最も信頼しているお前に行ってもらいたいと思うが、どうじゃ、行ってくれるであろうな」

生有はびっくり仰天、全身にびっしょり汗を出しながら、ふるえ声で、

「私めは陛下のなみなみならぬご信任をかたじけのうしておりますので、決して骨惜しみはいたしませんが、ここで生まれ、ここで育ちまして、外へは一歩も出たことがございません。ですから、天竺まで一体どう行ったものやら見当もつきかねます」

「では、道のわからぬお前が、どうやって人を導くのだ」

「恐れながら、人にはできることと、できないことがございます。私めは遠くへ赴くことはできませんが、仏前で祈禱したり、説法したりすることは他人に負けませぬ。何とぞお許し下さい」

天子は笑い出した。

「まあ祈禱や説教のうまい坊主がいてもよかろう。小説を書いたり、議員になったりする坊主もいるくらいだから……」

こんどは階段の下にひかえている大勢の僧侶に、

「お前たちの中で、天竺まで出かけて行って朕の望みを叶えてくれる者はいないか」

と声をかけたが、みんな下を向いて黙ったまま、一人として答える者はいない。天子は不機嫌になった様子なので、生有はあわてていった。

「私めに、たった一人だけ適任者の心当たりがござ

います」

「だれじゃ」

「ほかでもありません。先日、上奏文を呈しました大顚こそ打ってつけと存じます」

天子も（そうだ。大顚のことを忘れていた。あれ以外に適任者はいそうもない）と思い、さっそく大顚を呼び出すよう命じた。

当の大顚は、そのとき群集にまじって聴こうとしていたので、その場におけるいきさつはよく知っている。そこで「この場に大顚と申す僧はおらぬか。陛下のお召しである」という役人の声に応じて、御前に進み出た。

「お前の上奏によって朕は仏法について悟る所があった。すぐにもその通りにしようと思ったが、大勢の僧たちの面子をおもんばかって説教をさせ、お前にも聴かせて意見を出させようとした。そこへ、三蔵法師らがあらわれて〝真解を求めよ〟と申された。これすべて、お前の意見と合致している。朕はいまこそ天竺に真解を求めるべき時と思ったが、平素から暖衣飽食、ぜいたく三昧に狎れている坊主どもは、だれ一人として行こうとはせぬ。しかし、お前なら行ってくれると朕はにらんだ。どうだ。行ってはくれまいか。これは命すべきことではないので頼み入る」

と頭を下げた。大顚は恐れかしこまった。

「数ならぬ私に、そのような思召し、かたじけなさに涙もこぼれる思いでございます。誓って聖旨を奉じて彼の地に参り、真解を持ち帰るでございましょう」

凜としたことばに、天子は大いに喜んだ。

「おお、小気味のよいことば。そこらの生臭坊主どもとは大分ちがうわ。とはいうものの、千山万水をたった一人で行くのは大変であろう。何か恃《たの》むところはあってか？」

「仰せながら、仏は常に私とともにおわすわけでございます。決して一人で参るのではありませぬ」

「なるほど。では玄奘三蔵法師に対して太宗陛下のなされたように、お前を朕の弟にしてやろう」

「思召しはありがとうございますが、私は一介の僧、仏弟子だけでけっこうでございます」

「では、せめて出発まで洪福寺にいて十分からだを養ってほしい」

「いえ、私はいままで通り半偈庵におります。大きな寺に入るとかえって窮屈でございます」

全くの無欲ぶりに、天子は大いに感心し、

「大寺に住まずに小庵に住む。それも半偈庵という。以後、法名を半偈としたらよかろう」

といい、機嫌よく宮中へ帰った。

大顚こと半偈も面目を施して庵にもどり、和尚に、ことのあらましを告げた。和尚はびっくりした。

「あなたは大変なことをお引き受けなさった。私は小さいときからよく聞かされていますが、天竺までは十万八千里もあり、その途中には幾百千とも知れぬ妖怪変化《げ》がいて、あるいは人をたぶらかし、あるいは人を取って食うといいます。むかし、三蔵法師は観音菩薩のおはからいで、三人の神通力のある弟子をつれて行ったおかげで、ようやく天竺に到達することができたそうです。あなた一人では、とても行きつくことはできますまい」

「忠告ありがとう。だが、天竺に至る道はあるのですから、一歩一歩それを踏みしめて行けば、行かれぬことはありますまい。しかも仏は、私に天竺へ行くことを命じていなさる。私はそう信じています。いわば、仏のお加護があるわけです。私は必ず天竺に辿りついてお目にかけます」

そう言い切らぬうちに、外で声がした。

「よいかな、よいかな。和尚、その不退転の決意こそ成功への第一歩。難は恐るるに足らぬ」

驚いてふり向くと、二人のかさかき坊主が入って来るのが見えた。さきの洪福寺の一件で、二人がだれだか知っている半偈は、そこへひれ伏した。

「仏さまのお加護により、真解を求める役をお引き受けいたしました。もし出来るなら、弟子をお与え下さいませ」

「よしよし。与えてやるとも。そのつもりでいるのだ。その弟子を呼び寄せる呪文があるから教えてやろう。いまからいう定心真言をよく覚えていて、毎日、朝、昼、晩、三回、口の中でとなえろ。そうすると、その神通力によって強い弟子がやって来るだろう」

三蔵は、膝まづいている半偈の耳に口を寄せて真言を伝えた。悟空は悟空で一本の木棒を与え、

「これは世尊からいただいた宝の棒だ。もし外道や

妖魔に遭ったら、これを握って叱りつけろ、きっと退散するであろうから」

という。半偈がなおもたずねようとすると、二人はすでに中天におり、

「しっかりやれ。危い時には救うてやるから……」

といって、雲の中へ入ってしまった。半偈は二人の加護にいまさらのように驚くとともに感謝し、改めて天竺行きの決意を固めたのであった。

なお、当時の長安は人口約百万、名実ともに世界一の大都会であった。世界最強の大唐帝国の国威を反映して、東西南北からやって来る外国人も多く、文字通りの国際都市として文化のけんらん多彩さをほこっていた。

宗教の面をとってみても、仏寺のほか道教の道観もあり、さらにキリスト教の一派のネストリウス教、ゾロアスター教（拝火教）、マニ教の寺院もあったが、一番多かったのは、何といっても仏寺である。

仏教寺院は尼寺もふくめて百九、道観は女観もふくめて三十六、しかも大きな寺には一千人もの僧侶が住んでいて、仏教の隆盛を誇っていたのである。

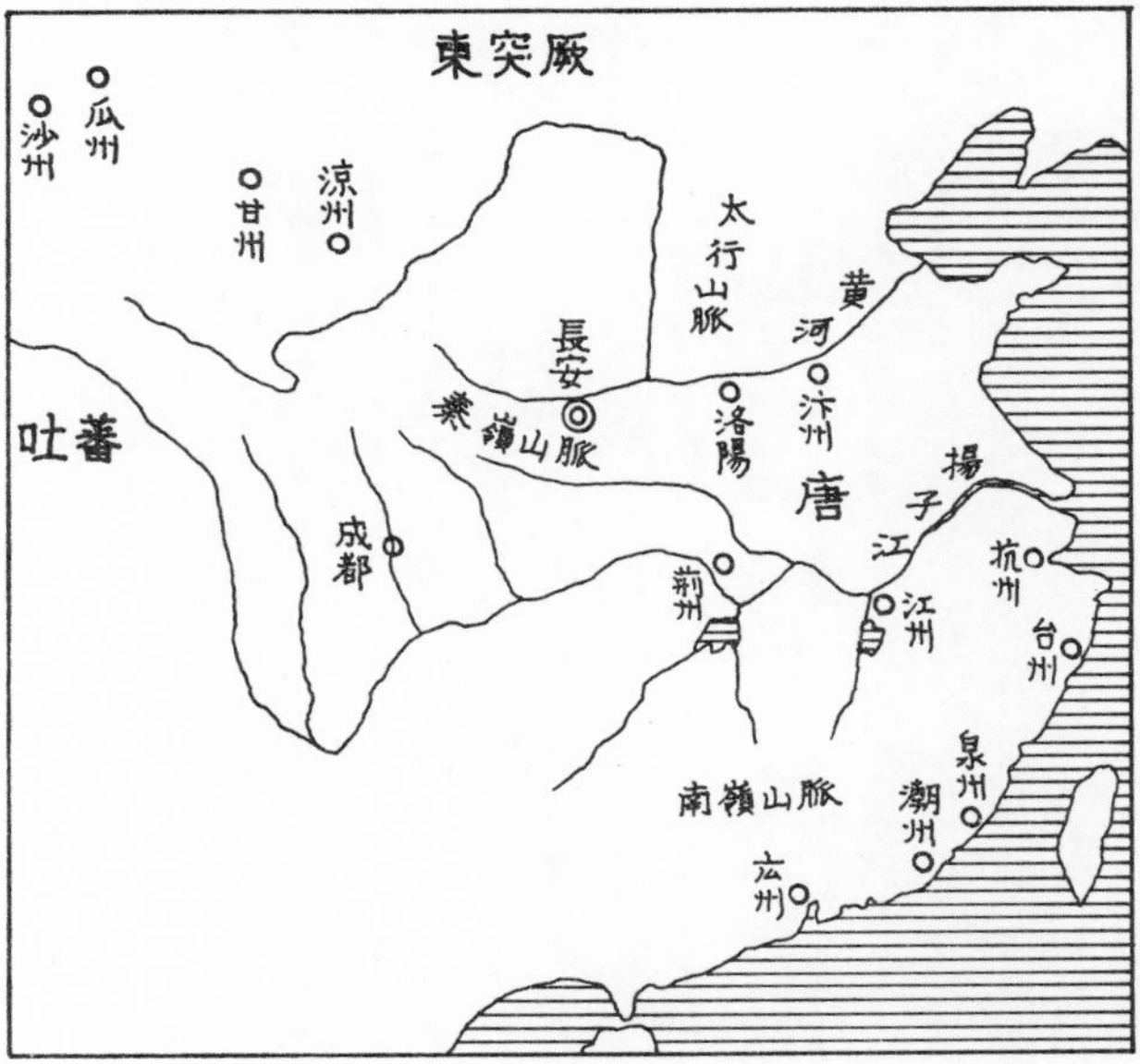
東突厥
瓜州
沙州
涼州
甘州
太行山脈
黄河
長安
洛陽
汴州
吐蕃
秦嶺山脈
唐
揚子江
成都
荊州
杭州
江州
台州
泉州
潮州
南嶺山脈
広州

半偈と履真の二人、いよいよ出発

（七）

三蔵と悟空から天竺行きを激励され、木棒をもらった半偈は、教えられた通り、毎日、三回ずつ定心真言を口の中でとなえた。この真言は声にも音にもならなかったが、その無声無音の真言が、南贍部州の長安から、海を越え、山を渡って、はるばる東勝神州の花果山水簾洞にいる孫履真の頭にとどいた。

履真は悟空にたしなめられて以来、打って変わったようにおとなしくなり、毎日々々、洞穴の中に坐って神気を練っていた。ところがある朝、頭が少し痛み出した。しばらく経つとやんだが、正午ごろにはまた痛む、またやんで夕方に痛む、こんなことが何日か続いた。不思議に思って頭にさわってみると、痛みは頭にしっかり食い込んでいる金箍児のあたりから起こっている。毎日々々、決まって三回も痛むものだから、困って通臂仙に相談に行った。すると、しばらく考えていた通臂仙はいう。

「それはこういうことではありますまいか、むかし、大聖の頭にも金箍児がありました。それは観音さまが三蔵法師のために、大聖をおさえて命令に従わせるために賜わったものです。大聖がいうことをきかないと三蔵法師は呪文をとなえる。そうすると、大聖は頭が割れるように痛む、というあんばいでした。いま小聖の頭にも同じような金箍児があり、そのへんが痛むとすれば、どこかで、だれかがこっそりと呪文をとなえているに違いありません」

「なるほど、この金輪はそういうものだったのですか。有難くちょうだいしたが……。もしそうなら、どうしたらよいでしょう？」

「となえている人を探し当てて、となえないように頼むほかはありますまい」

「だれがとなえているのかわからないのに、どうやって探し出しますか？」

「それは小聖の法力をもってすれば、わけないでしょう。痛みがあれば来る方角、来る所があるはずです。それがわかれば探せるのではありませんか」

95　(7) 半偈と履真の二人，いよいよ出発

履真はなるほどと思った。そこで翌朝、こころみに南に向かって坐った。すると正面の方から痛みが始まった。(となえる人はどうも南にいるようだ)

そう判断したので、正午ごろには西向きにすわってみた。すると痛みは左頭にまず来た。晩には北向きになると、後頭部から痛み出した。履真は、その人が南にいるに違いないという確信を得た。そこで翌朝、雲に乗って真南に向けて飛び立った。

履真の雲は超音速のジェット機のようなスピードで南贍部州についた。下を見ると唐の国境である。頭の痛みはこんどは西の方から来る。そこで西に向かっていると、国都の長安城の上に出た。こんどは痛みは北の方に起こった。西へ行ったり、東へ出たり、北へ行き過ぎたり、南を探したりしながら、まる二日がかりでようやく城の西の片隅にある半偈庵にたどりついた。

庵の垣根ごしに中をのぞくと、ちょうど一人の僧が立ち上がろうとする所で、頭の痛みはピタリととまった。半偈が朝の呪文をとなえ終わったところであることはもちろんだが、履真にはそんなことはわからない。垣の外で待っているうちにお昼となった。また頭が痛み出した。履真が頭をかかえて中をのぞくと、朝見かけた僧が仏前に坐っている。

「痛い、痛い」

といっているうちに、もう一人の老僧が茶を持って来た。坐っている僧は、

「これはかたじけない」

といって茶を受け取り、飲みはじめた。履真の痛みは止んだが、僧が茶を飲み終わってまた正面を向くと、頭は再び痛み出した。もう疑う余地はない。頭の痛む原因は、あの僧にある。

履真は中へ入り、膝まづいて言った。

「和尚さん。私はあなたと何の恨みもゆかりもないのに、なぜ私を呪うのですか」

半偈は驚いてふり返った。一匹の猿人が頭をかかえて、膝まづいている。

「何の話だ。わしは定心真言を念じているだけで、お前とは関係ない」

「あなたはそうかも知れませんが、私の頭は痛くてたまらぬ」

「そんなことがあるものか」

「では、もう一ぺんとなえて見て下さい」

半信半疑で半偈がとなえると、履真は頭をかかえてうずくまってしまった。近い所なので、よけい念波が効くらしい。

「もうやめて下さい、お願いです。止めて下さい」

履真は泣き声を上げた。半偈は思った。

(この真言をとなえていれば、私の天竺行きを助ける弟子がやってくるという仏のお話であったが、この猿がそうであろう。とすると、もう少しとなえて徹底的に参らせて絶対服従を誓わせてやろう)

坊主のくせに意地が悪い。そこで、前よりもっと念を入れてとなえ始めた。履真はもう身も世もあらぬ痛さで地上をころげまわる。

「痛い、痛い、あなたはひどい人だ。私は数万里の彼方からあなたを訪ねて来たのです。何の恨みがあって……。あ、痛い。やめて、やめて下さい」

半偈はとなえるのをやめた。

「お前はだれだ。どうしてわしのとなえるのを知った、何しに来た。本当のことをいえば許してやる」

履真は、生いたちから天上をさわがせたこと、孫悟空に金箍児をかぶせられたことをのべたのち、

「この頭の痛みは私の成道に関係があることを、ご先祖さまから聞いております。そこで、探しまわってあなたにお遇いしたわけです。いってみれば、私の成道はあなたの手中にあると知りました」

と語った。

「お前のご先祖というのは一体だれのことだ」

「俗名は斉天大聖孫悟空で、いまは成仏して闘戦勝仏となり、西天におります」

半偈は喜んだ。

「み仏の功徳はまことに広大、うそはおっしゃらなかった」

履真はキョトンとして、

「それはまたなぜです。私には何が何だかさっぱりわかりませんが……」

「よし、話してやろう」

と前置きして語りはじめた。そのいきさつは読者のみなさんはすでにご存知のところだから、くだくだしくは述べない。履真もその話を聞いて喜んだ。

「ご先祖さまは私に〝成道しなければ野仙で終る、

お前はわしの後を継げ〟〝お前の頭が成道のもとだ〟などと申しました。私はつまり、あなたのお供をして天竺へ行くべく運命づけられているのです。よろしゅうございます。どうぞお供をすることをお許し下さい」

「お前が心から私を助けて天竺まで行ってくれるとはありがたい」

「さっそくお許し下さいましてありがとうございます。私は石から生まれたので志も石のように堅うございますし、仙術の達人で雲にも乗れますし、さまざまな変化の術も心得ております。これなる如意棒は先祖の斉天大聖からいただきましたもので、いかなる強敵をもやっつけてお目にかけます。また……」

「これこれ、コマーシャルはそれぐらいでよい。選挙運動ではないのだから。」

「いえ。ここのところが肝心なのです。この売り込み如何が初任給にも大きく響きますから」

「私は金持ちの新興宗教の開祖じゃない。サラリーなんか出せるか。それでもよければ弟子にしてやろう」

「わかりました。大負けに負けましょう。ですが、私はせっかちでございます。いますぐここで、あなたの弟子にして下さいますか」

「よかろう」

「弟子になったら例の呪文は許して下さるでしょうね」

「それはお前の出方次第だ。お前が誠心誠意、私を助けてくれるなら、となえるのをやめる」

「もうこりごりです。決して言いつけにそむいたり致しません」

「よし、そのことばを忘れるな。ところで仏弟子になった以上、名前を変えねばならん。履真というのは仏教々々しているからそれでよいが、他人がお前を呼ぶには一寸まずい。何かいい名前をつけてやろう」

「私にはございます。斉天小聖というのがそれです」

「そんな大それた名前は仏弟子には向かぬ。お前のご先祖は仏門に入って孫行者といわれたそうだが、お前がその嫡流だとすると、これからは小行者と名乗れ」

「けっこう、毛だらけ、灰だらけでございます。まえに花果山にいる時も、通臂仙がそう申しましたが、

〃仏門に入るわけでもないのに、そんな名前なんか〃とやめたことがあります。お師匠さまにそう付けていただこうとは、縁とは異なものでございます。この小行者という呼び方は、第一、先祖を忘れず、先祖を犯さないよい名でございます」

半偈はよい弟子を得て喜び、履真はよい師を得たことを感謝して、その晩は二人とも半偈庵に泊った。

翌日、半偈は宮中に伺候して、西天へ出発したいと言上した。天子は通行手形、お釈迦さまに対して真解をいただきたいという願い状のほか、旅に必要な衣服、食糧品を下賜した。そのうえ、一匹の馬と二人の従者を賜わったが、半偈は従者を返上した。

「昨日、まことに頼り甲斐のある弟子が一人できましたので、拝辞いたします。しかし、長旅のことなので馬だけはありがたくちょうだい致します」

といって履真に馬を受けとりに来させた。その馬をじっと見ていた履真はいう。

「この馬はとても役に立ちそうもありません」

「宮中に数ある馬の中から選んだそうだが、それでも駄目か」

「よくご覧下さい」

といって履真が手を背中にのせると、馬はへたり込んでしまった。

「なるほど、これでは長旅は無理だ。取り換えてもらうか」

「いえ、ふつうの馬は大体こんなものです。取り換えても同じことです」

半偈は考えた。

「そういえば、むかし、玄奘法師は竜の化身である馬に乗って行かれたそうな。そんな馬でなくては行けぬのだろう。仕方がない。歩いて行くとするか」

「お師匠さまは神通力をお持ちにならないので、とても歩いては行けますまい」

「竜馬のようなのがいないのだから仕方がないではないか」

「ご心配なく。私が調達して参ります」

「お前にできるのか」

「はい、私は四海の竜王と懇意でございますから、一匹の竜を借り受けて馬にし、お師匠さまをお乗せします。これが入門のあいさつがわりということになります」

半偈は顔色を変えた。

「じょうだんも休み休み言え。いまからそんな口から出まかせをいうとは……。呪文でこらしめるぞ」

「ま、待って下さい。うそではありません。私が仙術の達人であることをお忘れですか。すぐ連れて来ますから」

といったかと思うと、身を一ゆすり、もうそこには居なかった。半偈はあきれたが、仕方がないので待ってみることにした。

こちらは履真、一飛びして東海に来た。勝手知った道なので、迷うことなく水底の竜王の宮殿に急いだ。これを見付けて驚いたのは巡海夜叉である。

「大変、大変、また孫小聖が乗り込んで来たぞ」

「また大変か。お前の大変にはいつも肝を冷やされる」

と老竜王はこぼしながら、さっそく迎えに出た。

「その後、あなたは大聖のお教えにより、山中で静かに修養していらっしゃると聞き及びましたが」

と、まず、やわらかな牽制球。

「よくご存知で」

「あなたに再び暴れられてはかなわぬので、注意しておりました」

と思わず本音を吐く。履真も苦笑した。

「ところが、どうしても竜王のお助けを借りねばならぬ事態が起こりました」

といって、天竺へ行く馬が必要になったいきさつを話した。

「それは弱りましたな。海の中に馬はおりませんが」

「馬はいなくても、竜ならおるでしょう。一匹貸して下さい。それを馬にします」

「とんでもありません。われわれ竜は気位が高いので、馬になどされるのは嫌なことです。金や地位のために平気で畜生にでもなる人間とは違います」

「しかし、むかし三蔵法師を乗せて天竺へ行った馬は竜でしたぞ」

「あれは罪によって危うく斬られようとしたのを、観音菩薩が救うて下さり、罪滅ぼしのため馬にされたのです。私どもはみな素直で悪事を働きませんから、馬にされる理由はありません」

「裁判にも判例があり、ものごとには先例というものがあります。この不文律を尊重しないと、世の中はうまく治まりませんぞ。第一、西方へお供をしてくると、善根を積んだことになり、その竜は出世しますよ」

勝手なもので、自分のこととなると、履真も官庁みたいに前例々々と強調し、善根と出世の押し売りをする。

「いやいや、竜は竜でけっこうです。なまじっか出世すると、ほかの者を見下したり、出来の悪い息子ができたり、他人にそねまれたりしてろくなことはありません。〝竜ハ竜ニシテ非竜ニアラズ〟と論理学の本にものっているではありませんか」

論理学まで持ち出したが、要するに貸したくないのである。

「ならば、あなたご自身がおいで下さい。善いことをするのですから」

「私は、すでによいことをしています。かたじけなくも天帝のご命令を奉じて八河を統べ、雨を司る大竜神です。私がいなければ、だれが一体それをやれましょう。」

「余人をもって替え難い、といわれるのか。大した仕事とも思えませんがね」

「これはしたり。私あっての竜宮ですぞ」

テコでも動かぬ構えである。

（こりゃ、ラチがあかんわい）

履真はそう思って最後の手段に出た。

「よろしい。そういわれれば是非もない。どうあっても、あなたを連れて参る。少々手荒なことをしますぞ」

といって耳の中から如意棒を取り出し「変われ」といって一本の鎖にし、それを竜王の首に巻きつけて引っぱって行こうとする。竜王は悲鳴をあげた。

「これは無態な。話せばわかること、対話で行きましょう、対話で……」

どこかの首相や知事のようなことを言い出した。

「問答無用！と撃たれぬだけでも幸いと思うことですな」

「それはファッショです。特高です。恐怖政治です。

白色テロルです。我々は寛容と忍耐を忘れてはいけません」

「目的さえ正しければ、手段は問うところではありますまい」

「おお、それこそ最高裁の判例を無視するというものです」

竜王のこの逆襲に、履真もニガ笑いをして、手をゆるめた。

「話し合えば何とかしてくれますか」

「とにかく、その鎖をゆるめて下さい」

竜王は弱って、方々の竜王に集合をかけた。集まって来た三大竜王に用件を話したが、いずれも、

「それは困った」

「とてもむずかしい」

と顔を見合わせるばかり。

「こっちは忙しいのだ。相談はあとでゆっくりやってくれ」

と履真も声を荒らげて老竜王を引っ立てようとする。三竜王はあわてた。

「まあ待って下さい。決してさし上げないとは申しませんから」

三竜王はひそひそと相談していたが、やがて南海竜王はいう。

「こうなっては仕方がない。いかにもさし上げましょう」

老竜王は聞きとがめ、世にも情けない顔をした。

「お前たちは光輝ある竜である、わが一族のうちのだれかを、あの軽蔑すべき馬にしようというのか。あのヒヒーンと鳴く…」

「そうではありません。例の、ほれ、三里五帝の一人である伏犠《ぎ》の時に河図を負うて黄河から出た馬がいるではありませんか。あれを差し上げるのです」

老竜王は喜んだ。

「そうだ、忘れていた。あれならよかろう。あれは聖教に手柄があるので、何千年も乗らずに無駄飯を食わせて養っていたのだ。いまこそ私に恩返しをしてくれてもよいだろう。しかし、あの馬は儒教を開いた功労馬だから、それをコキ使うことになる原因を作ったわしは、儒者たちに恨まれることだろうな」

西海竜王がなだめた。

「何をのんきなことを。あなた自身が馬にされるかどうかという瀬戸ぎわではありませんか。いくら功があっても所詮、馬は馬です。第一、近ごろの儒者や文化人どもは、みな坊主にペコペコしていますよ。ある国では新興仏教が盛んになって来たため、それまで悪口をいっていた文化人どもは、すっかり口をつぐんでしまいました。下手に中傷でもしようものなら、信者から総攻撃を受けるからです。それどころか、その新興仏教関係の雑誌は原稿料が高いので、文化人どもも、書かせてもらおうと思って逆にご機嫌をとった結果、いまや押しも押されぬ一流の総合雑誌になってしまいました。あなたが馬を贈ることぐらい何でもありません。むしろ文化人たちは賞讃するでしょうよ」

「なるほど、坊主には勝てぬわけだな」

話はまとまり、履真は老竜王の鎖を解いた。河図を負うた馬が引き出された。履真が見ると、竹を削いだような耳、鉄のように堅い蹄、たくましい身体なので大喜び。

「この上、無心をいうのは恐縮ですが、この馬にふさわしい鞍やあぶみを頂戴できませんか」

「私どもは馬に乗ったことがありませんので、そんなものはありません」

「そりゃおかしい。ないという馬が出て来た。馬があれば鞍やあぶみもあるはず」

と声を荒らげて如意棒をひねくり廻す。一難去ってまた一難、老竜王が青くなったところ、

「お待ち下さい。私のところにちゃんとあります」

と南海竜王がいう。老竜王は驚いた。

「本当か」

「はい。むかし周のころ、昭王が南狩したさい、楚の連中がにかわの舟を造って王をのせ、揚子江を渡りました。王は馬もろとも河の底に沈みましたが、巡海夜叉がその馬のつけていた鞍とあぶみを持ち帰りました。あまり立派なので、私にさし出しましたが、いまも私の倉にしまってあります」

「では、それを持参しなさい」

南海竜王が持って来たのを見ると、さすがは王の持ち物だけあって立派なもの。履真は礼をいって馬につけて、すぐ出発した。一同、やれやれといった表情で見送る。またたく間に長安へ到着した。

半偈は半信半疑で待っていた。そばのモチ屋のせいろうが五回湯気を吹き、半偈が十三回目のアクビをし終わって、そろそろハラがへったな、と思いかけたころ、空から雲に乗った履真が下りて来る。見れば、ちゃんと馬のくつわをとらえている。

「どうもお待たせしました。竜王がぐずぐず言うものですから、思わぬ手間がかかりました」

「手荒なことは、しなかっただろうな」

平和主義者の半偈らしい心配である。

「しませんとも。私も暴力は嫌いです。手を出さなかったからこそ、こんなに時間がかかったのです」

履真はウソをついた。

「ならば、よろしい」

半偈のしろうと目にも、それは普通の馬とは違う逸物と見えた。

「これはよい馬だ」

「お気に召しましたか」

「うむ。しかし、水中によくもこんないい馬がいたものだ」

履真が手短かに話すのを聞いた半偈は、驚いたり、喜んだりしていたが、やがて天に向かって、うやうやしく頭を下げた。

「私はつまらぬ僧です。とても大聖人の竜馬に乗り、古の帝王の鞍にすわる器ではございません。けれども、勅命を奉じて天竺へ旅立たねばならぬ身です。到底ふつうの馬では行けませんので、やむなく使用させていただきます。お許し下さい」

（人のいいお師匠さまだな）

履真は笑って、

「いくら立派な馬でも畜生に変わりはありますまい。馬に乗るのが罪になるのなら、人の引っぱる車に乗ったら死罪ものです」

「そうはいかん。心の問題だ」

「では、仏は獅子や象に乗っておられますが、これはどういうことになりますか」

「仏が獅子や象に乗られると、獅子や象は仏のお恵みを受ける。私が馬に乗ったのでは、馬はしんどい目をするだけだ」

「仏さまを乗せた獅子や象だって、しんどいでしょう」

「いや、しんどくはない」

「そんなものですかねえ」

履真も敢えてさからわない。

二人で仕度を始めたが、半偈の荷物の中に、一本の汚ならしい木棒があるのを履真は見付けた。

「何ですか。この葬式棒みたいなものは……。邪魔だから捨ててしまいましょう」

「こら、馬鹿にするな。かたじけなくも仏さまから賜わった宝の棒だ。これを手にして一喝すれば、いかなる魔性も退散すること疑いなしじゃ」

「へえ、では私の如意棒といい勝負ですね。けど、こんなもので打っても痛くはありますまいが、お巡りさんの警棒のように、脅しぐらいには役立つでしょうよ」

「警棒だって、まともに食らえばヒタイも割れるぞ。まあ見ておれ」

「じゃあ、ゲバ棒ぐらいにしておきましょう」

すっかり準備ができ上がったというところで半偈は参内して天子にいとま乞いをする。

「文武百官や僧侶たちに盛大に見送りさせよう」

という天子のことばを拝辞し、二人は夜明け前に長安を発った。

「さあ、出発です。元気一ぱい胸を張って…」

「前途十万八千里か、思えば大変なことではあるな。〝西ノカタ陽関ヲ出ヅレバ故人ナカラン〟か。〝平沙万里人煙ヲ断ツ〟〝古来征戦幾人カ還ル〟という詩もあるわい」

否定的、悲観的な詩ばかり持ち出して半偈はベソをかく。

「いまから、そんな弱気では駄目ですよ。〝前途ダレカ知ル者ナシトセンヤ〟でなくちゃ。〝ナセバ成ル〟〝千里ノ行モ足下ヨリ起コル〟ですよ。さあ〝前途ホド遠クトモ想イヲ霊山ノ雲ニ馳セ〟て。仏さまがついていて下さいます」

「お前のその勇猛心だけが頼りだ」

こうして、いよいよ西天への長旅が始まったのである。

猪一戒も仲間に（八）

長安城を出た半偈と履真は西へ西へと進んだ。このあたりはまだ唐の版図内なので何のさわりもなく、何日か泊りを重ねて鞏《きょう》州についた。いまの甘粛省隴西県のあたりである。日が暮れたので一夜の宿を…と見ると、道ばたに小さな庵がある。小さいながらも立派な構え、二人の足音を聞いたのか、一人の若い僧が出て来てたずねた。

「お二人はどちらへ？」

「私どもは勅命によって天竺までお経の真解をいただきに行く者です。一夜の宿をお貸し願えませんか」

「さようですか。それにしてはお供が少ないですね」

「ぎょうぎょうしいことは出家のなすべきことではありませんので、護衛は陛下に拝辞いたしました」

二人は案内されて中へ入った。この僧は慧音といって天花寺の点石大法師の孫弟子だと自己紹介した。

ょうな」

とたずねると、慧音は、わが意を得たりとばかりしゃべり出した。

「すぐれているの何のって、あなた。徳行、弁舌ともに衆にぬきん出ており、弟子もたくさんいます。さよう、このあたりにある千余の庵はみな天花寺の末寺で、点石大法師の弟子が住職をしております」

「それはまたけっこうなことです。なぜ、そんなにお盛んなのですか」

「この地方の人たちはみな仏教に深く帰依しており、とくに説法を聴くことを好みます。大法師は弁舌にすぐれておられ、因果応報の話を説かれると、みな感激して手を合わせ、生き仏としてあがめます。そして、金銭、財物、米穀をたくさん喜捨いたします。それで寺は繁昌するのです。都にもこんな盛大な寺はあるまいと、みんなうわさしております」

とんだ夜郎自大の田舎坊主である。

「あなたは天子のご命令で、お経の真解を求めに行くといわれましたが、本当ですか」

「私は決してウソは申しません。勅書もあります」

「どこかの総理大臣もそういったことがありますが、本当だとすると、これは大変な仏事です。なぜ広く一般に知らせないのですか。信者は一そう信仰心を増して、仏教は繁昌し、あなたも大いにうるおうでしょう」

「仏教は清浄無為を第一とします。立派にしたり、派手にしたりすることは、外道の仕わざです。私の天竺行きの目的も、この外道を追い払うためです。広く知らせることは清浄無為に反しますから、私はいたしません」

「そうですか。私は広くPRされた方がよいように思いますが、これは見解の相違ですな。何れにしても、明日は大法師にお会い下さい」

その晩はそこで話を打ち切って寝た。

天花寺の点石法師というのは、半偈の最も嫌う、最も打倒したい実権派的、修正主義的な、ちょうど法門寺の生有みたいな坊主である。ところが先日、たくさんの信者を集めて三蔵大乗経を説こうとしたところを悟空に封じられてしまった。そこで「急病にかかったから延期する」といって中止した。

しばらくして、また経を開こうとしたが開かない。説教をしなければお布施は来なくなり、いままでのようなぜいたくが出来ないため点石も大いに困っていた。

その事情を知っている慧音は、半偈主従を師匠のところへ送り込み、お布施かせぎのタネにしようとしたわけである。

点石は点石で、知らせを聞いて喜んだ。万事をお布施かせぎの材料にしてしまうことにかけては天才的な才能をもつ奴だけに、「久しぶりのもうけ話が向《う》こうからころげ込んで来たわい。慧音は愛い奴だ」と目を細めた。

「だが待てよ」

点石は腕を組んで考えた。

(半偈という和尚は、何でも彼でも清浄でなければならぬというストイックな修行第一主義、教条主義の奴らしい。しかし、我々は極楽を説いて、見た目も盛大にするのを仏法の興隆としている。ここは一番、万事を豪勢にして奴の度肝を抜いてやれ)

あくる朝、慧音はしつこく点石に会うようすすめた。半偈も無下にはことわれない。そこで仕方なく案内されて天花寺へ赴いた。なるほど、都でも珍しいほどの立派な七堂迦藍がそびえ立っている。本堂へ上がって礼拝をすませたところへ、案内の僧が来て「大法師がお会いになります」と告げた。しばらく本堂で待っていると、大太鼓の音がとうとうと響き渡った。

「大法師のお出ましでございます」

案内の僧は、もったいぶっていう。点石の動作を、ことさらに盛大にして半偈を驚かせてやろうという演出であることはいうまでもない。三べん太鼓が鳴ると、音楽の音が起こる。そのうちに、色とりどりの袈裟を着た大勢の和尚の行列が続き、その後から輿に乗った点石和尚が、二十余人の小坊主を従えてしずしずとやって来た。半偈には全くのコケおどしに見え、おかしくってたまらないが、当人は大まじめらしい。

堂の中まで来た点石は、中央の豪華な椅子にどっかと腰を下ろして案内の僧に、

「長安から見えた法師は？」

「あれに」

「ご案内申し上げよ」

自分の方から気軽に行けばいいのだが、それでは沽巻にかかわると思ったのか、ことさらに荘重にふるまう。半偈は案内されて点石と向かい合ったが、見れば見るほど俗臭紛々たる売僧《まいす》、けれども、来た以上は仕方がない。相応のあいさつをして坐った。

半偈から天竺行きの目的と、それまでのいきさつを聞いた点石は、心の中で思った。

（経が開かないのは、そういうわけだったのか。それにしても、自分をはじめ、何千という弟子たちは、みな経を講ずることによって暮らしを立てている。この坊主のいう通りだと、当分はそれも出来なくて、我我は干上がってしまう。何とかやめさせなければ…）

「お話はわかりました。しかし、私には承服できません」

「なぜですか」

「もし、三蔵真経が全部うそというのなら話はわかります。けれども、それは正しい真経だし、その解釈もすでに明らかにされ、仏教は盛んとなり、天下の人もご利益《やく》を受けております。それを、〝間違っているから講じてはならぬ。別に真解があるから取りに行く〟では、あまりにも現在の仏法を無視したもの。仏教を

破壊し、天子をあざむき、衆生を馬鹿にする行為といわれてもやむを得ますまい」

「三蔵法師がご自身で経文を封じられたのですぞ、みんなの面前で……」

「いや、それは妖僧が幻術を使って、そう見せかけただけです。あなたはそんなことを信じないで長安にお帰りなされ。そして私の言った通り奏聞なさって、いままで通り経の講説を続けなさい。自然に国は栄え、寺は繁昌し、民は安楽になるでしょう」

こんなことで決心のぐらつく半偈ではない。にっこり笑った。

「正は邪をさして邪といい、邪は正をさして邪というものです。とにかく、ここでいくら論議しても始まりません。私は前途を急ぎますので、これにて失礼」

と立ち上がったので、点石はあわてて押しとどめた。

「前途ほど遠しです。まあ急がずにごゆっくり。せっかくお出でになったのですから斎《とき》でも上がって…」

「斎はさきほどお弟子の所でいただきました」

「まあ、そうおっしゃらずに。これ、お弟子をここへお連れ申せ」

入って来た履真を見て点石は驚いた。いつぞや経を封じてしまったのはこの顔である。

（なるほど、こ奴が幻術で経を封じたのだな。成敗してくれん）

そこで三千人の弟子に命じ、一せいに堂内に入って二人を吊し上げさせる手はずをととのえさせた。対面が終わったころ、弟子たちは命ぜられた通り、鉢巻、たすき掛けで、衣のすそをもも高にはしより、手に手に棒、錫杖を持って本堂になだれ込み、二人をかこんで口々にわめき出した。声は次第に高くなり、昂奮した僧たちは、あわや殴り掛からんばかり。半偈にはわけがわからない。

「一体どうしたのです」

「それはこうです。この弟子たちはみな経を説いて暮らしています。それを封じられたのですから食って行けなくなったため、こうして封を解いて下さるようお願いしているのです。もし聞き入れていただかなければ、どうなるかわかりませんぞ。その結果については、当方は関知しません」

明らかに脅迫である。

（どこまでこ奴らは阿呆なんだろう）

半偈はあきれた。

「経を封じられたのは仏さまです。私とは関係ないし、私にそれを解く力も資格もありません」

「うそをいわれな。経を封じたのはあのお弟子でしたぞ。私は見た」

履真は笑った。

「私も知りません」

「いや、たしかにその顔だ。間違いはない」

「こんなに若かったですか」

「そういえば、もっと齢を取っていたようにも思えるが……」

「そうでしょう。あれは私のご先祖のなさったことですから」

「先祖の責任は子孫の責任でもある。これは、わが国の民法の鉄則じゃ。解いてもらおう」

半偈は中に割って入った。

「仏の命令でこの弟子の先祖のしたことです。あなたも仏門の方なら、仏のご命令にそむいてはなりますまい」

「経を作って天下に流布された仏が、また封じられるわけはない。妖僧の幻術に決まっている」

半偈は怒った。

「仏の三蔵真経が妖術ごときに封じられるものか。あなたは仏を指して妖といわれるのか」

点石も真っ赤になった。

「わしが妖なら、天下の仏はみな妖だ」

たくさんの僧は一せいにわめき立て、

「経を解く解かぬは別にして、妖か妖でないか明らかにしろ」

と騒ぎ出す。履真は、ここで一つ奥の手を……とも思ったが、師匠がどう裁くかという興味もあって見ていた。ところが、荷物の中の木棒が躍り出した様子で、ことこと音を立てている。

（ははあ、棒が腕をふるいたくてムズムズしているな）

と思ったので、棒を取り出して半偈に渡した。

「お師匠さま。この棒をお忘れですか」

半偈もそれと察して受け取り、それを構えて叫んだ。

「おろか者ども。仏法に霊があるかないか、お前たちが妖であるかないか、よっく見ておれ」

声は決して高くはなかったが、百雷の落ちたように響き渡った。木棒も手を離れないのに、たくさんの僧の頭をしたたかに打った様子。みんなはたちまち悲鳴をあげてそこへへたり込んでしまった。それとともに、いままでのカラ元気も邪念も一時に消え去り、

「悪うございました」

「私どもが間違っておりました」

「どうぞ正しい道をお教え下さい」

と口々にいう。半偈は喜んでまず点石を扶け起こした。

「あなたもこれで正法に立ちもどられました。私は何もお教えすることはありません。ただ皆さんは、けばけばしいことをやめ、ひたすら無欲清浄になられることを望みます」

「それでは祈禱もいけないのですか」

「そんなことはありません。天下のため、衆生のためにお祈り下さい。」

「祈禱がかまわぬのなら、お経の講説もさしつかえないんではありませんか」

「いやいや、間違った説法をする恐れがありますから、真解を得るまではいけません」

「私どもは、お経の講説で暮らしております。それをやめたら食べて行けません」

「信者の施しによって腹一ぱい食べ、ぜいたくをしようと思えば自然たくさん寄進させることになります。罪はここにあるのです。ぜいたくを避け、つつましく暮らして、ひたすら天下衆生のために祈っておれば、仏さまもお護り下さるし、信者も放ってはおきますまい。〝焚くほどは、風がもて来る落葉かな〟です。天道は人を殺さず、ひぼしになることは決してありません。安心して真解が来るのをお待ち下さい」

僧たちの間に安堵の吐息がもれた。

「その木棒はなぜそんなに力があるのですか」

「仏さまが正と邪とを区別し、邪をこらしめる力をこの棒にお与え下さったのです」

「では妖怪退治もできますね」

半偈はこの棒で妖怪退治をしたことがないので黙っていると、そばから履真が口をはさんだ。

「もちろんです」

「しかし、妖怪には神通力がありますから、木棒で大丈夫ですか」

「それでは、鉄棒ならいいでしょう」

「しかし、ここにないではありませんか」

さっきから、如意棒をふり廻したくてウズウズしていた履真である。

「ご覧になりたいですか」

といって堂の外へ走り出し、耳の中から取り出した。

「変われ」

というと、たちまち碗ほどの太さ、長さ五メートルばかりの鉄棒になった。次いで十メートルほどの中天に飛び上がり、縦横無尽に振りまわした。一汗かいたのち、地上に下り立ち、

「どうです。これでも妖怪退治は無理ですか」

と鼻をうごめかした。点石たちは仰天し、二人の前にひれ伏した。

「生き仏さま。重なる無礼をお赦し下さい。私どもの目は節穴でした。」

半偈も初めて見た履真の腕前に大いに満足した。点石はしょんぼりして、

「私どもにはそのような力がないものですから、みすみす大きな寺を妖怪に奪われてしまいました」

という。わけを聞いてみると――

ここから百キロばかりのところに五行余気山という山があり、その中腹に仏化寺という大きな、繁昌した寺がある。点石はそこでも祈禱や説教をして大いにかせいでいたわけだが、近ごろ妖怪が出現した。口の長い、耳の大きい豚のような化物で、それが仏門に帰依して
「師匠と仰ぐ人の来るのを待ちたいから置いてくれ」

と頼んだ。点石は気味が悪いのでことわったところ、大力をふるって門前の鉄ののぼり竿を抜いてあばれ込んだ。千人もいた僧はみな恐れて散り散りになってしまい、いまではその妖怪が寺を占領して一人で住んでいる。何とか妖怪を退治して寺を取りもどしてほしい――というのである。

履真はからからと笑った。

「なーんだ、そんなことですか。お安いご用です。どうせ通り道にあたっておりますから、ちょっと行ってひねって来ましょう」

「よろしくお願いします。こんどは寺がかえっても、決していままでのようなことはいたしませんから」

と手をついて頼む。久しぶりに腕がふるえるとあって履真も武者ぶるいをして、さっそく半偈を馬に乗せて出発した。後からは、点石の選んだ二十人の屈強の僧が護衛かたがたついて来る。前途にどんな困難が待ち受けているかは知らぬが、半偈の心は、点石らを善導し得たすがすがしさで一ぱいだった。

二、三日たつと、一行は五行余気山のふもとについた。山の中腹に見えがくれする建物が仏化寺だという。履真は半偈を驚かせてはいけないと思い、

「どうか、ここでお待ち下さい。私一人でけっこうです」

といったが、半偈はまだ履真の腕前をよくは知らないので、しきりに

「大丈夫か」

とくりかえす。護衛の僧たちも

「我々もご加勢を」

と口々にいうが、履真は、

「大丈夫ったら大丈夫。まかせておけってんだ」

と身体を一ゆすりすると、もう姿は消えていた。僧たちはあっけに取られてポカン。

履真が中空から仏化寺を見下ろすと、ひっそりして人っ子一人いないし、庭には草がはえ繁っている。

（なるほど、こりゃ化物がいそうだな）

と思って下へ下りた。本堂へ入ってみたところ、一応の道具立てはそろっているのに、久しく香煙がのぼった様子はない。あちこち探したが妖怪は見当たらないので履真は腹を立て、如意棒で思いっ切り大がめを殴りつけた。大がめはすごい音をたてて砕けた。履真はそれと同時に、

「化物め、出て来い」

と大声で叫んだ。すると、その声に応じて、かまどの下の柴の中から一匹の妖怪が飛び出して来た。口の長い、耳の大きな豚のお化けである。鼻息を荒げ、牙を嚙み鳴らして出て来た妖怪は、いきなりあった鉄ののぼり竿をふり上げて打って掛った。妖怪は柴の中でぐっすり眠っているところを起こされたため、怒りたけったのである。

数分打ち合った。如意棒とのぼり竿とがふりまわさ

れるものだから、本堂の中は如何にも狭い、と見たのか、妖怪は中天へ飛び上がった。

（こやつ、雲に乗れるのか。相手にとって不足はない）

履真は微笑して、これまた飛び上がった。互いに丁丁発止とやり合ったのだが、如何せん、のぼり竿はただの鉄なのに、如意棒は天河の砂鉄で作ってあるので鍛えがちがう。十余合もすると、のぼり竿は折れてしまった。妖怪は、しまった！とばかり逃げ始めた。

「逃げるとは卑怯、返せ返せ」

と履真は追いかける。履真の雲の方が早いので、ほとんど追いつきそうになった。

「このエテ公、俺さまに何の恨みがあるのだ」

「この仏化寺を乗っ取った泥棒野郎、四の五のいわずに討たれてしまえ」

「俺は乗っ取らぬ。坊主どもが勝手に逃げ出したのだ。頼まれなくとも、その中に退散してやるわい。俺も出家だぞ」

「なに？貴様が出家だって？この豚野郎、手前の面を見ろ、それが出家の面か」

「何をっ！貴様だって坊主らしいかっこうはしているが、エテ公じゃねえか。貴様は知るめえが〝狗子にも仏性あり〟というわい。豚に仏性があってなぜ悪い。こう見えても俺は仏の子孫だぞ」

「おきゃがれ。手前みたいなのが仏の子孫だなんて、ヘソが茶をわかすわい」

「うたぐり深えエテ公め、もし本当ならどうする」

「本当なら仲直りをして友達になってやらあ。俺は三十三天神、仏菩薩、諸天王から幽界の鬼までみな知っているぞ。さあ、ぬかせ、一体だれの子孫だ」

「この野郎、聞いて驚くな。浄壇使者というのが、この俺さまの先祖だ」

履真は笑い出した。

「仏菩薩はたくさんいらっしゃるが、浄壇使者なんて名は聞いたことがないわい。ジョウダンだろう」

「お前はやっぱり毛が三本足りんようだな。仏には過去仏あり、現在仏あり、未来仏もある。この浄壇使者は近ごろ出来た仏じゃい。知らぬのは貴様だけよ」

「毛が足りようと足りまいと大きなお世話だ。近ごろ出来た仏なら何々仏というだろう。どうして使者というのだ？」

「全くものを知らぬエテ公だな。じゃあ、たずねるが、旃壇功徳仏と闘戦勝仏というのを知っているか」

「おっとっと、知っているどころじゃないわい。そのお二人は俺の一家のようなものだ。どうだ驚いたか」

「じゃあ、本名をいってみやがれ」

「おお、いわいでか。てめえのバカでかい耳をかっぽじってよっく聞け。旃壇功徳仏たあ玄奘三蔵法師、闘戦勝仏たあその一の弟子の孫悟空のことだ。どうだ」

妖怪は驚き、かつ喜んだ。

「よよっ、知ってやがるか。じゃあ、二の弟子は？」

「決まってらあな。猪八戒さ」

妖怪はますます喜んで目尻を下げた。

「よく知ってやがるな。ありがてえ」

こっちへ寄んねえ、一ぺえ飲みねえ、スシ食いねえ…とはいわなかったが、

「その猪八戒の後身、つまり成仏してからの法名が浄壇使者さ。そして俺さまはその実の子ってわけよ」

「でたらめいうな。あれは仏、貴様は化物だ。仏の子に化物がいてたまるかい」

「いたらどうする？」

「いるわけはねえわい」

「うたぐり深え奴だな。ではいって聞かせよう。親父どのの八戒はお経をとりに行く前に、高家庄で一人娘の婿になっていた。そして、腹の中にいる俺を残して出発した。俺は母親の腹の中に十四年いて、親父どのが成仏した日に生まれ出た。仏のおかげで、生まれながらに神通力は持っているが、父親が豚なので、俺も形は豚だ。だから、みんな〝豚、豚〟って悪口を言いやがる」

「なるほど、おめえが八戒、じゃない浄壇使者の子だということはわかったが、なぜこんな無茶をして和尚たちを苦しめるんだ？」

「それがよ、まあ聞いてくんな」

妖怪は少々しんみりした。

「みんなが、〝豚だ〟〝豚だ〟って言ゃがるもんだから、おめえも知っての通り、この国じゃ豚っていわれるのは、ひでえ侮辱なんだ。俺はおかげで、ひがみからグレてよう。泣いていさめるおっかあを蹴とばして

家出をし、ヤー公の仲間に入って、飲む、打つ、おどす、ゆするのすさんだ日が続いたんだ」

「それから？」

「坂をころばす雪だるまのように、俺はだんだん悪党になったが、あるとき、腹がへったので黒風河で人を殺して食ったと思いねえ。すると、そこへ旃壇功徳仏が通りかかられ、俺は法力でしばり上げられたんだ」

「うんうん」

「俺の身の上を聞かれた功徳仏は〝親の名をけがしてはならぬ。心を入れかえて仏門に入れ〟とさとされた。俺は夢からさめたような気がした。涙ながらに更生を誓ったところ、〝いまに唐の高僧が、真解を求めて天竺へ行くため、ここを通る。その弟子になってついて行け。お前はそれによって成道するだろう〟といわれたので、俺はここでその人を待っているのだ。邪魔立てするな」

履真は喜んだ。

「何だ、そうか。そんならそうと早く言ってくれればよかったのに」

「何を！いうひまも与えずに、おめえの方から突っかかって来たんじゃねえか」

「失敬、失敬、知らなかったもんだから」

「ところで、そういうおめえはだれだい」

「俺こそ、さっき名前の出た闘戦勝仏孫悟空の後つぎの、孫履真で、法名を小行者というわい。お前の待っている方、つまり真解を求めて天竺へ行く人の弟子だ。そうとわかったらついて来い。お師匠さまに会わせてやろう」

「だますんじゃあるめえな。何だか話がうま過ぎらあ」

「疑うなら、おめえ、さきに行ってみな。お師匠さまは、このふもとにいらっしゃる」

妖怪はそういわれて、そのまま雲をふもとへ走らせた。ふもとでは半偈と僧たちが首尾を待っていたが、ふと見ると一団の雲が、へんてこな化物を乗せてやって来たのにびっくり、あわてて逃げ出した。妖怪はその一人をつかまえ、

「これ、逃げんでもよい。別にとって食おうとはいわねえ。この中に、西天へ真解を求めに行かれるお坊

さんがいらっしゃるというのは本当か」

「ほ、本当でございます」

「どこにおられる」

「あそこの大木の下に、お許し下さい。私どもはただついて来ただけです」

妖怪が見ると、なるほど品のよい一人の中年の僧が、目を閉じてキチンと坐っている。妖怪は急いでその前へ駈け寄り、大地にひれ伏した。

「お師匠さま。猪守拙でございます。お供を致したく、ここでお待ちしておりました」

半偈は目をあけて見てびっくりした。

「わしは妖怪などに待たれる理由はないぞ。きりきり退散せよ」

「いいえ本当でございます」

言い争っている所へ履真が駈けつけ、ことの次第を語って聞かせたので、半偈もやっと安心、

「仏さまはやはり私に弟子を与えようと用意されていたのか。ありがたや」

といって、西に向かい何べんも頭を下げたのち、妖怪に言った。

「話がわかったので、さっそく弟子入りを許す。これからの千山万岳、千河万水を勇猛心、克己心、忍耐心で踏み越えろ。真解が手に入れば、お前は自然に成仏できる」

「ありがとうございます。私は見かけこそ悪うございますが、根は真面目で、正直で、働き者で、かげひなたなく、加えて早寝、早起き、読書に散歩、勤倹貯蓄に冷水摩擦と、期待される人間像そのものでございます」

「これこれ、自薦の弁はもうよい。ところで、お前は守拙とかいったな?」

「はい」

「うむ、履真に守拙か、悪くはないな。だが少しゴロが悪い。私がひとつ法名をつけてやろう」

「ありがとうございます」

「お前はお父上の八戒にちなんで、一切を戒めるという意味から、猪一戒としよう。どうだ」

「はい、めんどうくさくなくて大変けっこうです」

妖怪こと一戒は、何べんも半偈におじぎをしたのち、履真に言った。

「親父どのの兄貴である孫悟空さんの後つぎである孫履真兄貴、どうかよろしく」

「ややこしい言い方だな。まあいいや。こちらこそよろしく」

ヤクザなら、ここで盃をかわすところだが、出家であるため得度をして戒を授けることになり、一同、仏化寺へのぼった。仏前で頭髪を剃り落としたホヤホヤの一戒坊主、サッパリした表情で、

「おかげで弟子にしていただきましたが、私は口下手なので説教も出来ませんし、信者を言いくるめて寄進をさせることもにが手です。その上、食いしん坊で、なまけ者で、スケベエで、お布施をくすねたり、虚病を起こしてズル休みをすることもあると思いますが、その都度叱って下さい」

「おやおや、さっきの自薦の弁と大違いだな」

「なーに、弟子になっちまえば、もうこっちのもの……、あとは野となれ山となれだ」

「何か言ったか？」

「いや別に」

ととぼける一戒。

（これじゃ、先きが思いやられるぞ）

履真も、いささかゲンなりの態。

半偈もにが笑いをして、

「よしよし、うんと叱ってやろう。私について真解をとって来れば、それで十分。説教やお布施集めはするに及ばん」

その日は護衛の僧ともども仏化寺に泊まった。半偈にはこうして、お供をする弟子が二人できたわけである。

一戒、親父の熊手を取りもどす（九）

仏化寺に一夜を明かした半偈一行は、護衛の僧たちに「正法を守って清浄になるように」とくれぐれも戒めて別れ、また西へ西へと進み出した。道中無事なものだから、世間話や駄洒落も飛び出して、まずは天下泰平の旅というところ。その話のいとぐちは、いずれも新入りの一戒である。おしゃべり伝六か一戒かというほどの話好きの男だけに、平凡な旅も退屈しない。

そのうちに、話は得物のことになった。履真が耳の穴から自慢の如意棒をとり出して、いわく因縁故事来歴を語り出すと、一戒は、

「実はうちの親父どのも、いい得物を持っていたんですぜ」

「どんな品だい？」

「歯が九つもある熊手だよ、兄貴。親父どのはそれで道々妖怪を退治したそうだが、成仏したとき、親父

どのはそれをどうしたのやら、あっしは知らねえのさ。もし、それがあれば、兄貴の如意棒といい勝負だね」

「そうか、そんなら二人でお前の親父さんに、譲ってくれるよう掛け合いに行こうじゃないか。なーに、どうせ天上で昼寝してござるに決まっているから、訪ねて行けばわかるよ」

「それじゃ兄貴、善は急げというぜ。ちょっくら行って来るか」

半偈もそばから、

「行っておいで、私はここで待っているから」

「おひとりで大丈夫ですか」

「なーに、この木棒があるよ」

師匠の許しを得たので、二人はさっそく雲に乗った。

「一体、どこから探したらいいんだろ」

「心配するな。だれか来たらたずねてみよう」

「しかし、天上も最近は人口がふえ、森や林を伐り開いたり、家が建てこんだり、区画整理をしたり、ハイウェーができたりで、だんだんわかりにくくなっているというぜ」

「俺にまかせて置け。大丈夫ってとこよ」

とは言ったものの、人が歩いているわけでなし、ハイウェーをぶっとばすカミナリ族もいない。あちこち雲をとばして見たが、ネコの子一匹出て来ない。あせった悟空は短気を起こして一たん地上に下り、呪文をとなえて土地の神を呼び出した。すると、山の陰から二人の老人がふるえながら出て来て地上に膝まづいた。

「どうも申しわけありません。お出迎えが遅れまして」

「どうして、もっと早く出て来なかったのだ」

「私どもは以前、仏化寺の前に住んでおりましたが、近ごろ猪小天蓬に寺を横取りされたものですから、やむを得ず少し離れた所に住んでおりましたので、つい……」

「それならよろしい。ところでこの猪一戒を小天蓬とは何のことだ」

「はい。猪八戒さまはむかし、天河水神天蓬元帥の役におられましたので」

猪一戒がいきり立った。

「うそをいうと承知しないぞ。親父どのが天蓬元帥だったなんて」

「決して、うそいつわりは申しません。全くの事実でございます」

履真は口を出した。

「そこまで知っているのなら、現住所もきっと知っているだろう」

「はい。しかし、お宅をたずねても、お会いにはなれますまい」

「なぜだ」

「天蓬元帥は成仏後、胃袋が大きいので浄壇使者になられたのです。近ごろ仏教を信じる人がふえたため、供え物は朝晩絶えません。ですから、毎日外へ出て食べるのに、そりゃお忙しいはずです。とてもお宅でじっとしてはおられますまい」

「では、なかなかお目に掛かれないわけだな」

「いいえ、方法はございます」

「早くいえ」

「ここから西北五百キロのところに哈泌国《こうひつ》というのがあります。そこの国王がいま無量寺で大法要を開いています。浄壇使者はきっとそこにおられます。そこへ行ってご覧になっては？」

二人は喜んだ。土地の神に礼をいい、再び雲に乗った。西北に向かってスピードをあげたところ、間もなく下に城が見えた。哈泌国である。雲から降りて無量寺を訪ねたところ、なるほど、たくさんの僧が集って盛大な法会を開いている。だが、それらしい姿はない。

「おかしい。よそへ廻られたのかな」

「そんなはずはない。こんな盛大な法要なんだもの」

「じゃ、こっちの来るのが早過ぎたんだ。少し待つとしよう」

そのまま中天で一休みしていると、西北の方から一団の雲が急ぎ足でやって来る。見ると、その雲の上には、仏の形はしているが、長い口、大きな耳の、一見して一戒の父親らしい仁が乗っている。履真は声をかけた。

「そこにお見えになったのは、叔父さんではありませんか」

「なに？　叔父だと、わしはお前のような甥を持った覚えはないが」

「この顔をよくご覧下さい。私は斉天大聖、いまは成仏して闘戦勝仏となった孫悟空の後裔で、斉天小聖孫履真、法名を小行者という者です」

「なるほど、兄弟子の後継ぎか。そういえば、よく似ているわい。その斉天小聖クンが何用あってわしを訪ねて来たのだ」

「あなたのお子さんをお連れしたのです」

「なに？　わしの子を？」

「はい」

といって後の雲を呼びかけた。

「おーい、一戒、早く来い。お前のお父さんだぞ」

一戒は近寄って、雲の中にひれ伏した。

「おなつかしや、お父上。守拙めにございます」

芝居ならこうなるところだろうが、一戒はまだ父親に会ったことがなかったので、

「お初にお目にかかります。守拙でございます」

という、いとも他人行儀なあいさつになってしまった。その顔かたちを上から下までながめていた浄壇使者は、破顔一笑した。

「なるほど、わしによく似ておるわい。まぎれもないわしの子じゃ。近う近う。抱いてやろう」

一戒は照れて、

「もう子供じゃありません。」

「そうか、うんうん」

仏になっても父子の情はまた格別と見え、目尻を下げての喜びよう。

「ところで、お師匠さまの弟子二人の後継ぎが、そろってまた何用で、わしを訪ねて来たのだ」

履真と一戒は、こもごも、ここへ来た理由を説明した。使者は大いに喜んだ。

「先日も兄弟子と話したのだが、わしたちの仕事を完成させるため、一人の僧が天竺へ旅立つという。めいめい身代わりを出して、その仕事に役立てようじゃないか…といい合った所だった。何にしてもいいことだ。この上は、ぜひとも真解を唐へ持ち帰り、わしらの仕事を仕上げてくれ」

「実はそれについてなのです」

一戒は膝をのり出した。

「天竺までには道中、妖怪がたくさんいて散々なやまされることは、お父さんもご存知でしょう。そこで、お父さんご自慢の、むかし、大いに武勇を発揮され、猪八戒の名を天下にとどろかせた例の熊手を拝借し、お父さんにあやかって、お師匠さまをお護りして行きたいのです」

ほめられ、おだてられて喜ばぬ者はいない。浄壇使者は相好を崩した。

「そうだとも。わしはあの熊手をふるって妖怪どもを、当たるを幸いになぎ倒したものじゃ。下界ではそんなにわしのことが有名なのか」

「そりゃ有名の何のって……。おかげで、〃選挙にはタレント、勇者には熊手〃ということわざが生まれたくらいで」

「そうもあろう、そうもあろう。それにしても、わしにあやかりたいとは、さすがはわしのせがれ、大いに気に入った」

「じゃ、貸して下さるんですね」

「うん、もちろんだ。だが、いま手元にはない。供え物を食べるには要らんから、他人に貸してしまったわい」

「どこへ行ってるんです？」

「我利和尚が〃仏田を耕すのに使うから貸してく

れ〞といって持って行っちまった」

「なぜ他人に貸したりなんかするんですか」

「そりゃ、お前……。大体、お前の来るのが遅かったんだ」

「私が取り返してもいいですか」

「ああ、いいよ。第一、あの坊主は欲が深く、できるだけたくさん仏田を拓いてもうけようという魂胆で持って行ったんだ。お前が取り返してくれれば私もむしろ助かる」

「どこにいますか」

「さあ、何でも以前は西方浄土の近くにいたというが、最近では、南の方の万縁山のふもとに衆済寺という寺を建てて盛んにやっているそうだ。名の通りの欲深でケチで、すなおに返すかどうかな?。あとはお前たちの力とねばりだ。がんばれよ」

「はい、きっと取り返してお目に掛けます」

「よし、行け。では、わしはここで別れるぞ。達者でな」

一戒はあわてて、その袖をとらえた。

「いまお会いしたばかりというのに、もうお別れですか。お名残り惜しい。せめてもう少し……」

「重ノ井の子別れじゃあるまいし、お前が首尾よく真解を取って来て成仏すれば、ともに西天で毎日会えるようになるのだぞ。会いたければ頑張れ」

八戒のころは、なまけ者でぐうたらで仕方のなかったのだが、成仏すると、いうことまで違って来る。一戒もハッと悟り、その手を離してひれ伏した。その間に浄壇は雲を急がせて、お供え物の待つ無量寺へ飛び去った。一戒の目にうっすらと別離の涙、それもけだし人情、いやトン情の常であろう。

「さっそく我利和尚とやらを訪ねたいが、きょうのところは一応帰ってお師匠さまに報告して、あす早く行ってみよう」

「それがいい、それがいいといいました」

アハハハと笑いながら、半偈の所へもどった。

翌朝、半偈の許しを得た二人は、南へ飛んだ。途中に高い山が行く手をさえぎっており、そのふもとには人家が立ちならび、一だん高い所に大きな寺の屋根がひときわ高くそびえている。雲から降りて、ふところ工合いのあたたかそうな商人に化け、山門にたたずむと、思った通り「万縁山衆済寺」の横額がかかっている。中へ入って案内を乞うと、一人の欲の深そうな坊主が出て来て、もみ手をした。

「これはこれは、こんなに早くから、ご参詣の上、ご寄進を賜わるとは、信仰心のお篤いことで」

人を見れば泥棒、ではない、お布施に見えるらしい。二人は、ひとつからかってやろうと、

「おお、持って参りましたとも、たくさんな」

「さようで、ウヒヒヒヒ……」

乱杭歯をむき出しにして追従笑いをする。

「大金だから、あなたにはお渡しできません。ぜひとも大和尚に直き直きにお渡しいたしたい」

「ごもっともで。大和尚はちょっと出掛けておりますので、しばらくお待ちを」

といって招じ上げ、上等のスポンサーだと思ったらしく、お茶よ、お菓子よと下へも置かぬもてなし。二人はまんざらでもない気持で遠慮なくパクついている所へ、表で車のきしる音と人の声がした。我利和尚が百姓に命じて、たくさんの穀物を車や駱駝にのせたり、かつがせたりして帰って来たのである。履真と一戒が出てあいさつをした。

「これはこれは、早朝からのお運びで、いかいお待たせしました」

富裕な商人と思っているから、これまた大変な愛相である。

「いやいや、気にせんで下さい。私どもは寄附しに参ったのではありません。それどころか、ある物をいただきに来たのです」

くれるものなら破れ草履でもかまわぬ、出すのは舌を出すのも嫌という徹底したエゴ坊主だけに、この一言を聞いて顔色を変えた。

「何といわれる。この寺のものは、みんなわしが苦労して作ったもので、借りた覚えはない。何を返せというのだ」

「ところが、あるんですよ」

といって、二人はもとの姿になった。その姿を見た和尚、「あっ」といって、また顔色を変えた。

「驚かれたところを見ると、身に覚えがおありと見えますな」

「知らん、わしは猪八戒など知らんし、熊手を借り

た覚えはない」

言わでもがなのことを自ら口走ってしまった。

（親父どのと間違えたな）

一戒はそう思ったので、

「このわしの顔を見ても、なおシラを切るつもりか。これなる兄弟子の斉天大聖孫悟空ともども、痛い目に遭わせて欲しいのか」

坊主はあわてた。

「しばらく、しばらくお待ちを。あなたは浄壇使者になられて、すっかり憲法を改正して戦争放棄、平和主義者になられたのではなかったのですか」

「何を抜かす。自衛のための軍備は平和憲法に違反しないという拡大解釈をとったわい。熊手を取り返すのは自衛のためだからな。」

「そして天上からこの俗世まで海外派兵なさったわけで……」

「つべこべいうな。これも自衛権の発動というものだ」

脅かされて和尚はそこへはいつくばった。

「どうだ。さっさと返すか、それとも痛い目に遭いたいか」

「はい、お返しいたします。悪うございました。と申しましても、いま手元にございませんので……」

「こやつ、でたらめを言うと承知せんぞ」

「でたらめではございません。仏田を耕作するためお借りすることは借りたのですが、重くて自由に使えませんので他人にまた貸ししてしまいました」

「一体だれに貸したのだ」

「苦、苦禅和尚です」

「本当だな」

「うそはいいません」

履真はそこで一戒を促して外へ出た。一戒は山門の外で早速、履真に嚙みついた。

「兄貴はあのクソ坊主の言うことを信用したのか」

「しないよ」

「ならば、なぜ実力を行使しても取り返さなかったんだ」

「実力はいつでも使える。ちと頭を働かそうと思ってな」

「どうやって」

「まあ、俺について来い」

といって一匹の羽ありに変化した。一戒もそれにならった。二人は寺の中へ飛び込んだ。

こちらは我利和尚、うまく二人を追い帰したので一安心、

「熊手をしっかり隠しておけ」

「でも、貸したのではないことがわかって、やがて舞いもどって来るでしょう」

「その時は、わしは居留守を使うわい」

「それにしても、あの熊手は一度もお使いになりませんね」

「重くて、わしらには使えぬのじゃ」

「ならば返したらいいでしょうに」

「そうはいかぬ。使えさえすればとても重宝で、ふつうの熊手の百本分の働きもする。そこで、わしは、広募山の苦禅和尚という大力坊主に来て使ってくれるよう頼んである。そのうちに、鶚化《がくか》道人と二人で来るといっていた。きょうあたり来るかも知れん。八戒らと入れ違いにな。来てくれれば、この荒地はすっかり田になり、寺はますます繁昌ということになる」


天井板にとまっていた履真と一戒は、いまの話を全部聞いた。そこで一たん外へ飛んで出、また計略を用いることにした。履真は苦禅に、一戒は鶚化道人に化け、山門に立って案内を乞うた。

うわさをすればかげ、とばかりに我利和尚は喜んだ。さっそく中へ招き入れて、十二分にもてなしたのち、荒地へ案内した。

「これは惜しい土地だ。あの向うの川から溝を通して開墾すれば立派な田になりましょう。しかし、こんな堅い土地だし、石ころも多いので、いい道具がなくてはなりませんな」

「それはあります」

和尚はたくさんのスキやクワを持って来させたが、二人は、

「こんなものは使いものにならん」

といって、片っ端から折ってしまう。

和尚は大いに喜んだ。

「聞きしにまさるお二人の大力。いや、ありますとも、あなた方に打ってつけの例の道具が……」

といって、五十人がかりで件の熊手をかついで来た。

鶚化道人こと一戒はさっそくそれをとり上げ、

「こりゃ、いい工合いだ」

とふり廻した。見ている者はヤンヤの拍手かっさい。一戒はたちまち本性をあらわし、

「どうだ、やっぱりお前は隠していたのだ。面と向かっていても居留守がつかえるか」

しまったと思う間もなく、苦禅も履真に早がわり、目を白黒させている和尚らを尻目に雲にとび乗った。

「ご馳走さまだった。熊手はもらって行くぜ、あばよ」

和尚は、無銭飲食、かたり、詐欺師、ペテン師……あらゆる悪口を空に向かって投げつけたが、すべてあとの祭りだった。

二人は待っていた半偈に、始末を報告したが、半偈は怒らない。

「お師匠さま。私たちはサギをやったんですよ」

「かまわぬ」

「？」

「そういう場合は、方便として許されるのだ。仏典にも〝方便品〟というのがあるぐらいだ」

「へー？」

二人は、わかったような、わからぬような複雑な顔をしている。結局、こんどの旅の目的達成のために、悪人をこらしめるのは、正しいことだと自ら信じることにして納得した。

さらに旅を続けて、西へ西へと一カ月ばかり、道中何のお話もなく平穏無事な旅が続いた。

「天竺までは十万八千里、もし一日に百里（といっても中国は六町を一里とする）ずつ行くとしても三十六カ月、つまり三年で着くことになる。どうして三蔵法師は十四年もかかられたのだろう」

こう平穏な旅が続くと、ついついそれに狎れたのか、半偈さえも、出発の際の弱気の言を忘れて、こういうことを口走る。履真はいった。

「こんなにおだやかな旅ばかりは続きませんよ。三蔵法師は途中でいろいろな妖怪に悩まされ、それも九九八十一の難に遭われたので遅れたのです。我々だってそのうちに、大変な災難に見舞われるに違いありません。油断は禁物です」

「そうはいうが、第一、天下に妖怪なんぞいるもの

か。心の内に邪念があるから、そんな妖怪があらわれるのだ。〝幽霊の正体見たり枯尾花〟というではないか。私には邪念がないから何も現れはせぬ」

「全く仰せの通りです。しかし、妖怪が出てくれないと、読者の皆さんに対して申しわけがありませんので……」

と言い終わらないうちに、平らな道に突然割れ目ができたかと思うと、馬が前足をそれに突っ込んだ。半偈はもんどり打って落馬した。履真はすばやく助け起こし、馬を引き上げた。見るともはや割れ目はすっかりなくなって、もと通りの平坦な道である。

「急に地割れして、すぐもとにもどるとは不思議だ」

「いや、そろそろお出ましになったのですよ」

「何が？」

「化物です」

「馬鹿をいえ。あれは天然現象だ」

半偈は、さっきのことばの直後だけに、あくまで自説を固執する。

こうして二キロばかり行くと、こんどは目の前に急に大きな穴があいた。履真が十分気をくばっていたので、落ちずにすんだが、次の瞬間には、もう穴はない。こうなると、さすがの半偈もうす気味悪くなり、馬から降りて歩くと言い出した。決して妖怪の仕業だとはいわない。

（お師匠さまはヤセ我慢していらっしゃる。こちらから助けてあげよう）

履真はそう思ったので、

「お師匠さま。きょうは私の方がつかれてしまいましたので早目に宿をとりましょうよ。お願いします」

というと、半偈はホッとして、

「そうするか。なーに、私はまだつかれてはいないのだが、お前に倒れられても困るからな」

履真と一戒は顔を見合わせてニヤリ。履真はさっそく空にとび上がってみると、少し先きの森のかげに一群の人家があることがわかった。そこで、三人は足を早めて村へ入った。見れば、飲み屋もあり、小型ながらスーパーマーケットもあって、なかなかにぎやかな所である。道ばたで将棋をさしていた老人が、一行を見て声をかけた。

「もしもし、旅の方、どこから来られたのじゃな」

「唐の都、長安から参りました」

老人は驚いたように、三人をまじまじと見た。

「ずいぶん遠くからですな。それにしては、人も馬も傷ついていない、不思議だ」

「いや、途中で急に道が割れたり、穴があいたりしましたが、うまくよけたので、幸い怪我はしませんでした。何ですか、あれは？」

「それはそれは、あなた方は運がよかったのです。あれには私どもも、ずいぶん泣かされています。はや何人もの者が命を落としておりますのじゃ」

「自然現象ですか、それとも妖怪の仕業ですか」

せき込んで聞く一戒の質問に「まあまあ」と軽く制した老人は、

「おつかれでしょう。さあ、お入り下さい。お宿いたしましょう」

一行は老人の好意に甘えて一夜の宿を借りることになり、中へ入った。氏名をたずねると、一人は葛根、他の一人はその親戚で藤本だという。この村が葛村で、十キロほど離れた西の村を藤村といい、両村で約三千戸。みんな葛と藤とで、ほかの姓はなく、婚姻も両村同士でして決してほかとは行なわず、両村は親戚関係がからまり合っているそうである。

「なるほど、ところで、例の道の穴や割れ目は一体なんですか」

履真の問いに、二人の老人はしばらく黙って顔を見合わせていたが、

「一族の恥ですから、できれば言わずにすませようと思いましたが、あなた方も西へ向かわれるので、きっと大王に遇われるに違いないと思いますから、思い切って言ってしまいましょう。まあお聞き下さい」

といって語り出したところによると――

葛氏一族は大勢なので、中には屑《くず》みたいな奴も出てくるのはさけ難い。怠けてぶらぶらしている者、病気で貧乏になった者、つれ合いをなくした者などさまざまだが、これらの連中は、しあわせに暮らしている者を見ると、

「天道は不公平だ。この世に神も仏もあるものか」

と怨んだり、そねんだりし、しあわせの家に不幸が見舞うと

「いい気味だ」

と言ったりしていた。ところが、こうした連中がだんだん増えて三分の一にもなったころ、この悪気が凝り固まって一匹の妖怪が誕生した。この妖怪には神通力があり、西のかた不満山に棲んで自ら欠陥大王と名乗った。

この大王は、金のある家に火をつけたり、子供を生ませないようにしたり(中国では、子孫のないのを最大の不幸とする)、貧乏人でその日のかてにも困っている者にたくさんの子を生ませたり、夫婦別れをさせたり、兄弟げんかをさせたりした。

みんなは弱り、ご機嫌取りに、たくさんの穀物や家畜を貢ぎ物としてさし出し、ようやく手荒な真似だけは勘弁してもらっている。しかし、遠くから来る旅人が、大王の神通力を知らずに通ろうとすると、道に穴をあけて落ち込ませ、大怪我をさせて供え物をせしめる。もし、供え物をせずに押し通ろうとすると、地の中へ永久に埋め込んでしまう。あなた方は決して向こうへは行けまい――というのである。

履真はまず笑い出した。

「そんなべらぼうなことがありますか。それじゃまるで私設の通行税じゃないですか。一体なにを供えてやったら気がすむのですか」

「家畜や穀物ですが、あなた方は、いくら供え物をしても駄目でしょう」

「なぜですか。おっしゃって下さい」

「では申しましょう。それはお坊さんだからです。大王がいちばん嫌いなのはお坊さんですから、見つけ次第、頭からかじってしまいますので、あなた方は駄目だろうと申し上げたのです」

「なぜ僧侶を嫌うのですか」

「あなた方の前ですが、和尚というものは、自分は何もしないくせに仏さまの名をかたり、人を言いくるめて金をまき上げるからです」

「なるほど、そんな僧侶も多いことは事実です」

半偈はすなおに認めた。

「しかし、私どもはそんな生臭坊主ではありません。わかって下さい」

「私たちがわかっても仕様がありません。大王の目には、みんな同じ坊さんにしか見えますまい。どっちにしても駄目です。引き返した方が無難というものでしょうよ」

「お師匠さま。どうやら私の腕のふるい時が来たようです」

履真は武者ぶるいした。

「ちょっと行って、どんな奴か見て参りましょう」

「そうだね。気をつけてお行き」

「兄貴、俺も行くぜ」

と一戒がいうのを履真はおしとどめた。

「お前は残って、お師匠さまをお護りしていてくれ」

そばで聞いていた葛根はびっくりした。

「大王が坊さんを、うそつきだと言って嫌うのも無理はない。不満山まではここから三十キロもあり、もう日の暮れ方というのに、日のあるうちに行って来られるわけがない」

「まあ見ていなさい。それが行って来られるんですから」

履真はそういって身体を一ゆすりすると、もう中天にいる。と思うと次の瞬間に姿は見えなくなり、ただ一団の雲が矢のように西に向かって走って行くのを見るばかり、二老人はたまげた。

「さては、あの方は空を飛ぶ羅漢さまだったのか。これはお見それしました」

といって雲をふしおがみ、半偈に深く無礼を詫び、上等な斎を出して大切にもてなした。このもてなしを最も喜んで、身動きもできぬほどツメ込んだのが一戒であったことは、いうまでもなかろう。

欠陥大王を退治（一〇）

履真が空を飛んで行くと、前に大きな山が見えて来た。凸凹だらけ、岩だらけ、禿げて山肌の露出したところだらけで、見るからに欠陥大王の住むのにふさわしい山である。雲から降りて山の上に立ったところ、立派な廟があり、「欠陥大王威霊殿」という金文字の額がかかっている。

中に入ると、軒の下にたくさんの豚や羊が縛ったまま放り出され、穀物の袋が積んであるが、人の姿は見えない。もともと、こうした供え物をもって来る人は、朝早く一団になって持参し、持って来たものを放り出すと、後をも見ずに逃げ帰るからであった。

履真は足にまかせて後の山に登った。すると、いたいた。頂上付近の大岩の上で一匹の妖怪が四、五十人の手下とともに、生きた豚や羊を引き裂いて食っている。いけにえになった動物の断末魔の悲鳴、流れる血

潮、骨を噛み砕き、髄をすする音、血を浴びた妖怪どもの身体等々、全くの生き地獄、百鬼横行の図であった。妖怪どもは食べるのに夢中になって、履真が来たのに気付かぬらしい。そばへ近寄った履真は、如意棒を構えて大声をあげた。

「化物奴、貴様らは人を穴におとし入れようとしやがったが、こっちが落としてくれるわ」

妖怪はびっくりしてふり向いたが、急いで手を下に向けた。するとたちまち履真の足元にパックリと大穴があいた。「祭したり」と履真は中天に飛び上がって危うく落ちるのをまぬがれた。

「この俺さまを落とそうったって、そうはいくものか。貴様が穴掘りの名人なら、俺は棒術の達人だ。この棒を受けてみろ」

穴戦術が失敗したとなると、妖怪には打つ手がない。あわてて地中にもぐり込んでしまった。手下どもも親分にならって、みんな一斉に地中にもぐった。こんどは履真が処置なしの番である。腹立ちまぎれに、妖怪の坐っていた大岩を如意棒で打ち砕きながらののしった。

「化物め、大王といって威張っているくせに、一戦にも及ばずに逃げかくれるとは卑怯な奴、大王が聞いてあきれるわい。さあ、出て来やがれ。来やがらぬと、てめえの住居を打ちこわして火をつけるぞ。そうなると、てめえの面子は丸つぶれだろう。それでもよいのか」

古来、面子を何よりも尊ぶ中国である。妖怪とてもその例外ではない。いちじるしく自尊心を傷つけられた妖怪は、遂に我慢しかねて飛び出した。見れば、牛の筋、藤の蔓でこしらえた二本の鞭を手にしている。

「クソ坊主め、よくも俺に恥をかかせやがったな」

「貴様でもはずかしいということを知っているのか。感心々々。いい子だから、ここまでおいで、たっぷりかわいがってあげるから」

「おのれ、貴様を八つ裂きにしてサルなべにしなければ、俺の気はおさまらぬ」

「俺はジャリとまともなけんかをするようなおとな気ないことはご免だ。貴様の尻をちょっとぶって、こらしめるだけさ」

妖怪はさんざんなぶられて、怒りに目がくらんだ。

「ジャリかジャリでないか、思い知らせてやるぞ」

「待て待て。俺の方の仏門では、何ごともまるくおさめる主義だ。貴様は何だって物ごとを壊したり、荒立てたりするのだ。この破壊主義者のテロリストめ」

「おきゃがれ。天は東西に欠け、地は西北に欠けておるのを知らぬか。これが天道だ。だから、俺は天に代って道を行なっているのだぞ、その俺に何て言いがかりをつけやがるんだ。てめえらの仏教の方がよっぽど邪道だわい」

天ニ代リテ道ヲ行ナウ——まるで梁山泊の好漢《おとこ》たちのような言い分だ。ちなみに、中国人の喧嘩は、双方が火のように怒り狂っていても、なかなか殴り合いにはならない。どちらも観衆に向かって、自分がいかに正しく、相手がいかに悪いかを長々と説明する。まわりの者は、公平に両者の言い分を聞いた上で判定を下す。当人たちは大体においてその判定に従い、殴り合いにはならないのが常である。気の短い日本人には、ちょっと考えられないことである。だから中国語には、喧嘩といっても「弁嘴《バンツォイ》」（口げんか）と「打架《ターチャ》」（殴り合い）の二通りがある。この妖怪も中国の妖怪だけあって、怒りながらも、己れの正当性を主張したが、公平な審判官、観衆がいないのだから、あとは殴り合いになるほかはない。

「つべこべ言うな。よくもお師匠さまを穴に落とそうとしやがったな」

「落とすばかりか、俺はあのクソ坊主を食ってしまおうと思っているのだ」

師匠をクソ坊主とののしられ、食ってしまうと言われて、こんどは履真の方が頭へ来た。如意棒をふり上げて打ってかかった。妖怪もこれに応じて鞭をふるったが、二十分もすると鞭は棒をささえかねてタジタジとなった。妖怪は、かなわじ、とまたしても地にもぐってしまった。

履真は仕方なく、ありとあらゆる罵言をあびせかけたが、こんどは一向に出て来ないし、日もとっぷり暮れてしまったので、妖怪退治を一応あきらめて半偈のもとへ帰った。

葛、藤の二老人は半偈を相手に話をしていたが、帰って来た履真を見ると、立ち上がってうやうやしくおじぎをした。

「お帰りなさいませ」

履真は笑った。

「おやおや、大分風向きが変わって来ましたな」

「もう、それはおっしゃらないで下さい。空飛ぶ羅漢さまとは存じませんで、とんだ失礼をいたしました」

履真は、みんなに一部始終を語った。老人たちはすっかり感心し、しきりに「生き仏さま」「羅漢さま」を連発する。そばで聞いていた一戒が口をはさんだ。

「地にもぐる妖怪だから、きっと、もぐらのたぐいだろう。兄貴、どっかに巣があるはずだから、明日は探し出して打ち殺してやろうじゃないか」

「そうだ。お前も、たまにはいいことを言う。もし、もぐらでなけりゃ、木の妖怪だろうよ。〝木ハ土ニ克ツ〟だからな。しかし、〝金ハ木ニ克ツ〟ともいうから、もし木の精なら金の親玉の太白金星のところへ行って相談してみよう。妙案があるに違いない」

「太白金星は天のものです。どうして相談に行けるのですか」

二老人が不思議がると、半偈がにこにこして言った。

「それが行けるのです。何しろ神通力を持った弟子ですからな」

およそ欲のない、清浄第一主義の半偈だが、たまには自慢してみたかったらしい。老人はますます一行を大事に扱った。

夜になった。太白金星が西の空に出た。履真は半偈の許しを得て雲に乗った。金星は西天門の外で光っている。

「ご老体」

「おお、これは斉天小聖君。仏道に帰依したので、大分エン相がよくなりましたぞ」

「冷やかしっこなしですぜ」

「ところで、わざわざ私をお訪ねとは、旅の途中で何か事件が起こったと見えますな」

「お察しの通りです。実は……」

といって、用件を語った。

「なるほど、木が土に克つのは事実です。しかし、土は木には負けるが害は受けません。それは、土には金があるからです。お話の妖怪が土にもぐり込むのは、その辺の土が厚くないからでしょう。私が直々に出向いて退治してもよいのですが、ご存知のように天帝の役所は官僚的で、出張願いも朝にならぬと受けつけてくれませんし、受けつけたとしても、どこかの国の役所のように、十いくつかのハンコをもらわねばなりませんし、最終決定者の天帝府長官は、出張だ、ゴルフだ、宴会だ、会議だといって、ほとんど席にいません。おかげで、急ぐ書類でも二、三日はかかってしまいます。それでは急場の間に合いませんしね」

「全くです」

「困りましたな……。や、いいことがあります。私の私物《しぶつ》で、役所の員数とは関係のない金母があります。私金の本《もと》です。これをお貸ししますから、持ち帰って地中に埋めて下さい。そうすると、金の気が地中に充満しますので、その気にあてられて妖怪は地中におれなくなり、地上へとび出すでしょう。そこをやっつけなさい。え？　借用証ですか？　そんなものは要りません。紳士協約でいきましょう」

融通自在な太白金星の取りはからいに、履真は有難く金母を拝借に及んだが、見れば、豆粒ほどの土の固まりで、金色をしていない。

「これが金母ですか。ただの土みたいですね」

「相生説によると、土が金を生むのです。おわかりかな」

履真は悟った。

「ことわっておきますが、仙道の奴の真似をして、これで金を造ってはいけませんぞ。下界の金相場に大変動が起こり、世界経済が混乱しますから」

「大丈夫です。豚に真珠、サルに小判というではありませんか」

履真は急ぎ葛家へもどった。みんな寝ずに待っていた。話を聞いた半偈がいう。

「なるほど。だが、本当に効くだろうか」

一戒が膝を乗り出した。

「効きますとも、お師匠さま」

「なぜわかる」

「金さえあれば、万事いうことなしです。夫婦げんかも、もとはといえば金がないためだし、世の中のもめごとは、みんな金欲しさのためです。金に恨みは数数ござる。地獄の沙汰も金次第、……とはいうものの金の欲しさよ。その金さえふんだんにあれば、〝金持ち喧嘩せず〟で、どうして争いを起こす必要がありましょうか。すべてはうまく運んでめでたし、めでたし。丸くおさまるのですから、とても欠陥大王の出る幕はありません。おかげで大王はお手上げになるでしょう」

一戒が珍しく能弁でまくし立てたので、半偈はプッと吹き出した。一戒らしい単純明快な理論だが、一戒はそう信じ込んでいるらしい。それを論駁するのも面倒くさいので、半偈は笑ってその場はすませ、妖怪退治は明朝ということにして、その夜は、はやばやと寝についた。

あくる朝、夜明け前の四時ごろ、履真は起き出して、一戒を誘った。

「どこへ行くんだ?」

「どこでもいい。ついて来い」

「もう少し寝かせてくれ。ねむいよ」

「馬鹿をいえ、早くするんだ」

ねぼけまなこの一戒をせき立てて二人は雲に乗って不満山へやって来た。妖怪どもは、まだ眠っているらしい。そこで西北のきれいな土地を選んで、金星から借りて来た金母を埋めた。

「この金母は、しばらくすると効果があらわれて来るそうだから、一たん帰ってお師匠さまを起こし、それからまた来よう」

葛家へ帰って一休みしていると夜が明けた。半偈が起きて来た。

「なんだ、まだ行かないのか」

「もう行って一仕事して来ました。そろそろ金母の効果があらわれはじめていることでしょう」

「なるほど、さすがは斉天小聖だな。私はかまわんから、二人で行きなさい」

「でも、お師匠さまの身に万一のことがあっては…」

「大丈夫だよ。わしにも木棒があるからな」

そこで履真と一戒はまた不満山へやって来た。もはや、かなり時間が経っているため、金母の気は大地に満ち渡っている。妖怪はその気に迫られて、皮に傷ができ、肉にも痛みが起こった。堪え切れなくなって地上にはい出た。手下の妖怪どもも同じように弱って地上に出て来た。見ていた履真は手をたたいて喜んだ。

「いい工合いだ。やっつけよう」

「まずは熊手のため し打ちといくか」

二人して片っぱしから妖怪をなぐり、突き、引っかけたため、妖怪どもは弱って再び地中にもぐり込もうとした。けれども土の皮が鉄のように硬くなっているため、土を掘ることができない。まごまごしているところを、またたく間に退治されてしまった。死んで本性をあらわしたのを見ると、思った通り、いたちの変化であった。ところが、肝心の大王の死骸が見当たらないので、二人は改めて手分けをして探しまわった。

当の欠陥大王は、地中でいい気持で寝ていたところ、金気にあてられて身体中が痛み出した。たまらなくなって東へ逃げたが、ここも駄目、それではと、西へ行ってみても同じこと、南、北と行ってみたが、行けば行くほど皮は破れ、骨にこたえるばかり。ただ図体が大きて岩乗なので、手下よりも若干長く持ちこたえられただけである。

「どうも変だ。どうしてこんなに急に土が硬くなったんだろう。以前はやわらかくて動くにも穴を探るにも楽だったのに……。ははあ、あの坊主どもが神通力で金気を出して俺を苦しめるつもりだな。まともに戦っても勝ち目はないし……。そうだ、あいつは師匠について天竺へ行くといっていたな。その師匠というのは本ものの人間の坊主に違いない。そいつを食って腹いせをしてやろう。テキにするか、カツにするか、とにかく久しぶりで坊主の肉にありつけるぞ」

思案しているうちにも金気に迫られ、我慢できなくなって二本の鞭を持って地上へ出た。ちょうど二人が手下どもをことごとく平らげたところで、あたりは一面いたちの死骸だらけである。妖怪は思った。

「手下どもの仇、覚悟」

と鞭をふるって二人に打ってかかった。

「阿呆め。もぐっておりさえすれば大丈夫なのに、わざわざ討たれに出て来やがった」

一戒は笑って態手をふりあげる。十合あまりもすると、大王は次第に受け太刀となった。そばで履真が、

「一戒、負けるな。がんばれ」

と声援を送るものだから、一戒はますます元気を出して打ちかかる。かなわじと妖怪は土にもぐろうとしたが、すっかり硬くなっているため、これまた頭の皮をすりむいただけ。いよいよ困り、急に風に乗って逃げ出した。

大王はめくら滅法に逃げ出したのが、ふと見下ろすと葛根村の上にあたっており、一人の僧侶が、二人の老人とともに門のあたりにたたずんでいる。お察しの通り、半偈が二人の弟子の身を案じて待っているのである。

「そうだ。あいつに違いない。よし、つかまえてやれ」

大王は手をのばして半偈をつかみ上げ、そのまま飛び去った。老人はびっくりして気絶してしまった。そこへ二人は帰って来、あわてて老人を介抱した。ようやく気がついた老人は、

「大変です、和尚さんが妖怪にさらわれました」

「それは大変だ。どっちへ逃げた」

「わかりません。何しろ私どもはびっくりして気を失ったものですから」

「金気のための土にはもぐれないから、どこかの巣にひそんでいるに違いない」

「よし」

履真は呪文をとなえて土地の神を呼び出した。白いひげ、破れた帽子、ちぎれた着物を着た、みすぼらし

い老人があらわれ、膝まづいた。

「土地の神でございます」

「何てみすぼらしいかっこうだ」

「はい。それがその欠陥大王めに追い出され、あっちこっち放浪していたものですから……。一たん官位を追われますと、そりゃ世間は冷たいもので、はなもひっかけてくれません。失業保険金をもらおうとしたところ、解雇されたという証明書がないから駄目だというし、共済組合に金を借りようとしても、保証人がいないから貸せないと言います。加えて不況下なので仕事口もなくて……」

と泣きごとをならべる。

「よしよし。大王はきっと討ち平げて、お前を復帰させてやる。だから、あいつの棲みかを教えてくれ」

「よろしゅうございますとも。むかしからここの葛と藤とはもつれ合い、からみ合い、さよう、葛藤ということばの通りの状態で数十里も続いておりますが、それが一体となった所に根があり、その根の下に深い、底知れぬ洞穴があります。妖怪は葛と根の気を受けてそこに生まれ、成長し、いまもそこを根城としております。たぶん、そこへ逃げ込んでいると見えます」

「よしわかった。その葛と藤とを切りはらい、妖怪を退治してくれん。お前の社も再建してやるからな」

土地の神は喜んで深々とおじぎをして消えた。

「何とまあ、ありがたいことで。神さまでさえ、あなたには敵わないんですから」

老人は改めて感心し、大いに持ち上げて手を合わせた。二人は、「馬と荷物の番を頼みますよ」と言って雲に乗った。間もなく葛と藤とが一つになった所へ出たので雲から降りた。

こちらは欠陥大王、うまく半偈をつかまえて来て洞穴にひきずり込んだ。

「どうだ、このクソ坊主。ここならお前の弟子も手に負えまい。ゆるゆると料理してやるから覚悟しろ」

半偈はキチンと静座して口をきかない。

(どうせ食べるんなら、うまく料理した方がよい。テキやカツよりも、肉本来の味をそこなわぬさしみにしようか。それとも酢のものか。ええい。いっそシャブシャブか、スキ焼きにでもするか。ところで、醤油、砂糖、野菜はあったかな)

てなことを考えて、グズグズしているうちに、半偈が恐れる色もなく端坐しているのがシャクにさわって来始めた。

「こりゃ、坊主。俺はお前に説教してもらうのでも、お経をあげてもらうのでもない。食おうとしているんだぞ。こわくはないのか」

半偈は顔色一つ変えない。

(これはいかん。恐れぬ奴はちょっと始末が悪い。一つ方針を変えて仏法の問答をし、誤りがあったらそこへ斬り込み、心を乱して問答の勝ち名乗りをあげてから、勝者の正当の権利として堂々と食ってやろう。それがタイトルマッチのルールだ。いきなり食うなんて、王者らしくないからな)

妖怪は変な理屈を考え出して半偈の前に立った。

「借問《しゃもん》する。お前は仏弟子だから仏法は知っているだろう。一体、仏はあるのか、ないのか、返答しろ」

「……………」

「お前は〝南無仏〟ととなえる。〝南ニ仏ナシ〟ということだ。すると、観音が南海にいるというのはウソになる。どうだ」

「……………」

「仏の力が本当に宏大無辺なら、その力でこの世の悪を即座に根絶やしできるはずだし、第一、悪を発生させぬようにすればよいではないか」

「……………」

「愚民をたぶらかして金品をまき上げ、坊主だけが肥え太って楽をしている。こんな仏教をなぜ仏は放っておくのだ」

「……………」

「もし真解があるのなら、まえに行った三蔵らが受取りに行けばよい。無責任だと思わぬか」

「……………」

「仏教ではよく慈悲を言う。ならば、三蔵らに十万八千里も歩かせ、しかも途中でさんざん難儀な目に遭わせている。それが慈悲といえるか」

「……………」

半偈は、あいかわらず押しだまったまま。大王はノレンに腕押しでくたびれ、のどがかわき、舌がもつれ出した。そこへ表の方で「妖怪め、出て来い」という大声がする。大王は驚いて穴の奥の方へ逃げ込んでしまった。

履真と一戒は雲から降りて、葛と藤のかたまりを鉄棒と熊手で突いたり、たたいたりしはじめた。だが、葛や藤はやわらかくて、しなやかなものだから、硬いものを相手にするようなわけには行かない。当たれば皮がやぶけたり、引っ込んだりはしても、折れることはなく、手を引くことまたもと通りになって、よけいにからんで来る。

「待て待て、これでは力の損失だ。一つ考えよう」

履真は手をやめ、腰をおろして考えていたが、「そうだ」といって立ち上がった。

「硬いものがやわらかいものに勝てないのはものの道理。だから、まともに向かってもどだい無理だ。枝や蔓はやわらかくても根は硬いにちがいない。だから、根を探して、それをやっつけてやろう。硬いのは、いくら硬くても、こっちは平気だからな」

「兄貴、いい所に気がついた」

そこで二人は太い枝をたどり、百メートルばかりも進むと、果たして大きな根にたどりついた。

「あったぞ」

力を合わせて突き立て、ゆり動かし、掘りかえす。根がめりめりと音を立てて倒れると、その下に大きな洞穴があらわれた。二人は飛び込んで、大声をあげたわけである。

「お前はここで番をしていてくれ。俺はお師匠さまを助け出す。化物が出て来たら捕えろ」

履真は、そう言って中へ進んだ。と、半偈が端坐して合掌しているのが目に入った。

「お師匠さま。ご無事で」

「おお、履真か、助かった」

「化物は、どうしましたか」

「奥へ逃げ込んだらしい」

履真は奥へ奥へと入って行った。大王は、葛や藤がからんで邪魔をしているから、とてもここまでは…と安心していたところへ、二人の声を聞いたものだから、ふるえ上がった。奥へ逃げ込んだものの、履真があとを追って来るので、いよいよ怖くなり、大いたちの本性をあらわして、地にもぐり込もうとした。だが、金気では土はいよいよ硬くなっている。そこで爪や歯を必死になって立て、どうやら身をかくす程度の穴を掘ってそこへ伏せ、息を殺していた。そこへやって来た履真は、あたりが真っ暗なので、上下左右、所かまわず如意棒を突き廻しているうちに、化物の背中をいやというほど突いた。化物は痛さのあまり悲鳴をあげて飛び上がり、洞穴の入口の方へ駈け出した。

履真はすかさず追いかける。化物は洞穴の入口まで来てみて驚いた。葛や藤がすっかり取りはらわれていて明るいので、身の隠し場所がない。入口から飛び出したところを、待ちかまえた一戒が熊手をサッとさし出したため、熊手の九本の刃が、まともに胸や腹に食い込んだからたまらない。「ギャオーッ」と叫んで飛びのこうとしたが、一戒、そうはさせじと力を込めて熊手でおさえつける。化物は苦しがって熊手の柄に食いついたが、十分きたえてある鉄なので文字通り歯が立つわけもなく、九つの傷口からおびただしい血を流して、ほどなくこと切れた。そこへ半偈と履真が出て来た。

「化物をつかまえたか」

「うんにゃ。馬鹿な奴で、自分から熊手にぶつかって来て、ほら、この通りさ」

「それはよかった」

「お師匠さま、ご無事で何よりでした」

と一戒がいうと、半偈は笑って、

「〝沈黙ハ金ナリ〟というが、まったくだ。私は無言で有言を降したぞ」

と言う。履真と一戒は、枯れ木もろとも葛や藤の根を焼いてしまい。欠陥大王の死骸をかついで村へ帰った。

村では大騒ぎ。何しろ、悩みの種の妖怪を退治してくれたのだから、生き神さま扱いである。知らせを受けた近くの村々からも「生き神さま、救世主さまにお礼がしたい」と斎に招く。毎日々々のご馳走攻めに、さすがの食いしんぼうの一戒も、消化不良を起こして、「食べもののない国へ行きたい」などと罰あたりなことを言い出す始末。十分休養もとったし、土地の神も復興したので、三人はある夜半、こっそりと村を抜け出て再び道を西へとった。

沙弥も加わって一行は四人に

(一一)

またしばらく平穏な旅が続いた。道はいいし、気候も初秋。〈旅人とわが名呼ばれん初時雨〉の、旅には打ってつけの季節。一戒のへらず口と、馬鹿話に、笑いさんざめきながら進んでいくと、前方から瀬の音が聞こえてきた。

「河のようだな」

「見て参りましょう」

履真が空に跳び上がってみると、行手には対岸もかすむような大河が流れているが、岸辺には村もなければ家もなく、ただ原野が続いているばかり、

(こりゃ大変だ)

と思いながら下へ降りて、その旨を報告した。

「川幅は、どのくらいある?」

「百キロはありましょう」

「長安を出てからずいぶん来たが、いままでに大きな河はなかった。思うに、それが有名な流沙河であろう」

「そう思います」

「渡る舟はあったか?」

「いいえ。舟どころか、家一軒見当たらないのです」

「それは困った。」

「困りました。」

「仕方がない。まあ行ける所まで行ってみるとしよう」

歩いて河岸まで行くと、そこには、さっき気がつかなかった小さな庵があるのが見えた。

「あそこでとりあえず一休みしましょう」

と入りかけたところ、内から痩せこけて死んだような目付きをした陰気な和尚が出て来た。

「あなたは天竺へ真解を取りに行かれる唐の大和尚ではありませんか」

かかる辺土に思わぬ知己がいたか…と半偈は喜び「そうです」と答えたところ、和尚は言う。

「私は金身羅漢、むかし三蔵法師のお供をして西天へ行った沙悟浄の弟子の沙弥でございます。羅漢が申

⑾　沙弥も加わって一行は四人に

されるには〝われわれが持ち帰った三蔵真経に対する世の誤解をなくすため、高僧が一人、唐から天竺へ向かうことになったので、以前の弟子たちはそれぞれ身代りを出してその旅を助け、以前の取経の意義を全うしたい。聞けば、闘戦勝仏には小聖があり、浄壇使者には小天蓬があるというのに、私には後裔がない。だから、弟子のお前がお供をせよ〟とのことなので、私は謹んで、ここにお待ち申し上げておりました」

半偈は感激して西天をおがんだ。

「み仏のお志、ありがたや、かたじけなや。誓って真解を持ち帰るでございましょう」

そして、履真と一戒の二人に引き合わせた。

「さっそく訊ねるが、これは何という河だ？」

「これこそ師匠の出た流沙河で、人びとが、師匠の成仏を喜んで、建てたのがこの庵でございます。もっとも、その後、三回も建て直したそうですが」

「そうか、やはり流沙河だったのか。しかし、舟もないのに一体どうやって渡るのだ」

「ご安心下さい。師匠が私をここに居らせましたのも、私にお師匠さまたちをお渡し申し上げさせようとしてのことです。舟はなくても渡れる法はあるのです」

「それは不思議、ぜひ聞かせてほしい」

「何でもありません。師匠は、水の上を風に乗って行く方法を伝授してくれました。」

半偈が黙っていると、

「お疑いのようですね。では、ちょっと河までおいで下さい。実地にご覧に入れますから」

と言って一行を誘って河辺に行き、さっそく水の上に立った。折りからの風に乗り、まるで帆かけ舟のようにすいすいと進んで行くではないか。

「なるほど、これは妙だ。この方法によれば渡れぬことはなさそうだ」

と半偈は喜んだが、履真は腕を組み、首をかしげている。

「お喜びになるのは、まだ早いように思えますが」

「なぜだ。」

「大体、仏菩薩のおわす所には、あかるい、めでたい気がただよっているものです。ところが、あの和尚は陰々滅々、寒々としたふんい気を持っています。私にはどうも本物とは思えません」

「金身羅漢がまさか悪い奴をよこされるわけはあるまい」

「本当によこされたのかどうかは判りませんよ」

「よこされないのなら、なぜ私たちのことを知っているのだ」

「聞いて来るという手もあります。とにかく私には信じられません」

「そう人を疑っていては、とても天竺まで行けんぞ」

「お師匠さまは、ご自分が善人でいらっしゃるから、他人もそうだと思っておいでのようですが、この世はそんなに甘くはありますまい」

「もし、誠意を尽してなおうまく行かぬなら、それは仏のご意思だと思うほかはない」

「そうですか。そこまでおっしゃるのなら、もうおとめはしません。私どもは用心するばかりです」

と言っているところへ、沙弥がもどって来た。見れば、靴も靴下も少しも濡れていない。

「ご覧のとおりです。いざ参りましょう」

半偈は一歩を踏み出したが、やはり恐しくなったと見えて、ためらっている。

「もし、ご不安なら、古いふとんを敷きましょう。それにお乗りになれば安心なさると思います」

「そいつぁ、いいや」

一戒が頓狂な声をあげた。沙弥はさっそくふとんを運び出して水の上にひろげた。

「このふとんに私一人は乗れるが、あとの二人と馬と荷物は無理なようだね」

半偈はどこまでも心配性である。

「二人の方は雲にお乗り下さい。荷物と馬は、お師匠さまをお着けにしたあとで運びにもどりましょう」

だが、履真の疑いは晴れない。

「馬と荷物は俺が見ているから心配は要らぬ。お師匠さまをしばらくお前にまかせるが、向こうへついたら、すぐ返って来い。間違いがあったら承知せんぞ」

「大丈夫です。決して間違いはありません。私も師匠の教えを受けて来たものです」

「これこれ、弟子同士、口喧嘩をするんじゃない」

とたしなめて、半偈は乗り込んだ。ふとんは矢のように水上をすべって行く。その後姿を見送った履真、どうも気が晴れない。

「お師匠さまのことが気にかかる。ちょっと偵察してくるから、お前、ここで馬と荷物とを見ていてくれ」

といって空へ飛び上がり、河の中ほどまで来てみたが、ふとんはどこにも見当たらない。あわてて引き返した。

「大変だ。お師匠さまが消えてしまった」

「やっぱり兄貴が心配した通りだ。お師匠さまは化物にさらわれたのだ」

「きっと水中に引きずり込まれたに違いない」

「よーし、こんどは俺が探して来る。何しろ俺は銀河の主、天蓬元帥の子だから、水には強いんだ。兄貴、まかせてくれ」

一戒はそう言うと、はだかになって河へ飛び込んだ。もちろん愛用の熊手は手にしたままである。ところが、河の中は広い。その上に引き交う舟もなく、魚を取る漁夫もいないものだから、魚がたくさんおり、しかも、みんなゆうゆうと泳ぎ廻っている。あちこち必死になって探しまわったが、半偈の行方は一向にわからない。

一戒はあせった。

「畜生め、よくも俺たちを騙しやがったな。すなおにお師匠さまを返せばよし。さもなければ、貴様ばかりではない。水中をノロノロ、ウロチョロしている魚どももいっしょに熊手に引っかけてやるぞ」

腹立ちまぎれに熊手をふり廻し始めた。魚たちは、こんな殺人ダンプカーや神風トラックに見舞われたことがないものだから、身を避ける訓練を積んでいない。逃げる間もなく熊手に引っかけられて怪我をする奴が続出した。これを見てあわてたのは、水中パトロール中の巡河夜叉である。急いで河の神に報告した。河の神もびっくりして、水兵を連れて出て来た。見れば、強そうな奴が熊手をふり廻しているので下手《したで》に出た。相手が強そうだと下手に出、弱そうだと威たけ高になるのが官僚の習性である。

「しばらくお待ちを、一体、どこのどなた様で。何を怒っていらっしゃるのですか。わけをお聞かせ下さい」

だが、一戒は聞こえぬふりをして、なおもあばれ廻っている。

（うんとこらしめてやらないと奴は出て来まい）

と思っているからである。河の神はおろおろした。

「ご勘弁下さい。どうぞ乱暴だけはお許しを」

一戒はやっと手を止めた。

「何だ、お前は。何をぐずぐず言っているのだ」

「私はここの神です。あなたが水族をお痛めになるので出て来ました。お赦し下さい」

「ならば聞くが、天蓬元帥を知っているか」

「よく存じ上げております。天の川の総師で、私たちの大先輩でございます」

「知っているのなら、どうして変な奴に小天蓬元帥の息子の俺をだまさせたのだ」

「あ、あなたは天蓬元帥のご子息でいらっしゃいますか。これはお見それ致しました。道理できつい熊手だと思いました。一体、だれがあなたを騙したのですか」

「しらぬとは言わせぬぞ。もし本当に知らぬのなら、お前は職務怠慢だ。いいか、変な奴が和尚に化け、俺の師匠を河の中へ引きずり込んだのだ。さあ、さっさとそいつを出せ、出さぬと熊手をお見舞するぞ」

河の神は頭をかしげた。

「おかしいですな。むかし金身羅漢が成仏されて以来、この河は平和になり、おかげでもめごと一つ起こりませんでした。変な奴なんかいるわけはないはずですが」

「それがいるんだ。お前の一族に違いない。隠し立てをするとためにならんぞ」

といって熊手をふり上げる。河の神はあわてた。

「待って下さい。その変な奴というのは、どんなかっこうをしていましたか」

「白い死んだような目をして、血色の悪い奴だ」

「あ、わかりました。そいつは水族ではありません」

「では、一体何だ」

「あれは九つのしゃれこうべです」

「しゃれこうべなんて死んだ奴ではないか。それがどうして祟りをするのだ」

「それはこうです。以前、金身羅漢が仏法に帰依されないころ、毎日、人を食っては骸骨を河に沈められました。ですが、そのうちの九つのしゃれこうべだけはどうしても水に沈まないので、羅漢は拾い上げて数珠のようにして首にかけておられました。ところが、観音菩薩のお言いつけで、それにひょうたんを結びつけて筏《いかだ》にして三蔵法師を乗せてこの河を渡られ、そのままお供をして西に向かわれました。ところが羅漢は急がれたものですから、そのしゃれこうべを向こう岸に置き忘れて行ってしまわれました。このしゃれこうべが羅漢の成仏と同時に人の形をとるようになり、いまは陰々和尚と名乗っています。あなた方を騙してお師匠さんを連れ去ったのはきっとそいつに違いありません」

「そんな悪い奴をなぜいままで放っておいたのだ」

「そうは行きません。あれは、いって見れば、この河出身者の出世頭である羅漢さまの片身ですし、第一、いままで人を騙したり、危害を加えたりしたことはなかったのです。それがどうして今回に限って……」

「そんなせんさくは後廻しだ。早くつかまえろ」

「それがその、仏法のおかげで神通力もあり、とても私どもの手に負えません」

「仕方がない。では、どこに住んでいるのだ。せめてそこまで連れて行ってくれ」

「はい。この先きの河の底に、沈んでいる骸骨を集めて庵を造り、そこに住んで祈禱などをしております」

「よし、わかった。案内しろ」

「それが何です。和尚もしゃれこうべなものですから、陰気で暗く、冷たいため、魚もそばへ寄れません。私どもが近寄りますと、氷にさわったようにふるえが起こり、長くそばにいると凍え死にしてしまいます。どうぞご用心下さい」

「なーに、このところバカ陽気で少々暑いので閉口している。少し涼んで来るとしよう」

河の神は仕方なく先きに立つ。しばらく行くと足をとめて言った。

「あそこに見える、白く凍ったような所が陰々和尚の庵です。私ども、これから先きはご免こうむります。どうぞお一人で……」

一戒は熊手をとり直して進んだ。そして、庵の外まで近寄り、

「化物め、早くお師匠さまを返しやがれ。すなおに

返さぬと、この熊手をお見舞いするぞ」

と大声をあげた。

ところで、この陰々和尚は、河の神の言った通り、仏法のおかげで人の姿になったが、長い間、枯骨でいたため、人間の血がない。「何とかして熱い血を」と、いく人も人を殺して血を塗ってみたが、凡夫俗人の血では何の役にも立たなかった。そのころ、沙弥が金身羅漢の命令で半偈を待っていることを知った。陰々は喜んだ。

（この高僧の血なら役に立つだろう）

そこで沙弥を騙して、

「しゃれこうべだけでは大和尚一行は渡せません。以前のように、ひょうたんが必要です。借りて来て下さい」

といったため、沙弥は急いで南海の観音さまの所へひょうたんを借りに行った。その留守に半偈一行がやって来たため、沙弥に化けて一行を案内し、半偈を水中へ引きずり込んだのである。

半偈を庵へ連れ込んだ陰々和尚は、白骨で作った腰掛けに半偈を座らせ、短刀をその胸に突きつけた。

「私は何も好き好んでこんなことをするのではない。私は骸骨なので、あなたのような高僧の血をもらわなければ身体が温くならないのだ。仏はかつて自分の肉を割いて妖魔に供養されたという。〝身ヲ殺シテ仁ヲナス〟とは中国の聖人の教えだ。大和尚も仏にならい、聖人の教えを守って血をくれ。肉を割かせてほしい」

半偈は「騙された」とわかり、目を閉じてものも言わなかったが、このことばを聞いて目をあけた。

「骸骨が修行するのはいいことだし、私の血でお前の身体が人なみになれるなら、やることもやぶさかではない。死生一如とすでに観じている私なのだ。何の恐れるところがあろうか。だが、たとえ私を殺して血を取っても、お前の身体が温くならないばかりか、骨までこなごなに砕けてしまうぞ」

陰々和尚はびっくりして「なぜ、そうなるのだ」と反問した。

「私はもうお前の思いのままだ。だが、あの二人の神通力を持った弟子が放ってはおくまい。恐らくお前は二人に突きくだかれ、引き裂かれるだろうよ。こんなことをするよりも、お前はただ修行せよ。そうすれば仏のお力で何とかなるだろう。人を傷つけて自分だけ徳をしようたって、そうはいくものか。仏はお見通しだぞ。〝コレヲ慎メ、汝ニ出ズルモノハ汝ニ返ル〟と古の聖賢も言っているではないか」

陰々は痛いところを突かれて手を下しかねている所へ、表で一戒の大声を聞いたわけである。

（もうやって来おったか。こうなっては仕方がない。冷気攻めであいつをまずやっつけてやろう）

そう心に決めて外へ出た。見れば、一戒が丸はだかで熊手をふり上げて怒鳴っている。

「貴様こそ、冷凍ブタになりに来たのか。コールド・チェーンへ送ってやる」

といって陰気を吹きかけた。なるほど河の神のいった通り、氷をあてられたような冷たさが肌を刺す。一戒の手足は凍えに凍えて熊手を使うどころか、逃げ出すのがせい一ぱい。ほうほうのていで、ようやく岸辺までたどりついた。

「どうした。お師匠さまは？」

履真がたずねたが、一戒は口もきけない。やっと着物を着たもののまだガタガタふるえている。三十分ほど経ってようやく、

「ああ、すんでのことに冷凍肉にされるところだった」

とやっと口をきいた。

「一体どうしたんだ」

一戒はそこで一部始終を物語り、情なさそうに言った。

「この分では、お師匠さまもきっと凍え死にされたに違いない」

「馬鹿を言うな。お師匠さまの身体は陽気に満ちており、仏のご加護があるから大丈夫だ」

「俺は生来、蒲柳の質だし、近頃では精進料理ばかり食っているから、すっかりスタミナがなくなった。頼むから、こんどは兄貴が行ってくれ。俺はもう駄目だ」

おじけづいた一戒は、もうテコでも動こうとはしない。

「何だ、だらしのない奴だな。しっかりしろ。さっきの自信はどこへ行ったのだ」

そう言い合っている所へ、色の黒い和尚がやって来

た。二人の顔をじっと見ていたが、

「お二人は唐から来られたのではありませんか」

という。一戒は大声をあげた。

「化物め、性こりもなくまた現れおったな。こんどは俺たちをどこかへ連れて行こうってのかい」

「とんでもない。いま初めて会ったばかりなのに、何ということを言われる」

「ごたくはあの世でならべろ、生かしちゃおけねえ」

と一戒は、さっきの仕返しとばかり、熊手をふり上げた。和尚も急いで宝杖を構えたが、

「その熊手と、あの如意棒と、この宝杖の三つで一体なのが判らないのか」

聞いていた履真、

「一戒、まあ待て。この和尚の言い分も聞こうではないか。まんざら妖怪とも見えぬ」

一戒が手を引くと、和尚も宝杖をおろしていった。

「私は俗名沙悟浄、いまの金身羅漢の弟子の沙弥です。師匠のいいつけで、半偈大和尚のお伴をするため、ここで待っているのです。あなた方お二人が、そのお弟子らしいから、声をかけたのです」

「おかしいな。羅漢には一体、何人のお弟子があるのだ」

「たったの一人、それが私です」

「そりゃ変だ。さっきもある坊主が〝私が沙弥だ〟と言ってお師匠さまをだまして水中に引きずり込んだぞ」

「そんなはずはないが……」

一戒がそばから口を出した。

「兄貴、こいつのいうことを真に受けてはいかんぞ。前の白いのが、こんどは黒いのに化けたのだ。やい、九つのしゃれこうべめ、だまそうったって、そうはいかんわい」

「あ、さては陰々和尚が私に化けて悪いことをしたんだな。どうして、そういうことになったのですか」

履真と一戒はそこで、いままでのいきさつを話して聞かせた。沙弥と名乗る和尚は驚いた。

「そうだったのですか。私は陰々和尚に頼まれて、ひょうたんを借りに行って留守にしていたのです。ひょうたんがないと渡せないというものですから…。私

は師匠から、ひょうたんの代りに画像を借りて来たのです。それにしても、あの知能犯和尚め。もう赦せぬ」

黒い顔が怒って赤くなったものだから、赤黒い、何ともいえぬ奇妙な顔になった。

「あなた方をここで渡すのは、私の任務でした。それをワヤにされたのですから、ここは私が始末をつけます。おまかせ下さい」

「よし、うまく行ったら、お前を本当の沙弥だと思ってやろう」

「よろしゅうございます。まずはご覧下さい」

といって、袖の中から一幅の金身羅漢の画像をとり出して岸辺に行き、水を照らした。すると、一筋の金光が起こり、火の玉のように突き進んで水底に達した。その強い光に射られて、水底の陰気はたちまち消え去り、水のような白いにごりは見る見る融けてしまった。

陰々和尚はその光に照らされ、暑くてたまらなくなった。逃げようにも、あたりは金光のために、いずこも陰々にとっては明る過ぎる焦熱地獄である。万事休して、半偈の足元に膝まづいて赦しを乞うた。

「本ものの沙弥の留守中に、沙弥に化けてあなた様を騙しました。いま本当の沙弥がやって来て真火で焼き立てます。枯骨の私には堪えられぬ暑さです。どうぞお助け下さい」

「真火がお前を焼くのに、私に助けられようか」

「あなた様のお身体には聖水が満ちております。真火に遭っても大丈夫です。どうぞ私をあなた様の陰に居らせて下さい。それで私は助かるのです」

「よかろう。前非を悔いて慈悲を乞う者を救うのは仏の道だ。助けてあげよう。けれども、私は地上へ帰りたいのだ。送ってもらいたい」

「それはわけありません。けれども、二人のお弟子は決して赦してはくれますまい。私は元来、骨ですから、それに返ってもよいのですが、二百年の修行が無駄になるかと思うと、それが悲しゅうございます」

「まことに懺悔して仏の道に帰依すると誓うなら、きっと助けてやる」

「誓います。お赦し下さい」

「よし、お前のことばを信じよう」

そこで陰々和尚は半偈を背負って岸辺に上がって来た。待ちかまえていた沙弥は、画像をしまって半偈に礼拝をした。

「私が本ものの沙弥でございます。金身羅漢の命によって、天竺行きのお供をするため、ここでお待ちしておりました。私の至らなさから、あなた様をとんだ目にお遭わせいたし、申しわけございません。この悪者は仏の真火で焼き殺してお詫び申し上げます」

半偈はそれを制した。

「いやいや、何ごとも仏の御はからいじゃ。私を戒めるために下された難儀じゃ。この者は赦してやりなさい」

一戒はまだ腹がいえぬと見えて、

「この野郎、人を冷凍肉にしようとしやがって……。俺は赦せねえ」

と熊手をふり上げる。半偈は「まあ、そう言うな」と一戒を制した。沙弥は、

「はやくもとの姿にもどって筏を作り、お師匠さまをお渡し申しあげろ」

とせき立てる。陰々和尚は、たちまち九つのしゃれこうべと化して筏を作った。沙弥が中央に立って画像をひろげると一枚の帆のようになった。一行がそれに乗り込んだところ、たちまち風が吹き起こり、一行はつつがなく向う岸へついた。しゃれこうべは再びもとの陰々和尚となった。

半偈は陰々をやさしく諭した。

「この大河を無事渡れたのは、お前が筏を作ってくれたことが大きく役立った。お前は私の熱い血を欲しがった。いまは勅命によって天竺へ旅する途中なので、わが身を殺してまで血をやるわけにはいかないが、お前の願いを叶えてやろう」

陰々はその前に膝まづいた。

「私は罪を犯しました。赦して下さるだけでけっこうでございます。それ以上は望みません」

「いやいや、お前の将来のためを思って願いを叶えてやるのだ。いつまでも枯骨の身でいてはいけない」

といって左手で陰々の頭をなでながら、右手の指を嚙み切って血を出し、お経をとなえながら、陰々の頭の上に数滴たらした。

すると、一筋の熱気が、陰々の頭のてっぺんから、足の先きまで行き渡り、死んだような目は輝き、青白い顔に血の気が通って生気が満ち満ちた。陰々は心か

ら喜んだ。

「ありがとうございます。これで私もようやく人間になれました。ご恩は終生忘れません」

「これを機会に、陽々和尚と改名せよ。修行を怠るでないぞ。さらばじゃ」

と言うと、陽々和尚は何べんも頭を下げながら、もう河の中へ入ることなく、地上を去って行った。

沙弥は改めて半偈の前に膝まづき、天竺行きのお供を願った。半偈は、

「なるほど。これで三蔵法師にあやかって、三人の供ができたわけだ。すべては仏のおはからいであったのだ。ありがたいことだ」

と西天に向かって幾度も頭を下げた。

こうして一行は二百年まえと同じ四人となり、天竺への旅をなおも続けるのである。

解脱大王を逆に解脱させる（二）

季節はめぐって春から夏へ移ろうとしていた。青葉は生い繁って日蔭を作り、梢を吹く風も若葉の香りを運んで来、何となく心地よい旅のあけくれに、一行の足も自然にはずんで、もはや、かなりの道のりを過ぎたころ、目の前に大きな山があらわれた。峯は天にもとどくばかりで、霧や雲が中腹をめぐり、その中に谷や山ひだが見えがくれしている。半偈は感心して言った。

「いままで見たこともない山だな。ちと難儀な山越えになりそうだ」

「どうも妖怪臭い山です。気をつけて行きましょう」

履真はそう言って先きに立ち、如意棒を手に持って、エイエイ声をしながら押し進んだ。この山は解脱山といい、履真の予想した通り一人の妖怪がいた。解脱大

王と名乗って、手下は千人余り、人に逢えば人を殺し、獣を見れば殺してしまったため、生きものという生きものはみな死に絶えてしまい、山の中には生きものの声はなくなってしまった。方々にある山の入り口には番人がいるのだが、近ごろでは何事もないので、番をしている小妖怪も手持ち無沙汰で朝から寝ころんでコクリコクリ居ねむりばかりしている。そこへ、履真のエィエィ声を先頭にして一行がやって来たものだから、番人の小妖怪は驚いた。

「平気でこの山へ来るとは、何て大胆不敵な奴だろう」

飛び出して一行をとっちめようと思ったが、履真の強そうなのに薄気味悪くなり、間道づたいに洞へかけもどって大王に注進した。

「変な野郎が参りました。この山へは大王のお名前が知れ渡っているために、このところ近づく者はございませんのに、きょうは坊主の一行四人がえらい勢いでやって参ります」

「なんだ。たかが坊主四人、お前たちで引っ捕えてしまえ」

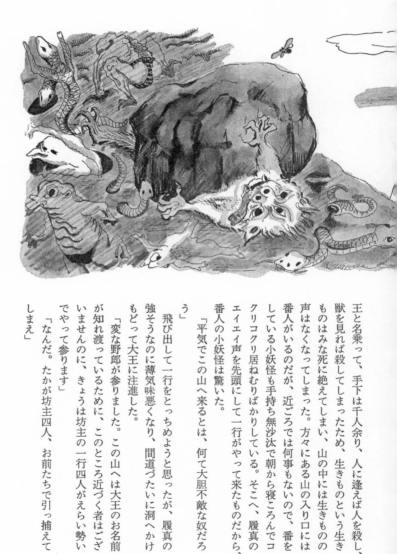

「それがその、なかなか強そうな奴なんで、へい。その人相着衣はしかじか」

解脱大王は怒った。

「それでもこの俺さまの手下か。この解脱山はな。たくさんの穴や堀もあり、神だろうが仙人だろうが通れないことは貴様も知っているだろう。役立たずめ、だれか捕えて来る奴はいないか」

「私が捕えてめえりやしょう」

といって立ち上がったのは、蛇丈八という代貸役の一方の旗頭である。大王は喜んだ。

「よしよし。早く捕えて来い。だが、殺してはいかんぞ。縛って来い。氏素性を聞いた上でさんざん苦しめ、俺さまの法力のいい所をとっくりと見せてやろう」

「へい」

と答えた蛇丈八、大勢の手下をつれて繰り出した。ほどなく小妖怪の報告した通りの一行が現れた。丈八はとりあえず手下を一列にならばせ、自分は槍をしごいて立ちはだかった。

「死に急ぎをする坊主ども、大王は生け捕りにせよとのご命令じゃ。手向うのをやめて降参しろ。怪我をすると大王の思召しにかなわんわい」

履真は妖怪を見てニコニコした。このところ泰平無事で、自慢の如意棒が夜泣きしていたものだから……。

「おお、おお、やっと出て来おったわい。貴様が生きたままと言うなら何でもないぞ。俺たちは一万年も生きるのだから、貴様の頭目の言う通りになってやるぞ。だが、貴様たちは俺のいう通りになれえ」

「何をぬかしゃがる。俺たちにどうしろって言うんだ」

「貴様たちはみんなくたばってしまえってことよ」

履真に少しも恐れる様子がないので、丈八は少々気味が悪くなったし、手下どももはや逃げ腰のてい。丈八は気を取り直して、

「ほざくな、この猿め。大王は生きたままをご注文だが、こうなりゃ生かしてはおけんわい」

「だれが？」

「うぬらに決まっておるわい」

「俺はまた貴様のことかと思った。俺さまの方が強いんだからな」

挑発されて丈八はカッとなり、ものも言わず槍をしごいて突っかかって来た。履真もこれを受けて如意棒を繰り出したが、六、七合もすると、はや丈八の手なみのほどもわかったので、適当にあしらいながら、

「おい、このウスノロ。ここは何という所で、貴様の名前は何という。早くぬかせ。貴様を殺してしまったら何のことかわからなくなり、お師匠さまには手柄話もできんわい」

妖怪は履真が手加減をしているとは知らないものだから（こやつ、大したことはない。間もなく打ち負かせる）と思って、

「クソ坊主、俺の名前を聞きたいところを見ると、あの世へ行って閻魔に告げるつもりだな。自分を殺した者の名前も知らんでは恥ずかしいだろうから教えてやらあ。ようく聞けやい。この山は解脱山といい、解脱大王が首領だ。大王は天下の生きものをすべて解脱させて仏にしてやる願を立てられ、この山に拠って近寄る生きものをみんな殺してしまわれるのだ。俺さまはその一の子分で蛇丈八という、こわいお兄さんだ。どうだ、恐れ入ったか」

「その人殺しの好きな大王とやらは、こんどはほかの人に殺されるだろう」

「馬鹿をぬかせ。大王は身体も大きく、万斤でも平気で挙げることができる。その上、三十六の穴と七十二の堀とがこの山を守っているのだ。どんな奴が来ようと、大王に敵うものか。その穴と堀の名前はな…」

といちいち説明しはじめたので、

「聞くだけうんざりだ。俺たちは早く西天へ行きたいんだ。貴様のおしゃべりに付き合ってはおれん。早くくたばってしまえ」

「ぬかしたな。截腰坑《せつよう》の頭の蛇丈八さまの槍を受けてみやがれ」

「なに？　腰を截《き》るだと？　よし、名前通りにしてやらあ」

履真はそういって勢い鋭く如意棒で丈八の身体をなぎはらった。丈八は槍もろとも、腰のところを真っ二つに斬り離され、血しぶきをあげてたおれた。

「一丈八尺がちょうど九尺ずつになったぞ」

履真はそう言って笑ったが、青くなったのは手下どもである。これはとてもかなわんと逃げ出し、洞穴に

逃げ込んだ。

「ご注進、ご注進、蛇の兄貴が打ち殺されました」

丈八の腕前を信じ切っていた大王は聞き違えた。

「あいつめ、生けどりにして来いと言い付けたはずだが……。さては坊主め、敵わぬと知って自害したな」

「そうじゃありません」

「じゃ、どうして死んだんだ」

「坊主は死にません」

「早く言え、一体だれが死んだんだ」

「蛇の兄貴が坊主に殺されたんです」

「ゲェッ」

大王はびっくりして跳び上がった。

「丈八を坊主めが殺したと？　おのれ、どうするか見ておれ。早く刀を持って来い」

刀をつかんだ大王は、三十五坑の頭《かしら》を急ぎ呼び集め、先頭に立って押し出した。妖怪どもが一斉に刀、槍、戟をひらめかし、大王を中にかこんで岩を越え、木を跳びながらやって来るのを見た履真、武者ぶるいをしてその目の前へ躍り出た。

「一番弟子を殺されて頭に来たと見えるな。俺がこの棒で貴様に本当の解脱をさせてやろう」

「何をっ。丈八のかたき、くたばれっ！」

大王も、刀をふるって掛かってくる。龍虎相打つの図となったが、百合もすると大王は次第に受け大刀となり、じりじりと後ずさりを始めた。こいつはたまらん、と手を挙げて三十五坑の頭を招いた。頭どもは雄たけびをあげ、手に手に打ちものをもって、まわりから一せいにかかった。履真このとき少しも騒がない。

「よしよし。人数は多いほどよいわい。どこかに棒が当たるからな」

と言って如意棒を水車のようにふり廻す。大王も助勢を得て元気をとりもどし、刀をふり上げた。一戒と沙弥は半偈を守って見ていたが、じっとしておれなくなったので、半偈の許しを得て履真加勢に出た。如意棒一本さえもて余していたのに、新たに熊手と宝杖が加わったものだから、妖怪どもは遂になだれを打って敗走しはじめた。大王自身も「野郎ども、きたないぞ、返せ、返せ」と口では言いながら、足の方は手下どもの先頭に立って洞穴へ逃げ込んだ。一戒が図に乗って追おうとするのを履真はとめた。

「一戒、深追いは無用だ。一刻も早く山を越えてしまおう。その方が先きだ」

「そうだ。兄貴のいう通りだ」

と沙弥もいうので、一戒も追うのをやめて半偈の所へ引き揚げ、山を越えることにした。片や大王は洞穴にもどって人員を点呼してみたところ、三十六坑の頭のうち、殺された者は丈八をはじめ七人で、残る二十九人も大なり小なり手傷を受けている。大王は口惜しさにバリバリ歯がみをしながら、

「残念だ。俺がこの山を支配して以来、ただの一人も通しはしなかった。それをあの坊主どもにしてやられようとは……。俺は各地の妖怪の頭目衆に顔向けならねえ」

ヤクザの親分のように面子をいい出した。

「あっしが仇討ちのてだてを考えましょう」

といって膝を進めたのは、閉不住という一坑の頭である。

「おお、不住か。何かよいてだてがあるのか」

「主ハズカシメラルレバ臣死ス、と言います。たくさんの仲間がやられて黙っておれますか」

さすがに文字の国だけあって、妖怪までむずかしいことわざを心得ている。

「忠臣、忠臣、大忠臣じゃ。して、どうやって仇をうつのだ」

「力では勝てそうもありませんから頭を使いましょう。あの三人の坊主は手ごわいけど、色の白い坊主は弱そうですから、あいつを捕えて人質にし、ほかの三人を参らせてやってはどうですか。〝大将伐タレテ残兵全カラズ〟といいますからね」

「うまい、うまい。だが、三十六人のうち七人死に、残ったのも傷だらけで戦う気力もあるまい。どうやってあの坊主を捕える？」

「七十二の堀の頭はまだ健在ですぞ」

「そうはいかん。三十六坑の頭で駄目だったのに、それよりも力の劣る七十二堀の奴らがどうしてかなうものか」

「そこで頭を使うのです。むかしから〝柔ヨク剛ヲ制シ、弱ヨク強ニ勝ツ〟というではありませんか。大王は残る二十九坑の頭をつれて三人を誘い出し、その

すきに七十二堀の頭どもに残る坊主襲撃を命じるのです。これなら大丈夫でしょう」

大王は横手を打って大喜び。さっそく七十二堀の頭を呼び出して半偈を捕えるよう命じ、自分は手負いの二十九人を引きつれて洞から討って出た。

だが、前の戦いで手痛い目に遭っているので、どうも気勢が上がらず、遠くから鬨の声をあげるだけ。そんなら一つ、こちらから攻勢に出て全員みな殺しにしてくれん…と履真は如意棒を構えて斬り込んだ。大王もこれに応じて十数合したが、後へ後へとさがるばかりで戦意のないことおびただしい。見ていた沙弥が一戒に言った。

「どうもおかしいぞ。兄貴を誘い込む計略ではないか」

「いいや、奴らおじけづいているからさ。ついでに俺たちも出て行って、みな殺しにしてやろうじゃないか。兄貴にばかりいいカッコさせるテはないよ」

インテリで思慮ぶかい沙弥は心にひっかかるものがあったが、妖怪を思う存分やっつける誘惑には勝てず、一戒の案に同意し、半偈に、

「しばらくここでお待ち下さい。ちょっくら行って妖怪を退治して参りますから」

と言い、熊手と宝杖を手に、履真の方へ駆けて行った。二人の姿が見えなくなるのを待っていた七十二堀の頭たちは、一斉に半偈に襲いかかり、難なく捕えてしばり上げ、洞穴に引きずり込んだ。

手下から、こっそり耳打ちされた大王は大喜び、支え切れぬように見せかけて「みんな退け」と命令した。待っていた引上げ命令である。妖怪どもは潮のように後退し、洞穴に逃げもどった。

「俺一人でさえもて余していたのに、お前たち二人が加勢に来たもんだから、敵わんと思って逃げてしまいおったわ」

「だらしない奴らだ」

「これにこりてもう手出しはすまい。いまのうちに山を越えるとしよう」

「それがいい」

と言いながら、もとの場所へもどってみると、半偈の姿が見当たらないし、馬も荷物も消えてしまっている。

「お師匠さまは待ち切れなくなって先きに行かれたのかな」

「待てよ、おかしいぞ」

履真は腕を組んだが、やがてキッとなって言った。

「大変だ。俺たちは奴らの計略にかかってしまった。お師匠さまはさらわれたのだ」

「ほ、ほんとか」

「こんどはどうも彼奴らが弱過ぎると思った。それに、手下が大王に耳打ちしたところ、苦戦で弱っているはずの大王が、相好を崩して引き上げを命じたではないか。思えばおかしいことだらけだ」

「そうだ。実は俺もそれを恐れていた」

と沙弥もうなずく。

「畜生、俺は馬鹿だ。馬鹿だ」

一戒もしおれ、自分で自分の頭をたたいている。

「こうしちゃおられん。お師匠さまを探しに行かなければ…」

「どこを探すんだ」

「大王の本拠に決まってるわい」

「よし、行こう」


一戒と沙弥とがさっそく駈け出したので、履真はとび上がって空中偵察を始めた。

洞穴へ連れ込まれた半偈は奥まった所に坐らされた。そばで妖怪どもが脅したり、すかしたり、なだめたりして心を乱そうとするが、半偈は目を閉じ懸命に経文をとなえているため、それ以上は手が下せない。そこへ大王がもどって来た。

「捕えた坊主はどうした」

「奥に坐らせています。なかなか手ごわい奴です」

「どうして?」

「うんともすんとも言いません」

「よし。俺が解脱させてやろう」

大王は半偈の前へ出た。刀をふりかぶってみたが、どうにも打ちおろせない。前の欠陥大王と同じように、不動心を乱してから料理してやろうと、大声をあげた。

「貴様はどこから来た。名は何という」

半偈はつむった目をピクリともさせず、依然として目を閉じたまま合掌して答えた。

「愚僧の名は半偈、大唐国から参った」

「そうか。大唐からわざわざこの俺さまに解脱されにやってきたのか」

「おろか者め。己れの力に慢心して、なおも悔いることなく罪を重ねようというのか。お前のような奴がいるからこそ、われらは西天へ真解を求めに行かねばならぬのじゃ。早うこの縄をほどいて罪を詫びろ」

恐れる気色もないので、大王はとまどった。こん畜生！　と思ったが、手は出せない。

「な、なんという口をききやがる」

「では一つ訊ねる。解脱は仏門の一大事、お前の解脱とは一体いかなる事だ」

「なーに、簡単なことよ。俺さまの刀で斬られれば、浮世の縁はみんななくなってしまう。これが俺流の解脱さ」

「そんなことを解脱だと思っているから、お前の罪障はますます深く、したがってお前は魔性を離れることはできぬのだ」

「クソ坊主、俺が魔性だと？」

「仏に仕える我らをこのような目にあわせ、あまたの生類《しょうるい》を殺して罪とも思わぬお前が、魔性でなくて何だ」

大王はグッと詰まった。

「じゃあ聞くが、おめえのいう解脱とは一体どんなことだ」

「お前が心を入れかえ、刀を投げ捨てさえすれば、それが解脱で、穴も堀も一時に消え失せ、お前の罪障もなくなってしまうだろう」

「坊主め、いい加減なことを言うな。俺さまには刀を捨てろといいながら、貴様の弟子には武器を持たせているではないか」

「あれたちの武器は、仏道に仇なす妖怪を打ちこらしめるために仏から授かったもの。お前の武器とはわけが違う」

「そうすると、平和を愛好する社会主義国の持つ原水爆と、戦争屋の帝国主義国の持つ原水爆とは、同じ原水爆でも意味が違うと言うのだな」

「その通りだ」

「帝国主義国が原水爆を捨てさえすれば、世界は平和になるのか」

「いかにも。社会主義国が世界を征服するために原水爆を使用するはずはない」

「すると、おめえは〝いかなる国の原水爆にも反対する〟という考え方には不賛成なんだな？」

「あたりまえだ。造反有理、侵略された者、圧迫された者が武器をとって立ち上がることは常に正しい。資本主義勢力、帝国主義勢力は常に不正であり、それらを紛砕することは常に正しいのだ」

「馬鹿な。そんな理屈があるものか。だれが持とうと原爆は原爆だぞ」

大王はとび上がって口惜しそうに叫んだ。そばから閉不住が口をはさんだ。

「大王、こんなクソ坊主の口車に乗せられてはいけませんぜ。もしこいつの言う解脱が本当なら、放っておいても自分で縄から解脱するでしょう。もし解脱できなかったら、それこそ、こいつの言うことはデタラメということになります」

「なるほど、お前の言う通りだ」

そこで半偈を穴の中に吊り下げ、

「さあ、解脱してみろ」

と手をたたきながら見上げている所へ、小妖怪があわてて駈け込んできた。

「大変です。三人の坊主が殴り込みを掛けて来ました」

「それは大変だ。閉不住、どうしよう」

と大王も顔色を変えた。

「それにしても、どうしてここが判ったんだろう。茂みや高い木、大きな岩に隠れているのに…」

履真が空から偵察したことは知らぬらしい。不住は、

「何もあわてることはありません。相手は中心を失った三人じゃありませんか。こちらにはまだ千人以上もいるんですよ。みんなで火のように攻め立てたら、三人ぐらい何でもありますまい」

そう言われると、またその気になる大王である。そこで手下を全部集め、洞門を開いて繰り出した。

「間抜けのクソ坊主ども、俺たちは一寸くたびれたので洞穴へ帰って休んでいたら、手前らの親玉の坊主が勝手にノコノコ上り込んで来やがっただけだ。口惜しかったら腕で取り返したらどうだ」

「やかましい。四の五の言わずにお師匠さまを返せ。素直に返せば、いままでのことは勘弁してやらあ」

「おきやがれ。あの坊主もウソつきなら、てめえも

ウソつきに決まってるわい。だれが、ハイ、さようでございますか、と言って返すもんか」

口争いをいくらしてもラチはあかないと見た三人は、各々のえものをふりかざして打ちかかった。半偈をどうしても取り返さなければ…という気があるから、手にも自然と力がこもる。妖怪勢はまたしても追い立てられ、遂に洞の中へ逃げ込んだ。

「やい、逃げ足の早い奴ら。口惜しかったら出て来い。このヘッピリ腰の弱虫め」

三人は表の門をドンドン叩きながら、悪態のつき放題。大王はまたしてもゲンナリしながら、閉不住にこぼした。

「お前の入れ知恵で、あの坊主を捕えてはみたが、ほかの三人を怒らせただけだった。お前が言い出したことだから、お前が尻ぬぐいをしろ。あんな奴らにかかったら、こっちが解脱させられてしまうわい」

「では大王は生命と面子と一体どっちを選びますか」

「畑あってのイモだね、命あってのものだねに決まっておるわい」

「じゃあ、いい考えがあります。洞門をあけて、あの坊主を出しておしまいなさい。奴らは行ってしまいまさあ。もっとも、そうすれば大王の威光はそれっ切りですがね」

「阿呆め、そんなことができるか。命が助かり、俺の面子も大して潰さないようないい方法を考えろ」

腕を組んで考えていた閉不住、やがてポンと膝をたたいた。

「名案があります。これは一挙両得ですが、大王にまた恨まれてはたまりませんから」

「気を持たせるな。早く言ってみろ。うまく行かなけりゃ、そのときは、またその時のことだ」

「いいですか、戦っても勝てない。和尚を送り出すのもイヤだ。となると、戦いもせず、送り出しもせずに仲直りと見せかけて、騙し討ちにするほかはありません。口上手な奴を出して奴らをうまく言いくるめ、素手のまま一人ずつ誘い込みます。大王は縄をもって隠れていて、入って来た奴を縛り上げるのです。これなら相手は一人ずつだし、えものを持っていないので、捕えるのはわけないでしょう」

「こいつはいい。いままでの案の中では一番よいぞ。だが、みんな口下手でいかぬ。不住、お前行け、お前が言い出したんだから」

不住は仕方なく門を開いて外へ出、大声をあげた。

「これはこれは、旅のご坊方。これほど法力広大な高僧は存ぜず、失礼ばかりいたしました。手前の主人はすっかり心を改めまして、皆さまと仲直りを致したく、師のご坊はすでに奥で手前の主人とご歓談中でございまして、弟子たちを呼んで来てほしいとのおことづてゆえ、かくはお迎えに参上いたしました。何とぞ重なる無礼をお赦し下され、曲げてお越し下さいますよう」

まことしやかに口上を述べ立てる。

「なに、仲直りをして我々をもてなすというのか」

「はい、さようでございます」

「よし、それなら俺が行ってみよう」

というのを一戒がとめた。

「兄貴、一番乗りはこの俺にまかせてくれ。万一のことがあったら、助けられるのは兄貴だけだからな」

と口ではきれいごとを言ったが、内心では、まっ先きにご馳走にありつきたくてたまらないための方便である。履真は一戒のことばを真に受けた。

「それもそうだな。じゃあ。お前が先きに入ってみてくれ」

一戒は喜んで、洞穴へ入った。すると、妖怪どもは手取り足取りして一戒を中へ押し入れるようにする。

「そんなにしてくれなくても行くよ。行きますよ」

引っぱったり押したりしている妖怪どもは口々に、

「猪天蓬のご令息だそうで。道理でお強いと思いました」

「あなたの熊手にはとても敵いません」

「ひとつ、お近付きのしるしに、ぜひお流れを頂戴したいもんで」

「奥には酒も肴も美人も揃っております」

「そこいらのアルサロ顔負けですぜ」

などとおだてたり、気を引いたりするものだから、一戒の心はすでにグニャグニャ、物蔭で見ていた大王は「よし、いまだ」と合図を送る。妖怪どもはワッと叫んで一戒に飛びつき、苦もなく縛り上げた。一戒は脱けようとあせったが、悦楽に心を乱しているためどうすることもできない。半偈のわきに吊り下げられてしまった。

履真と沙弥とは外で待っていたが、中から何の知らせもない。

「どうも変だな。一戒の奴、何してるんだろう」

「いい気になってオダをあげ、俺たちのことを忘れたんじゃあるまいな」

「しかし、どうも変だ。こんどは私が行ってみましょう」

と沙弥が二番手を買って出た。中へ入ったところをこれまた一戒同様、縛られて吊されてしまった。

履真はようやく疑いを抱き始めた。そこで、次に誘いの小者が来たとき、こっそりと門の前の石を自分に変わらせ、自分は蝿に化けて小者の頭の上にとまり、いっしょに入り込んだ。履真がノコノコと入って来たのを見た大王は「うまく行った」と喜んで、手下に履真を縛り上げさせた。だが、不思議なことに履真はちっとも暴れず、やすやすと縛られてしまった。

「これで全部つかまえたわけだ。どれ、一寸きざみの五分斬りにして解脱させてやるとしよう」

大王は手下に、引っぱって来るよう命じたが、押せども引けども履真は動こうともしない。そのすきに履真は飛んで行って半偈の衣の襟にとまってささやいた。

「お師匠さま。履真がお助けに参りました。いましばらくのご辛棒です」

半ば意識を失っていた半偈は、この声にハッと我に返った。

「おお、履真か。ひどい目に遭ったよ」

と言ってあたりを見廻すと、一戒と沙弥も吊り下げられて、まるで肉屋の店先きの肉のようにダラリとしている。

三人の縄を切るのはわけないが、それよりも妖怪を退治するのが先決なので、急いでもとの場所へもどってみると、手下どもは大騒ぎして石の履真を動かそうと四苦八苦のてい。見ていた大王は腹を立て、

「仕様のない奴らだ。よし、わしにまかせろ」

といって石の履真に抱きついた。それと見た蝿の履真が「変われ」と言ったものだから、もとの石になり、何百トンもの重さで大王に倒れかかった。大王は「グェッ」と叫んだまま、身体中の骨を砕き、血ヘドを吐

いて死んでしまった。あわてた閉不住が石にかじりついて懸命に石を動かそうとしているところを、本性をあらわした履真は、耳の中から如意棒を取り出して、その頭を殴りつけた。不住の頭蓋骨は割れて、脳ミソがとび散り、目玉もとび出して、そのままこと切れた。見ていた小妖怪どもは、悲鳴をあげて我勝ちに洞穴の入口に殺到し、こけつ、まろびつしながら、クモの子を散らすように逃げてしまった。

履真は奥へとび込んで三人の縄を解き、用意してあった食事を平げたのち、洞穴に火を放った。外へ出てみると、たくさんあった穴も堀もすっかり消えてしまっていたので、安心して西へ向かった。

「で、どうだった？吊されているときの心境は」

一難去った気安さから、履真は一戒に話しかける。

「肉屋の店先にブラ下げられた肉の気持がわかったよ」

「それというのも、おめえが色気を食い気に心を乱したからだぞ」

「もう、そのことは言いっこなし。反省しているわい」

一戒が柄にもなく頭をかくと、真面目な沙弥までもが、

「いや、私も実は深く反省しているんだ。思慮ニ欠クルナカリシカとね」

と神妙な顔をする。半偈が頃合いを見て口を出した。

「ま、よいではないか。無事に切り抜けられたんだから。お互いに前車の覆轍を後車の戒めとしよう」

「ほんとに、そうですね」

で、この話は打ち切りとなった。

一行は進む。はるかな地平に希望と熱い想いを馳せながら、一歩一歩進む。行き行きて、その果てに天竺がある。霊山がある。任務を全うし、己の成道をなしとげる日までは、ただ進むほかはないのだ。たとえ、どのような困苦が待ちうけていようとも……。それは内なる怠惰、欲望、慢心などとの戦いでもあることを、四人は知っている。知ってはいるのだが、現実はきびしい。

鎮元大仙と人参果（一三）

解脱大王を退治してから数百里の道中は別に話もないまま過ぎたが、目の前にまた大きな山があらわれたのを見た半偈は、

「また大きな山だ。妖怪がいるかも知れぬぞ」

と心配した。前の山でよっぽどこたえたらしくてノイローゼ気味となり、大きな山と見ると妖怪がいるものと決めてしまっている。履真は笑った。

「大丈夫でしょう。あの山は丸味があって木もよく茂っています。妖怪ではなくて、神仙が住んでいらっしゃるのでしょう。福気に満ちていますから」

「そんならいいが……」

半信半疑で足を進めているうちに山のふもとについた。見ると立派な道教の寺—道観—があり、門には〈万寿山洞天　五庄観福地〉という額がかかっている。半偈は、

「ああ、ここだ」

と叫んだ。

「お師匠さまは前にいらっしゃったことがあるのですか」

「いや、もちろんない」

「それなのに、よくご存知のような言い方ですね」

「それはこうだ。話によると、この山は鎮元大仙の修行地で、かつて三蔵法師が通られたとき、孫大聖が乱暴を働いて人参果を打ち倒した。そこで争いとなったが、観音さまが来られて人参果の樹をもと通りにし、争いはおさまったという。いわば、われわれの先達ゆかりの地だ。素通りするのも何だから、参拝して行こう」

履真は喜んだ。

「そういえば、私のご先祖さまは大仙と兄弟分になったと聞いていています。ぜひ大仙にお目に掛かりたいものです」

一同、中へ入って行くと、二人の童子が出て来て不思議そうな顔をしている。

「何か私たちの顔についていますか」

と半偈がたずねると、

「どうも変です。どこかでお目にかかったことがあるような、ないような……」

「ははあ」

「二百年まえにここへ来られた三蔵法師とそのお弟子がまたお越しになったのかな、と思いましたが、ちょっと違うようでもあり、いま考えているところです」

「それで判りました。実は……」

と言って、四人の氏素性と来たわけを話して聞かせた。童子は笑い出した。

「真経があれば十分なのに、どうして真解が要るんですか。どうも中国の方はあまり利口ではありませんね」

一戒は怒った。

「こどものくせに、ませた口をきくんじゃない。早く中へ案内してもてなしたらどうだ」

半偈はたしなめた。

「これ、つまらんことを言うんじゃない。道が違えば考えも違うもの。それでも仲よくやって行こうというのが平和共存路線だ。ところで私はぜひ大仙にお目に掛かりたいのだが、お取り次ぎ下さらんか」

「あなたはさすがに話のわかるお方、平和共存方針には感心しました。ですが大仙は目下、火雲楼で修行中ですから、どなたにもお会いいたしません。ま、いちど伺ってみましょう」

童子といっても、何百年もの劫をへた童子なので、そこらのター坊やケンちゃんとは大分ちがう。内に入って大仙に話すと、

「本ものの三蔵法師や孫大聖が来たのならともかく、その後つぎでは、わざわざ会うほどのことはあるまい。適当にあしらって追い返してしまえ」

二童子は出て来て言う。

「大仙は、どうしても修行の途中で出てくるわけには参らぬそうです。斎でも召し上がってお引き取り下さい」

さすがの半偈もムッとしたぐらいの冷やかさに、履真は怒った。

「おかしくって出て来れんのか」

童子は笑った。

「三蔵法師らと親しかったからといって、あなた方と親しくしなけりゃならんという法はありますまい。それとも、道士と坊主が仲よくせよというおふれでも出ましたかな」

「何だ。するとお前さんの側の平和共存なんてインチキだぞ」

「大国同士は平和共存ですがね」

こんな小僧っ子を相手に議論をするのがさすがに馬鹿馬鹿しくなったので履真も笑い出した。

「まあそう言わずに、私は斉天大聖の直系です。私とも平和共存で行きましょうや」

「とすると、あなたも何万斤もある如意棒をお持ちですか。大聖はいつも持っていらっしゃいましたが」

「大聖ばかりでなく、八戒さんの熊手、悟浄さんの宝杖も見ごとなものでしたが、そちらのお二人さんもお持ちでしょうか」

二人の童子はこもごもいう。履真は笑って耳の中から取り出して大きくし、気合いもろともふり廻した。一戒、沙弥もそれぞれ熊手と宝杖をとり出し、履真とともに立ち廻りを始めたので、二人は驚いた。

「こりゃホンモノだ」

「急いで立派なご馳走を作らなければ……。私は大仙に、このことを申し上げよう」

と火雲楼へ行って大仙に報告した。大仙は、

「そうとすれば、まんざら放ってもおけまい。しかし、ただご馳走したり、会ってやったりしたのでは、我々を甘く見るに決まっている。一つ、わしの手なみのほどを見せて恐れ入らしてやろう。まず師匠の和尚を呼んで来い」

半偈は案内されて火雲楼にのぼって大仙の前に出、あいさつをして、氏素性から旅行のいきさつを物語った。大仙はすっかり感心して気も変わり、半偈を引きとめ、いろいろと話しているうちに、時間はどんどん経つ。外でいらいらしながら待っているのは三人の弟子。

「あの大仙は本当は妖怪で、お師匠さまを捕えたのではなかろうか」

と一戒が言い出す始末。そこへ童子が出て来ていう。

「大仙が〝ここから西の旅は妖怪がたくさんいて邪魔をするため、半偈師の命はいくらあっても足るまい。

ここに留まって修行してはいかが〃と申しましたところ、半偈師もその言葉にうなずき〃大仙のおおせごもっとも。ご教示に従ってここに留まるとしましょう。しかし、真解を求めるという任務がありますので、その方は弟子たちにまかせることにします。どうか弟子たちに、私に構わずに旅を続けるよう伝えて下さい〃とのことです。いざ、ご出立を」

聞いていた一戒、

「兄貴、お師匠さまはうまい人参果をふるまわれてボヤーッとしている所を、大仙から前途の恐しさを聞かされて、気が変わったに違いないぜ。お師匠さまが行かないのに、俺たちだけが行くこたあないよ。俺たちも古巣へもどろうや」

履真は叱りつけた。

「阿呆め、そんなことがあってたまるか。よし、俺がこの目で確かめて来る」

といって、どんどん中へ入ってみると、半偈と大仙とは火雲楼の上で話し込んでいる。

「お師匠さま。もういいではありませんか。早く出掛けましょう」

と大声をあげると、大仙は、

「ああ、あれが斉天大聖の後継ぎか。なかなかきかぬ気らしい。呼んでもらいたい」

と言うので、半偈は履真を呼んだ。だが、履真はむかっ腹を立てているので、あいさつもしない。

「これ、大仙にごあいさつをしないか」

「まあいいわ。〃礼ハ庶民ニ下ラズ〃というからな。履真とやら。聞くがいい。お前の師匠は所詮凡人だ。これから先きには妖怪も多く、とても行けたものではない。だから、ここに留めて修行してもらおうと思う。お前たちだけで行ってはどうだ」

「待った。あんたは仙人だが、徳もなければ世を救おうという精神もない。自分ひとりで世俗と断ち、己れだけ行ないすましていれば、あんた自身はいいかも知れんが、衆生は救われぬわい。さあ、お師匠さまをサッサと返せ。返さぬと火をつけるぞ」

「先祖同様、元気のいい奴だな。そんな元気なら妖怪ぐらい退治できるかも知れぬて」

「かも、とは何だ」

嘲弄されて履真はカッとなった。

「この如意棒が目に入らぬか。加えて弟分の一戒の熊手、沙弥の宝杖、これだけそろえば、どんな化物だって平気だわい」

「うむ、うむ、ますますよろしい。だが、そんなものをふり廻したって、わしはちっとも驚かんぞ。どうだ。ここから師匠を連れ出すことができるか。もし出来たら人参果をご馳走してやろう」

「馬鹿にするな。何だ、そんなことぐらい」

履真はそう言って一戒と沙弥のところへもどり、次第を告げた。人参果と聞いて、食いしん坊の一戒は、はやよだれを垂らさんばかり。

「兄貴、行こう。なーに、クソ道士なんざあ、おいらの熊手でギャフンだよ」

一緒に火雲楼へ行ってみて驚いた。楼は紅蓮の炎に包まれてしまっている。

「ややっ。これは一体なんとしたことだ。だれが火をつけたのだ」

そばで童子が笑っている。

「だれもつけません」

「そんならどうして燃えているのだ」

「ここは火雲楼なので自然に火があるのです」

「お師匠さまは？」

「さあ、この猛火ですから、あるいは…」

「畜生、大仙め」

履真はあわてて火よけのまじないをして入ろうとしたが、ふつうの火と違うので熱くて入ることができない。

「弱ったぞ。どうせ大仙めの法術だろうが、この火を何とかして消さなければ、あいつに負けたことになる」

「兄貴の力で水をかけたらいいじゃないか」

「そうだ。少しばかりの水では駄目だから、竜王に頼んでドッサリかけよう」

履真はそこで呪文を唱えたところ、東海と西海の二竜王がやって来た。二竜王は委細を承知して引きさがると、たちまち黒雲が拡がって篠つくような大雨が降って来、あたりは池のようになった。

「これで大丈夫」

と思って火雲楼の方を見ると、これはどうだ、前よりも盛んに燃え上がっているではないか。

「水をかけても消えぬとなると、俺の手には負えぬ。仕方がない。ご先祖さまに相談に行ってみよう。もともと俺が喧嘩を吹っかけたんだから、ちと工合いは悪いが、ご先祖さまは大仙と仲よしだから、何とかしてもらえるかも知れん」

「兄貴がそう言うんじゃ仕方がない。まかすよ。早くやってくれ」

「わかった」

履真は空へとび上がり、西の方へ急いだ。間もなく楼閣が見えたので、どんどん入って行くと、悟空が台の上に坐っている。膝まづいて挨拶すると、

「お前は師匠のお供をして西方へ旅をしているはずだが、どうした」

とたずねたので、履真はくわしく次第を述べた。

「鎮元大仙は地仙のボスで、法力も広大だ。わしの力で消せんこともないが、あれと争いを起こしてはいかん。それよりも南海へ行って観音尊者にお願いしてみろ。何とか助けて下さるだろう」

履真は喜んでそこを辞し、南海普陀落山めがけて飛んだ。雲から降りて門前に立つと、内から黒熊大神が現れた。

「孫履真ではないか。」

「はい、そうです。実は菩薩にお願いがありまして」

「わかっておる。菩薩の仰せで、ちゃんと用意してある。これを持って行きなさい」

と言って小さな柳の枝をさし出した。見ればその枝には二、三滴の水玉がついている。

「菩薩は〝この甘露水を火の上に落とせ〟とのことじゃ」

「これっぽちの水で、あの猛火が消せるんですか」

不服そうにいうと、

「これ、菩薩の御心を疑ってはいかん。早う行け。師匠の身に万一のことがあってはいかん。ごあいさつは枝を返すときでよい」

せかされて履真が五庄観にとって返すと、火はまだ盛んに燃えている。半信半疑で空中から手にした枝のしずくを一滴かけると、意外にも火は半分ばかり消えた。「うまいぞ」とまた一滴かけたところ、火はすっかり消えてしまった。残りのしずくを駄目おしにかけてよく見ると、何と火雲楼はもとのままで、焦げたあと

もない。

下へおりたところ、一戒と沙弥の二人がびっくりしている。そこで三人で門内にかけ込んで見たが、大仙と半偈はもと通り坐って話をしていて、少しも動いた様子がない。

「大仙、あなたの負けですぞ」

と一戒が声をかけると、大仙は笑った。

「えらい、よくぞ消したな。それでこそ大聖の後継だ」

「なーに、こんなの朝飯前でさ」

履真は得意の鼻をうごめかした。

「うそをいうな。わしの火がそんなに簡単に消えるはずがない。本当のことを言わぬとまた火を出して、ここから出られぬようにしてやるぞ」

「そんなことを……。言いますよ。実は観音さまに助けていただいたのです」

「ああ、そうか。いや、そうだろうとも。わしの火を消せるのは甘露水しかないのだから。それにしても、お前たちの旅には仏の加護があることがよくわかった。さあ、師匠は返そう。元気で行くがよい」

半偈が礼をして、

「ありがとうございます。では、おいとまを……」

といって腰を上げかけたところ、一戒が頓狂な声をあげた。

「人参果を食べさせてくれる約束じゃなかったんですかい」

大仙は笑って、

「おお、そうだったな。よしよし」

と二人の童子に命じて四つの人参果を持って来させ、四人に与えた。延年長寿の珍果を食べた四人は、すがすがしい気持で出発したが、履真は雲を飛ばせ、観音菩薩の所へ柳の枝を返しに行った。

「どうして二、三滴であの大火が消えたのですかァ」

「それは何でもない。甘露の慈悲に適うものはないからだ」

履真は「なるほど」と悟って頭を下げ、また雲に乗って一行に追いついた。

旅を続けるうちに、いつしか冬になった。日が短いので、いくらも進まないうちに暮れかかる。馬上の半偈がいう。

「ぐずぐずしていると暗くなってしまう。早く宿をとろう」

あたりには家はおろか、人っ子一人通っていない。

「まさか野宿もできますまい。村のある所まで行くほかはありません」

履真はなだめたが、半偈は少し遅れてついて来る一戒と沙弥に気合いを入れた。

「急がないか。暗くなってしまうぞ」

「これでも精一ぱい急いでいるんですよ。お師匠さまは馬の上で楽でしょうが、私たちは荷物をかついでいるのでつらいのです。これ以上急げといわれても無理ですよ」

冬の夕暮れ、大気はつめたいし、つかれは出たし、腹はへったりで、みんな気が立っている。とこうするうちに、大きな河にぶつかった。

「やれやれ、どうやって渡ったものか」

と思案していると、目の前を一艘の小舟が通るのが見えた。

「おーい、その舟の方、のせて下さらんか」

と声をかけたが、返事はなく、ただゆらりゆらりと流れて行くばかり。履真はそこで飛び上がり、舟の中へ下りてみたが人の影はない。それに棹もなければ櫓もなく、舵もなく、ただ帆があるだけ。風がないので、ただ流れにまかせて下るばかりである。履真は如意棒を棹にして舟を岸辺へ漕ぎ寄せた。四人はどうやら舟に乗り込んだ。如意棒と熊手と宝杖とで、やっと川の中ほどへ出たところ、急に風が起こった。ヒュウヒュウと音を立てて帆をたたく。と、舟は飛ぶように走り出した。あたりは真っ暗となり、その中を舟はまっしぐらに走る。どこへ行くのか見当もつかぬので、半偈は恐しくなって、ただ一心にお経をとなえるばかり。幾里流されたか判らないうちに、やっと風が静まった。見ると舟はちゃんと岸辺についている。

「一体ここはどこなんだ」

「さあ、聞いてみなければわかりません。が、この暗さでは仕様がありますまい。とにかく岸へ上がって人家を探しましょう」

舟から上がってみると、幸いに大きな道がついている。それにそって行くと、かすかに城郭らしいものが見えた。さらに行くと大勢の人が歩いているのが見えたので、喜んで近寄ってみたところ、かき消すようにいなくなっている。

「変だな。たしかにさっきは見えたのに」

「また妖怪のしわざかな」

と言い合っているうちに、また車が見えて来た。追いかけるとまた消えてしまう。まるで蜃気楼のようである。

「どうも変だ。きっと何か起こるぞ」

言いながら進むうちに、行く手に城が見えて来た。高くて大きいが荒れほうだいである。城門から出たり入ったりする人はたくさんいるのだが、どうもかげが薄くて消えてしまいそう。城内へ入ってみたところ、道は広くて人の往来もひんぱんなのに、これはまた物音一つ立てるでなく、笑いさんざめくでなく、全体が薄暗くて陰気くさい。そこへ四人が勢いよく乗り込んで来たのを見て、人びとが集まって来た。そして口ぐちにいう。

「この人たちは生きているんだろうか。死んでいるんだろうか」

履真が聞きとがめた。

「おかしなことをいう人たちだ。生きているからこそ、ここまで歩いて来られたのではないか」

「生きている人が、こんな所へ来て何をなさるのじゃ」

「何もしに来はせぬ。ただ、舟が風で吹き寄せられたため来たのです。今晩どこかへ泊めてもらいさえすれば、明朝は早く起ちます。寺でもあれば教えて下さい」

「ここに寺はありませんが、ただ一つ、慈恩街に刹《せつ》女《じょ》の行宮がある。そこへ行って泊めてもらいなされ」

「ありがとう。早速参ります」

「あなた方外国人を見ると騒ぐ者があるかも知れませんが、気にせずにいらっしゃい」

「ご親切にどうも」

といって慈恩街に来てみると、立派な宮殿があって門に〈刹女行宮〉の額がかかっている。中へ入ってみたが人の姿はない。ただ一厨子《ずし》があって中に女人像がある。正殿の後へ廻ってみると老婆が一人いて、四人の姿を見ると驚いた様子だが、すぐ笑顔になり、

「まあ、あなた方はどこからお越しになりました

?」

半偈が手短かにここへ来たいきさつを述べると、

「あなたがたが、この国の人ではないということはすぐ判りました。ここは手ぜまで、いい部屋もありません。裏の二階へ上がっておやすみなさい。ご案内します」

と先きに立つ。四人はついて行くが、梯子が急なのを見た一戒はウンザリして、

「俺はここへ草を敷いて寝る。馬の番もあるしな」

と上がろうとしない。

「お腹がお空きでしょう。いま用意して参りますでな」

と言って老婆が去り、しばらくして持って来たのは、四碗のうすい粥である。食べ終わると一戒は、

「こんな大きな御殿なのに、うす粥一杯とは何だ」

とブツブツ言うと、老婆は、

「この米でも、わざわざ山から運んだものですよ」

「しかし婆さん。店にはいろいろなものがあったではないか」

「あれは、あなた方の食べられるものではありませ

ん」

「どうして?」

半偈は叱った。

「せっかくのお仕度に文句を言うんじゃない。お粥でも有難いではないか」

一戒は黙り込んだ。一戒をのこして三人は二階へ上がり、早々に寝込んだが、一戒は腹がへって眠れない。そこで、二階の三人の寝たのを見すまして、こっそり抜け出した。街にはまだ燈火もともっており、茶店、酒屋はまだ賑わっている。町をふらついていると、一軒のまんじゅう屋があり、ちょうど、せいろうから取り出したまんじゅうが湯気を立てている最中である。一戒の口からよだれが流れ出し、足は自然に店の方へ引き寄せられてしまった。

そのときの一戒の心境はこうである。

(わしは仏弟子だ。だからバーやキャバレー、トルコ風呂はもちろん一パイ屋、なわのれんまでも、グッとこらえて入るのを遠慮した。だが、まんじゅうは精進料理であり、精進料理を食ってはいかんという憲法は、仏教界にもない。ましてや、わしは飢餓にさいな

まれている〝餓えて食を盗むのは罪ではない。餓えさせた社会が悪いのだ〟という日本の名僧の言もあるくらいだ。どのみち、わしは、まんじゅうを食う崇高なる権利を保有しているのである）

まことに堂々たる〝盗人にも三分の理〟であり、自分の行為を正しいと認めた理論の上に展開した演繹的論理学大系であった。前回の反省はありながらも、現実はしかく厳しく、現実と理論との調和またむずかしいて。

「二つ下さい」

店の者は、買うのだと思って二つ渡す。一戒は、うまい、まずいも判らず胃の中へ入れてしまったが、まだ足りない。

「もう二つ」

さらに二つ食べたら、どうやら腹の虫もおさまったので、「ご馳走さん」と言って、そのまま去ろうとした。店の者はびっくりした。

「もしもし、お代は？」

「お代って？　わしは施しを受けたつもりだが」

「冗談じゃない。このまんじゅうは売りものですぞ」

「坊主に金はない。施しを受けると決まっておるわい」

「そうはいかぬ。払ってもらおう」

「ないものはない」

払え、払わぬと押し問答を続けているうちに、店の者は怒って一戒の袖をとらえ、

「無銭飲食で警察へ突き出すぞ」

と引っ張って行こうとする。一戒が「うるさい」とそれを手で払ったところ、店番はよろめいて地上にへたばった。食いしん坊で出来そこないの一戒だが、やはりふつうの力ではなかった。

「ひどい奴だ。突き倒しやがって」

と大声をあげる。一戒はこと面倒と、その場から逃げ出して行宮にもどり、何食わぬ顔をして草をかぶって寝てしまった。

「食い逃げ。泥棒」

と店の者が大声をあげている所へ通りかかったのは、国王の子の黒孩子太子。わけを聞いて怒り、一戒の逮捕を命じた。町の人の証言から、行宮にいることをつ

きとめた捕吏十余人が踏み込んでみると、一戒は草の中で白河夜舟の高いびき。起こそうとして肩をゆすったが、腹のくちくなっている一戒は目をさますもんじゃない。仕方がないので、そのまま縛り上げ、八人がかりで戸板にのせて王宮までかついで来た。

役所の庭に転がしたが、まだ目がさめない。そこで太子は皮の鞭をもって尻のところを十回ばかりたたいた。一戒は、やっと気がつき、目を閉じたまま、

「だれだ。冗談はよせ」

と言うのを構わずになお五、六回たたいた。少しは痛味を感じたので手でさすろうとすると手がきかない。そこで初めて目をあけてみて縛られているのが判った。

「だれだ、若いの。何だって俺を縛ったんだ」

「黙れ、この無銭飲食の詐欺師め」

「何を、俺は坊主だ。坊主には施すもの、坊主は施しを受けるものと相場が決まっておるわい」

「ここは東南アジアの小乗仏教国ではないぞ。坊主とても代金は払わねばならんことになっているのだ」

「そんなこと、俺は知らん」

「お前は、知らぬという理由で法のきまりを免れることはできぬという、法の精神を知らんのか」

「知らぬ。わしは出家だし、大唐の国民だ。だから、大唐の法律しか知らぬわい。こんな小国の法などにしばられてたまるかい。唐の領事がいるだろう、領事を呼んで来い」

この大国意識、中華思想は、いたく太子のナショナリズムを刺戟した。

「こやつ、言わしておけば……。新興独立国の気概を見せてやる。者ども打て、打て、打ち据えい」

はっ！　と答えた下役人、これまた大唐に対する劣等感を裏がえしにして一戒を力一杯なぐりつける。一戒は、あまりの痛さに遂に悲鳴をあげた。

この騒ぎを聞きつけたのが、王妃の玉面娘々である。

「何事じゃ。騒々しい」

「あれは太子殿下が無銭飲食の旅の僧を捕えて叩かせていらっしゃるのでございます」

「王さまのお嫌いな和尚がどこから、どうしてこの国へ来たのか、行って見よう」

と言って廊下へ出た。太子が見つけて出迎え、ことの次第を話すと、

「ここのおきてを知らぬ旅の僧のこと、まあ赦してやりなさい。あの国の国民の大国意識は、旅僧だけのものではありません。自分の国を夏華文明、世界の中心と誇り、ほかの国を東夷、西戎、南蛮、北狄とさげすんで、匈奴とか鮮卑などという、いやしめた名をつけてみたり、日本の皇帝の親書が対等の文句だったので〝無礼だ〟と怒ったりしています。朝貢という形にしないと貿易を認めないのも、外国の使臣に叩頭の礼を強要するのも、その中華意識のあらわれです。のちの世になって、ほかの文明に屈伏したとしても、心の中の中華意識はとれないでしょうし、人民主権の国になっても、国名に〝中華〟の二字は残すでしょう。しかし、そんなことでカッとなるのは、お前の劣等感のあらわれです。国の立派さは国土の広さ、国民の数の多さ、生産力、武力によるものではありません。いかに国民がしあわせに暮らしているかによるのです。国の大きい、小さいなどは本質的な問題ではありません」

まことに道理あることばである。太子がうなだれていると、

「どんな和尚か、参考までに見ておきましょう」

と言って足を進めた。一戒は女性が来たので頭をあげ、あわれみを乞うように娘々を見た。その一戒の顔を見たとたん、娘々は「あっ」と叫んで気絶してしまった。何が娘々をそんなにびっくりさせたのだろうか。

先祖と間違えられて、ひどい目に

（一四）

奥へかつぎ込まれ、介抱を受けてやっと意識をとりもどした娘々は、

「憎いあの坊主、逃がしてはなりませんぞ、仇です」

といって泣く。さっきとは大変な違いである。太子は驚いた。

「いま初めて会ったばかりではありませんか。それがどうして仇なのですか」

「お前はむかしのことを知らないから、そう思うのも無理はありません。実は…」

と言って語り出した。『西遊記』を読まれた皆さんはご存知であろう。この玉面娘々は、もと牛魔王の妾で、三蔵法師の一行が西天へ行く途中で火焔山にさしかかり、その火を消そうとして牛魔王に芭蕉扇を借りに行ったが、牛魔王は貸さない。そこで戦いとなり、悟空は計略によって娘々を騙して芭蕉扇をまき上げ、

ようやく火を消した。その間に、八戒が乗り込んで娘娘を殺してしまった。牛魔王は天帝の慈悲でのちにこの国の王となり、娘々も苦界を抜け出て、王妃となることができたものだが、恨みかさなる八戒の顔は一日も忘れたことはなかった。いまその八戒を目のあたりに見たものだから、びっくりして気絶してしまったという次第。親子があまり似ているのも、こうなると考えものということになる。

「そうですか。では、あす父上に申し上げて処断いたしましょう」

「ぜひそうしておくれ」

太子はもどって来て声を荒げた。

「こりゃ、八戒」

「私は八戒じゃない。その子の一戒だ」

「なに？　八戒ではないのか」

太子はあわてて娘々のところへ報告した。娘々も不思議がって出て来た。そして八戒の子一戒がここへ来たいわれをたずね、同時に自分が八戒を仇とねらう理由を語って聞かせた。

「そりゃ筋ちがいだぜ。おばさん」

「おばさんとは無礼であろう。何が筋違いじゃ？」

「だって、そうじゃありませんか。もとはといえば、あんたの方が悪かったからで、そうなったのも仏さまの思召しさね。あんたもそのおかげで、今日こうして王妃になっているじゃありませんか。第一、仇討ちは法律で禁止されていますぜ」

「親の負債は、相続人たる子が払うものと決まっておる。赦すものか」

「そりゃ民事の話だ。刑事事件は国の法による制裁があるはずだ」

「言うな。血債はあくまで血で返してもらう。文豪魯迅もそう言っているではないか」

「このわからず屋の婆あめ」

一戒は大声をあげた。

「兄貴の孫履真を知らねえな。俺がいなくなったと知ると、きっとここを探してやって来るだろうよ。先祖の斉天大聖に勝るとも劣らねえ履真兄貴の強さだ。その兄貴の如意棒にかかったら、こんな小せえ国なんぞ一コロだあな。さあ、やれるものならやってみやがれ」

悟空と聞いて、娘々はむかし、牛魔王もろとも悟空にコテンコテンにやっつけられたことを思い出し、急に恐ろしくなった。

「母上、ご心配なさいますな。この坊主の言うことはホラに決まっています」

太子は慰めたが、娘々は身ぶるいをして、

「いや、ホラではありません。悟空に勝るとも劣らぬとなると、ちょっと勝ち目はなさそうです」

「では、こうしましょう。さっそく彼奴の寝ているところへ陰兵を繰り出して、みんな一緒に縛り上げて殺してしまいましょう」

「大丈夫かえ？」

「大丈夫ですとも。ご安心下さい」

そう言って太子は、さっそく陰兵に三人逮捕を命令した。命を受けた隊長は、太子から、

「術に長じた三人だから、あなどってはいかん。うまくやれ」

と言われているものだから慎重を期し、まず部下を附近へ待機させておいて自分で偵察に出かけた。足音をしのばせて二階をのぞいてみると、一人の僧が行儀

よく眠っている。灯に照らされた顔はおだやかだが、何となく威厳があって近寄り難い。となりの部屋の供の二人はというと、これまた強そうなので、これまた、ちょっと手が出せそうもない。

（これじゃ法で迷わせて捕えるほかはなさそうだ）

とひとり合点して一たん引き揚げた。一陣の冷気で眠りから醒めた半偈は、目をつむったまま心気を凝らしていると、妖怪が中をうかがっていることがありありと判る。

（何かあるな）

と思っているところへ、数人の美人があらわれた。男性の心をとろかすような薄ものの衣に、脂粉の香りをまき散らし、鈴をふるような声で言った。

「こんなむさくるしいところでは、お体にもさわります。あちらに温い室を用意いたしましたので、どうぞお越し下さいまし」

「徳の高いお坊さま。いらして下さいな」

と口々にすすめるが、半偈は知らん顔をしているので、女どもはとうとう妖怪の本性をあらわして怒り出した。

「こんなに親切に言ってやっているのに来ないとは馬鹿な奴だ。このインポ野郎、いまに見ておれ、ひどい目に遭わせてやるぞ」

と言いながら降りて行った。すると、こんどは青い顔、一つ目、口が耳まで裂けた奴、角を生やした奴など、いろんな化物がたくさん上がって来て、半偈を囲んで、うなったり、歯を噛み鳴らしたり、奇声をあげたりして脅かそうとするが、半偈は微動だもしない。

「頭を食いちぎるぞ」

「胸をえぐって心臓をつかみ出してやれ」

「天井にさかさ吊りにして血をすすれ」

などとわめくが、半偈が少しも取り乱さないため手を出すことができない。仕方がないのでまた降りて行った。するとこんどは一隊の兵士がやって来て、刀や槍をひらめかせながら半偈の周囲を廻りはじめた。

履真も目を醒まし、大勢の兵士が半偈を取り囲んでいるのを見た。そこで如意棒を取り出して大声をあげ、

「妖怪ども。お師匠さまを何とする」

と言いざま、中へとび込み、棒をふり廻した。兵士たちは、その勢いにひるんで階段をドタドタと駆け下

り、消えてなくなった。

東の方が白んだ。半偈が起き出し、

「夜も明けたようだ。出立しよう。ここはどうもよい所ではなさそうだ」

「大分妖怪が騒いでいましたね」

「私が気がついたときは、化物どもが逃げ出すところでした」

沙弥は残念そうに宝杖をさすっている。三人は下へ降りてみたが、一戒の姿はない。

「どこへ行ったのだ」

「さあ、あいつのことですから、何か食べに行ったのでしょう」

「仕様のない奴だな」

と言い合っている所へ、老婆がやって来た。

「おや、もうお起ちですか」

「先きを急ぎますので」

「では、お粥をこしらえましょう」

と言って台所へ行こうとするのを履真はとめた。

「ちょっとお訊ねしたいが、ここは何という国で、国王は何といわれる？」

「そんなことをお訊ねになるものではありません。早く朝食を召し上がって、お出掛けなさい」

「では、訊ねるのは止そう。しかし、口の長い、耳の大きい同僚が見えないが、どうしたのでしょう」

「何か起こらねばよいがと思っていましたが、とうとう何か起こってしまったようです。あの方がゆうべ出て行かれるのを見掛けましたが、それではあのまま帰って来られないのでしょう。きっと捕えられたに違いありません」

「あの馬鹿が…。一体どういうことですか」

「実は、ここは羅刹鬼国といって、国王は大力鬼王です。ここの人は、見かけはふつうの人と変わりありませんが、みんな幽霊なのです。ですから、ここの食べものを召し上がってはいけないと思って、粗末でも作ってさし上げたのです。それをあのお坊さんは〝まずい〟とブツブツ言われましたから、きっと町へ出て争いを起こし、捕えられてしまったのでしょう」

「そうでしたか。それで判った。ゆうべ妖怪がたくさん来たことも、この国が何となく陰気くさいことも」

「ところで、そういうあなたは人ですか、幽霊ですか」

「私は人間ですよ」

「幽霊の中にたった一人でいるんですか」

「はい。それはこういうわけです。ここから東南百里の翠雲山という山に羅刹という仙女がおられ、その力によって夫の大力王はここに国を開かれました。そして、その徳を讃えるために、この行宮を造ったのですが、羅刹仙は幽霊を嫌われるものですから私をよこして、ここに住まわせられたのです。あなた方が召し上がった粥も、わざわざその山から取り寄せていたものなんです」

「それは有難うございました。知らぬこととはいえ、おとうと弟子が文句を言ったりして、申しわけありません。それにしても一戒が捕えられているとなると、救いに行ってやらなければ…」

「一体だれが捕えたのだろう」

「大方、太子さまでしょう」

「では王宮へ行ってみよう。お師匠さま、しばらくここでお待ち下さい」

「あまり手荒なことをせぬようにな」

「判っております」

履真が如意棒を片手に道を急ぐと、王宮はすぐ判った。朝のことだから、こんな日の出ない陰気な国にもそれなりのラッシュアワーはあると見え、朝臣たちが車や徒歩で続々と参内しており、町はかなりの混雑ぶりである。その人混みをかき分けて王宮の門の前に立ちはだかった履真は、

「俺の弟分を返せ。返さぬと、この城をブチこわすぞ」

と雷のような声で叫んだ。その勢いに恐れをなして、近くにいた者はみな逃げ出したが、鎮殿将軍だけは、さすがに武人らしく踏みとどまり、

「無礼な奴、宮殿に向かって何をほざきおるのじゃ」

「ゆうべ俺の弟分の猪一戒を捕えたな。さっさと出せ。ぐずぐずしやがると、この斉天小聖・孫履真の如意棒が黙ってはおらんぞ」

と叫んだ。将軍もひるんで城中へ駆け込み、大王に訴えた。

「変だな。わしはそんなこと聞いておらんぞ。何かの間違いだろう」

と大王が言っている所へ太子がやって来て、昨夜からのいきさつを物語った。そこへ娘々も顔を出し、涙ながらに仇を討ってほしいとかきくどく。

「もう済んだことではないか。それに非はこちらにもある。あまり騒ぎ立てると仏さまにタテつくことになるでな」

齢をとって弱気になった大王は、いとも低姿勢である。娘々には我慢ならない。

「あなたはいつの間にそんなに坊主がこわくおなりです。齢はとりたくないものですね。このいくじなし」

言われて大王もカッとなった。

「何？　俺が坊主を恐れるだと？　見ておれ。目にもの見せてくれん」

と足音も荒々しく外へ出てみせたものの、やはり気おくれがしてならぬ。それでも口先きだけは勇ましく、

「〝探したがこちらにはいない〟と坊主に言え。それでもグズグズいうなら、兵を繰り出して追っ払ってしまえ」

と命じた。将軍が命ぜられた通りに告げると、履真は、

「あくまでも白を切るつもりだな。よし、こうしてくれるわ」

と如意棒で城壁を一突き。城壁はガラガラと音を立てて一角が崩れてしまった。将軍は急いで兵士に非常呼集をかけ、全軍が履真を囲んで一斉に攻めかかった。履真はせせら笑う。

「幽テキのヘロヘロどども、俺さまの鉄棒でも食らえ」

と言って如意棒をふり廻す。たちまちあたりは屍山血河、と言いたいところだが、何しろ幽霊だけに殺しても死なないで、ただ一滴の水となって消えてなくなるだけ。

遠くで見ていた太子は「これは大変」と、口から一筋の黒気を吐き出した。それが一団の陰風となって吹きかかると、天地みな真っ暗になって何も見えない。

（これでは喧嘩にならぬ。一応この場を脱去しよう）

と三百メートルばかり跳び上がった。ここでは太陽がちゃんと見える。そこへ昴《こう》星が通り掛かったので訊

ねたところ、

「あの羅刹国は、この世の国ではありません。ですから、日の光は及ばないのです」

と言う。仕方がないので、こんどは地獄へ行って久しぶりに閻魔大王を訪問した。話を聞いた閻魔は、

「あの国王はむかし牛魔王で、ふつうの亡者とは違いますので、手前の管轄ではありません」

「……」

「天帝のお恵みで羅殺鬼王とし、一国を開かせたのです。あなたのご先祖とは因縁も深いのですよ。何にしても私には手に負えません」

「では、どうしたらいいのですか」

「幽冥教王に訊ねてご覧なさい」

「ああ、そうだった」と出発しょうとしている所へ一人の童子が手紙を持って来た。見ると「孫小聖へ、地蔵菩薩より」とある。履真はびっくりした。

「何も彼もお見通しなのだな」

と感心して聞いてみると、

「自在ノ心ヲ迷却シテ
黒風　鬼国ニ吹ク
彼ノ観音ノ力ヲ念ゼバ
黒風ハ自カラ消滅セン」

と書いてある。喜んで羅利国にもどり、一心に観音経を唱えていると黒風が消え失せてしまった。そこで行宮にもどって半偈に、

「判りました。早く観音経を唱えて下さい」

と言う。待ちかねていた半偈が声高らかに
「南無救苦救難　観世音菩薩」

と三、四回唱えたところ、一片の赤い雲が空から降りて来たと思うと、羅刹国中がにわかに明るくなって陰風も黒気も去ってしまい、あまたの陰兵も消え失せた。

一方、一戒をしばっていた縄も、この光に当たって氷のように融けてしまったので、一戒は喜んで王宮をとび出そうとした。そこへ太子がアタフタと駈け込んで来た。一戒は、

(いい工合だ。つかまえて仇討ちしてやられなければ腹の虫がおさまらぬ)

と太子を引っつかまえて縛り上げ、もがくのもかまわず行宮まで引きずって来た。近習の者はいるのだが、赤い光にゲンナリして声を出す元気もない。

履真は陰気が去ったため一戒を探しに出かけようとしているところだったので、無事な一戒を見て大喜び、連れ立って半偈の前へ出たが、

「よく帰って来られたな。で、お前をつかまえたのは一体だれだ」

「この若僧です」

「これはだれだ」

「太子です」

「殿下なら無茶をしてはいかん」

「そうはいきません。さんざん私を殴ったんですから」

「間違いから起こったことだ。放してさしあげろ」

「それはまあまあいいんですが、この人の母親はひどい女で、私を仇呼ばわりして殺そうとしたのです」

「いやいや、過ぎさった恨みは解くべきで、結ぶべきではない。早く自由にして上げんか」

一戒はやむなく縄をほどくと、太子は三拝九拝して立ち去った。太子が捕えられたことを聞いた娘々は、王の前で世もあらぬ嘆きよう、王もすっかり気を落として、

「だから、わしは争うべきではないと言ったんだ。メンドリがトキを告げるとロクなことはない」

自分がカッとなったことなどは、すっかり忘れている。

「何とかして下さい」

「こちらから和を乞うほかはなさそうだ」

と言っている所へ太子が帰って来た。

「おお、無事だったか」

「まあ、お前」

娘々は太子にすがって泣き崩れる。

「よく無事で戻れたかなあ」

「あの師匠が〝恨みは解くものだ〟と言って許してくれたのです」

「ああ、わしが悪かった」

と言って娘々ともども行宮へ来て、詫びを述べたり、礼をいったり。「ぜひ王宮までお越し下さい」と言う王の勧めを謝し、すっかり明るくなった羅刹国をあとにした。

道中お話もなく、平担な道を五百里も進んだところで、とある小さな村についた。

「大分腹がすいた。どこか斎を出してくれるところはないか」

半偈が言うので、履真は承知して半偈らをそこに待たせ、食を乞いに出かけた。しばらく行くと一人の男に会ったが、その男は、さも汚いものを見たように、唾を吐いて脇へそれてしまった。次いで現れたもう一人の男も同じようなことをして行ってしまう。

(変だな。このところ入浴もしないので、臭いから嫌われるのかな)

と思いながら足を進めたが、会う人はみんな避けてしまう。履真にもどうやら普通でないことが判って来た。

(とにかく、どこかの家へ入ってためしてみよう)

と手ごろな一軒の家へ入った。

「旅の僧です。恐縮ながら、お斎をいただかしてもらえませんのでしょうか」

と声をかけると、中から一人の若者が出て来て、いきなり怒鳴りつけた。

「そんなものはない。さっさと帰れ」

「まあ、そうおっしゃらずに、どうかお願いいたします」

「馬鹿も休み休みいえ。斎というのは飯のことだろう。飯は米でつくるものだ。米は百性が汗水たらして作り、それによって生命をつないでいるのだ。お前みたいに耕しもせぬくせに、人のものをただで貰って餓えをしのごうなどとは虫がよすぎる。うちには坊主にやる飯なんかないわい」

履真は腹を立てたが、ここで争いを起こしても…と思っておとなしく引きさがり、隣の大きな家の門の前に立った。齢とった下男がいたので、前回同様に斎を乞うた。が、その下男もペッと唾をはき、

「坊主なんてお呼びじゃない。一体どこから来たのだ」

「はるばる大唐から参りました」

「そんなに遠方から来たのなら、世間の法というものを知ってるだろう。それぞれの国にはそれぞれの掟がある。ここでは坊主は認められておらん。さっさと行け」

「それはおかしい。仏弟子に斎を出すのは、万国共通の不文律のはずです。どこの国王でもそうなさる

ぞ」

いささかカサにかかった言い方に、下男は怒った。

「よそのことは知らん。ここではとにかく坊主はいないし、食べものをやる風習もない。わしがここでお前と話していることを人に見られでもしたら、わしは明日から人と付き合いも出来んようになる。早く行った、行った」

「どうも、ここは大変な仏教嫌いの国のようです。どうしてこうなったのか、教えて下さい」

「わしには判らん。この西に絃歌村というのがある。そこには学のある人がたくさんいるから、そこへ行って聞け。わしはもうお前と話しなんかしたくない」

と取りつくしまもない。履真は半偈に「すぐもらって来ます」といった手前、手ぶらで帰るわけにはいかない。そこで、身を隠して中へ入った下男の後をつけた。下男は台所へ行ったが、ちょうど昼飯が煮え上がったところで、下僕は鍋のふたを取って大きな碗へ山盛りにして自分の部屋へ持って行った。そのスキに履真は持っている鉢に飯を移し、そのまま後をも見ずに逃げ出した。


こちらは半偈たち。待てど暮らせど履真は戻って来ないので、まず一戒がこぼし始めた。

「兄貴の奴、自分だけがうまいものをたらふく食っているのに違いない」

「これ、履真はお前とは違う。ことばを慎しめ」

半偈はたしなめたものの、腹の虫がグーグー言っている。そこへ履真が飛ぶようにして戻り、鉢をさし出した。

「手間がかかったな」

「はい。それというのも、ここの人は布施をしてくれませんので」

「それなら、なぜここに飯があるのだ」

「実はその、無断でもらって来ましたので」

と言って、いきさつを説明した。半偈はキッとなった。

「〝渇シテモ盗泉ノ水ハ飲マズ〟という。そんなもの、わたしは欲しくない」

「でも、お師匠さま。腹がへってはいくさは出来ぬといいます」

「馬鹿をいうな。見下げはてた根性じゃ」

履真は叱られてうなだれてしまった。そばで聞いていた一戒は承知しない。

「こんな飯ぐらい大したことはないでしょう。盗みというんなら、仙人が霞を食らい、露を吸うのだって盗むのに違いはありません。野生の木の実を取って食べるのも自然から盗むことだと俺は思うな」

「それは違う。天地間に自然にできたものと、人の作ったものとは別だ。何にしても、わたしは食べぬ」

「そんなにお嫌なら、この私がいただきやしょう」

一戒はそういって、たちまち平らげてしまい、舌なめずりしながら、

「あしあ、これでどうやら腹もくちくなった。さあ、向うの村で斎をもらいましょう」

と言って立ち上がる。半偈はあきれ果て怒る気にもならない。強がりは言ったものの、腹の虫は鳴るばかり。仕方なくまた馬に乗った。あたりは人の気も知らぬ顔をした、のどかな春の田園が続いている。

めざす絃歌村にはすぐついた。道には桃の花が咲き、柳が垂れ、心地よい春風が吹いている。家々からは読書の声、楽器を奏する音が漏れ、全く文字通りの絃歌村、賢者君子の里と見えた。粗野で無教養の田夫野人よりも、こういう教養のある人種に強いと自ら任じている半偈は、このありさまにすっかり嬉くなり、

「こんどは、わたしが行こう」

と馬から下り、鉢をもって一軒の家の前へ立った。すると中から歌をうたうのが聞こえて来た。

孔子の教えこそ誠の道なのに
西方から妙なものが伝わって来
千年もの間、害をなしている
この異端を世の中から追放して
本来の道をとりもどそう

明らかに排仏の歌であることが半偈にもよく判った。「こりゃいかぬわい」と次の家の前まで来ると、こんどは

耕さずに食うのは賊だし
織らずに着るのは盗人だ
口先きだけで衆人をごま化し
自分は肥え太っている坊主ども
こんな奴らは人道の敵
見つけたら許してはおかぬ

と来た。「ここも駄目だ」と半偈は横道へ入った。ちょうど琴の音がやんだ所なので、玄関に立ち、

「これは西天への取経を志す羇旅《きりょ》の沙門にございます。甚だ率爾ながら、斎を賜わるならば幸甚に存じますが」

相手が読書人なので、半偈もせいぜいむずかしい漢語をならべて立てた。ここは学堂で、一人の先生が十余人の子供を教えており、学習が一段落したので琴を弾いて楽しんでいるところだった。声に応じて学生が出て来たが、半偈の姿を見るとびっくりして引っ込み、先生に告げた。

「一体だれが来たのだ」

「人ではありません」

「では鬼か」

「人ではあって人ではないのです」

「変だな」

「先生のお教えによりますと、人の頭には髪がある、それは山に木があるようなものだ。というのに、あの頭には髪がありません。まげをゆい、冠をかぶるのが聖人の定められた決まりです。それができないようなツルツル頭の人間は、人であって人とは言えません」

先生は考えた。

「それはきっと坊主だろう」

「坊主とは鬼ですか、それとも幽霊ですか」

「いいや、生きている人間だ。異端を奉じる輩だ」

「聖人の道に従わない人間が、この世にいるのですか」

「そうじゃ。西方に教主がおり、その名を仏という。その教えに帰依し、その教えを拡めようとする者を坊主といい、いずれも頭を丸めている。聖賢の教えにそむく人でなしで、われらの排撃してやまぬ者どもじゃ。その坊主が、どうしてここへ来たのだろう?」

先生が出て来たので、半偈は合掌の礼をした。先生は手をふり、

「ならぬ、ならぬ。〝道同ジカラザレバ相拝セズ〟じゃ。仏門の礼は受けられぬ」

「なぜですか。同じく人間ではありませんか」

「われわれは仏教を認めない。したがって僧侶は人であって人とは思わぬ。聖人の教えに従わずに異端を立てる輩とはくみしない」

半偈は腹がへって、いまにもブッ倒れそうなので、ここは一つ、憐われみを乞うに如かず…と思い、氏素性か旅行の目的を手短かに話したが、先生は嘲笑した。

「にわとりは夜明けを知らせ、犬は盗賊を防ぐ、いずれも人の役に立っているので、これに食を与える。それなのに坊主どもは自ら何もせずにいて食を乞おうとする。そんな奴に大切な食物をやってたまるか」

「どうしても下さりませぬか」

「やらぬといったらやれぬ。そのわけをもっとくわしく話してやろう。ここはいま聖賢の教えを奉じる天王の治め給う所だが、天王が来られる前は、仏教にまどわされた人びとは争って寄進をし、来世を願うことに夢中になって仕事を放り出した。おかげで太ったのは坊主だけとなり、人びとはすっかり貧乏になってしまった。さらに、髪一筋もこわすことなく葬るべき父母の遺体を、焼くという大不孝が流行し、冠をつけるべき髪を切って頭を丸めるというおろかしい風習が生じるなど、聖人の教えは地を払うに至った。天王はこのさまを憐み給い、仏教を斥けて再び聖教を興された。おかげでいまや、お前も見る通りの文明がひらけ、民は安居楽業できるようになった。これというのも天王が仏教を排撃して聖教を興されたためじゃ。判ったらトットと行くがよい。食事をくれなどとは、とんでもない」

と言って入ってしまった。半偈はゲンナリした。この先生の言い分も判らぬでもない。そのために自分はいま苦労して西天へ行こうとしているのだから……。理屈では腹はくちくならぬ。「困った」「腹がすいた」とつぶやきながら、再びトボトボと弟子たちの待つ所へ帰って行く。さっき、履真の盗んできたご飯を、食べておけばよかった……という気持もちょっと起こり、半偈はあわてて「南無、ほとけさま」ととなえた。理念と現実の乖離、半偈とても決して無縁ではない。

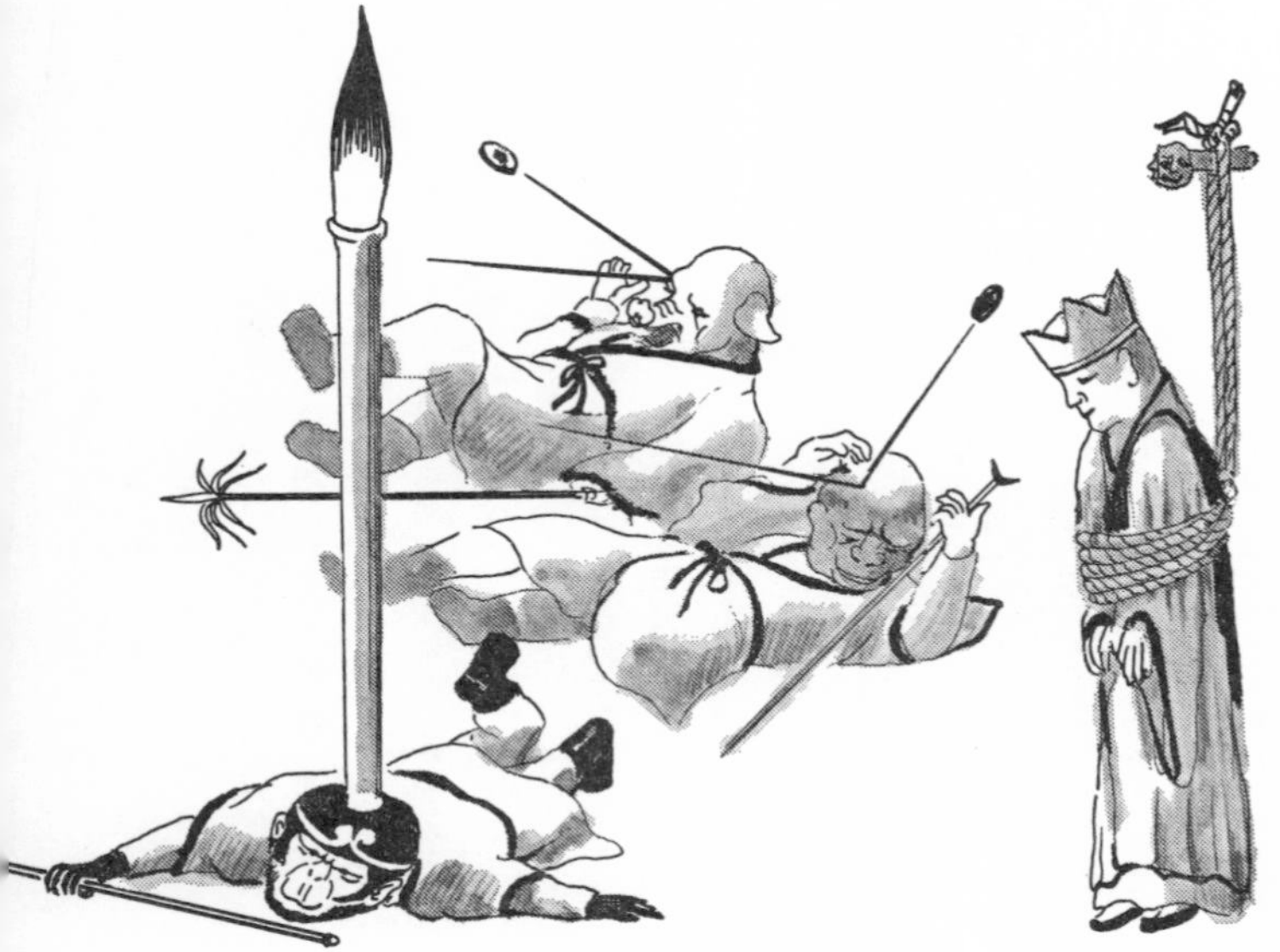

ペンは剣よりも強し（一五）

半偈から一部始終を聞いた履真と沙弥は、これまたガッカリして力なく黙り込んでしまったが、一戒だけは、

「だから言わんこっちゃない。あのとき、お師匠さまは、目をつぶって兄貴の盗んで来た斎を召し上がればよかったんだ。ここで餓死しては、折角の苦心がフイになってしまう。無事に西天へ行きつくことが最大の眼目で、そのための方便として仏さまも許して下さるでしょうよ。いってみれば、主要矛盾の解決のために、従属矛盾の方を認めるのです」

だが、半偈としては「盗んでいい」とは口が裂けても言えない。

「斎は出さない、その上に仏法のことをさんざん悪く言われたとあっては、このまま引き下がるわけには行きません」

と履真もやっと口を開いた。半偈は言う。

「どうするんだ」

「彼らを改心させ、斎も出させるうまい方法があります」

「どんな方法だ」

「お師匠さまは、〝そんなの邪道だ。いかん〟と言われるでしょう」

「聞いてみなければ何とも言えぬ。が、手荒なことはいかんぞ」

「若干、詐欺めいたことになりますが、よろしいですか」

「この際だ。多少のことはやむを得まい」

半偈も空腹がよっぽどこたえていると見えて、いつもの正直清浄一本槍ではない。

「法術によって仏の威光を見せるだけですよ」

と言って毛を一つかみ抜き、フッと息を吹きかけると、幾千人とも知らぬ韋駄天となった。いずれも金色の兜をかぶり、金色の鎧を着て、手に手に降魔の杖をもって家々へ散り、大声で叫んだ。

「生き仏のお通りじゃ。すぐにも香華と灯明と精進料理を持って供養せよ。ぐずぐずすると、家だろうが道具だろうが、粉微塵に打ち壊すぞ」

びっくりして、どこの家でも仕度をする。物置から、納屋の隅から、ほこりだらけの香炉や燭台が持ち出された。履真は韋駄天の隊長に化けて先生の家へ行き、捕えて町の中に引き出した。そして杖を首筋にあて、

「少しばかりの本を読んだことに慢心して仏法の悪口を言う奴は赦してはおけぬ。八大地獄にたたき込んで舌を抜き、目をくじり、手足をへし折り、タカに脳ミソを吸わせ、血の池、針の山へ追いやって永久に責め立て、苦しめてやるぞ」

先生はすっかり恐れ入った。

「申しわけありません。これもみな天王に騙されたのです。どうぞお赦し下さい。これからは仏法に帰依いたしますから」

「ならば赦してやろう。早くお出迎えの仕度をせい」

先生は逃げるように家に帰り、弟子たちを督励して出迎えの用意にとりかかった。

それを見た履真は、さらに四大金剛、童子、天女などを創り出した。そして半偈を馬に乗せ、四大金剛がそれを守護し、童子は手に手にのぼりや香炉を持ち、空では天女が音楽を奏し、花びらを降らせつつ進むという趣向である。

村の人はびっくりした。いままで見たことも聞いたこともない仏さまのパレードである。仰天は信仰に変わり、いずれも道端に並んで手を合わせて一行を見送る。老人たちは忘れかけていたお経を思い出しながら唱え、若者はやたらに頭を下げる。香煙は村中を抹香臭くし、供物は道端を埋めた。そして、ぜひ自分の供物を受けてもらおうと、争うようにさし出す。半偈と弟子たちは、ヤセ我慢をしてそれを鷹揚に受け取りながら進んだ。村のはずれについたとき、半偈は重々しく、仏法を捨てる非を戒め、信仰を取り戻すことを勧めた。村人たちは一同膝まずいて、今後は決して仏道をないがしろにしないことを誓う。平ぐものようになっている村人を後に、一行は山蔭に入り、いま貰って来た食物をパクついた。それがどんなにうまかったかは、ご想像にまかせる。

こうして履真の計略で餓死せずにすみ、村人たちを

再び仏教に引き戻すことに成功したが、半偈はどうも後味がよくない。

「やむを得ぬこととは言え、あれは詐欺行為だ。それを認めたわたしは羞かしい」

と嘆息するのを、履真は、

「方便というものは、信仰心を起こさせるために仏さまも認めておられます。決して不正ではありません」

「そうかも知れぬが、二度としてはならぬ」

と言いながら足を進めた。うわさというものは早いもので、紘歌村での事件は行く先き先きに伝わっており、

「生き仏さまのお越しだ。早くお出迎えを」

と歓迎され、おかげで食と宿には不自由しなくなった。これを聞いて怒ったのは文明天王である。

文明天王は中国の産、四角い顔、大きな耳と、中国のいう福相の持ち主で、戦乱のドサクサで賊に殺されたが、西方のこの国に生まれ変わり、支配者となったもので、手には一本の筆を握って生まれて来たため、字もよく知り、文章もうまかった。この天王の筆は不思議なことに、文の道具であるとともに武の道具でもあった。有事の際には長槍ともなったし、さらには身にうろこのようについている金銭をつぶてのように相手に発射したため敵う者はなく、文明天王と名乗って玉架山に居を構え、文明の教えを興したもので、百キロ四方はことごとくその教えに服した。

もともと、この地方も仏教の盛んな所だったが、この天王の出現で仏教はすたれ、寺院も僧侶もなくなってしまってから五十年ほどになる。したがって、老人以外は仏教を知らないわけである。

文明天王は、金剛と韋駄天の出現を、何ものかの妖術と見た。そこで、石と黒の二人の将軍に半偈一行の逮捕を命じた。二人の将軍がたくさんの兵をつれて玉架山の前に布陣しているところへ、美食のために近ごろふとって来た四人が、そうとも知らずにのんびり通りかかった。

「来たぞ、来たぞ」

という物見の報告に、石将軍は槍を構え、

「人民を惑わす坊主ども、早く馬から下りて縛につけ」

と叫ぶ。履真は、

「何故だ。どういう理由で我々を捕えようとするのだ」

「文明天王の命令によって貴様らを引っくくるのだ。神妙にしろ」

「何? 仏法に仇をなす奴の手下か。やれるものならやってみろ」

「クソ坊主ども、ほざいたな。それっ、者ども」

下知に応じて部下たちは一せいに打ってかかる。履真はもちろん。一戒、沙弥とも、このところエサがいいので気力、体力ともに充実しているものだから、こんな手合いはものの数じゃない。しばらく戦ううちに、将軍勢は旗色が悪くなり出した。それと見た部下の一人が、急を天王に注進する。天王は感心して、

「えらい坊主がいるものだ。それなら、一つ捕えて教え訓し、部下にしてやろう」

と烏錐《うすい》という名馬に乗ってやって来た。この烏錐はむかし、項羽が乗っていた馬で、項羽が死んだとき、ともに長江に沈んだが、生まれ変わって文明天王の乗馬になったものである。

天王が自慢の筆を持って乗り出したものだから、崩れかけていた二将軍の軍勢は勢いを盛り返して、再び三人に打ち掛って来た。

「坊主ども、文明天王のお出ましじゃ。貴様らの命もあとわずか。観念して好きな経文でも唱えろ」

と言っている所へ、天王が到着した。履真が叫んだ。

「貴様が文明天王とかいう仏罰知らずの横着者か」

「クソ坊主、坊主にしておくには惜しい腕前だ。すみやかに仏教などという異端の迷夢から醒め、聖教に改宗しろ。そうすれば赦してやる」

「何を?、文明が聞いてあきれらあ。こんな田舎で多少学問に通じていることを鼻にかける井の中の蛙め。天下の広さを知らねえな。お前のような生かじりをやっつけて清浄な仏土を作るのが俺たちの仕事だし、本当の文明なんだ」

「貴様こそ鉄棒一本で豪傑ぶっているようだが、わしのこの筆と戦ってみろ。もし三合戦えたら赦してやるが、そこまではやれまい。捕えたら切り刻んでやるからそう思え」

「広言はあとにしろ」

そこでチャンチャンバラバラとなったわけだが、三合すると天王は急に馬を返して逃げ出す。履真が「逃がすものか」と追いかけると、天王は身についた金銭を忍者の手裏剣のように投げかけて来る。履真はバッターよろしく如意棒を構え、片っぱしから打ちおとす。天王は次から次へ、カーブ、ドロップとあらゆる変化球を投げたが、いずれも十割打者の履真に打たれたため、遂に投球をやめた。

「相当な腕前だな。一体何者じゃ」

「貴様は金銭さえあれば万事は片付くと思っているが、世の中には金に目もくれぬ者もいることが判ったか。俺の名を聞いて気絶するな。我こそは花果山の生まれ、かの有名な斉天大聖、いまは闘戦勝仏となって西天にある孫悟空の後裔《えい》、斉天小聖孫履真その人じゃ。どうだ、驚いたか」

天王はちょっと驚いたようだが、たちまち笑い出した。

「なーんだ。石ザルか。あの悟空というエテ公め、わしがこの世に出ない前に手柄を立てたのは幸いだった。わしがもしこの世にいたら、そうはいかなかったろうよ。その後継ぎがこのわしにぶつかるとは面白い。さあ、師弟ともども邪教を捨て、頭髪をのばしてわしに服従し、天寿を全うせえ。さもなければ、刀では殺さぬが、筆で《妖僧》と書いて万世にまで圧えつけてやるがどうだ。わしの筆誅は恐しいぞ」

「おさえつけられるものなら、おさえつけてみろ」

「よし、見ておれ」

と大王は筆を空中へほうり上げた。筆はくるくる舞いながら履真の頭めがけて落ちて来た。「たかが筆ぐらい」と思っているから、履真も敢えて棒で払いのけずに頭で受けた。筆は頭の上にちゃんと立ったが、履真がへこたれないのを見た大王は大声をあげた。

「至聖大師、文昌帝王、何とぞこの異端者に罰をお与え下さい」

とたんに筆は重さを増し、大山のようにおさえつけて来た。履真は「しまった」と鉄棒で払いのけようとしたが、根から生えたようにびくともしない。重さはますますつのり、履真は耐えられなくなってグッタリと地上に倒れた。

「サルめ、さっきの広言はどうした」

と大王は笑い、部下に命じて縛り上げさせた。びっくりした一戒と沙弥は、履真を助けようと打ちものをふるって天王に立ち向かった。

「こんな奴らは手前どもにお任せ下さい」

と石将軍と黒将軍が引きとり、一戒、沙弥と戦いはじめた。双方の力は互角と見えて、なかなか勝負はつかない。それと見た天王は、金銭を取り出して投げた。ねらいは誤たず、一戒は顔に、沙弥は頭にあたって、二人とも倒れたところを縛り上げられた。三人の弟子がやられては半偈もどうしようもない。これまた馬から引きずり下ろされて縛られた。天王は馬を見て驚いた。

「ほう、こりゃいい馬だ。どこで手に入れたのだ」

半偈は仕方なく、むかし河図を背負って出現した馬だと説明したところ、天王は、

「そんな馬なら、聖教の護持者であるこのわしの乗馬にふさわしい。坊主どもが乗ろうなんて、とんだ了見違いだ」

と言ってその馬に乗りかえ、四人の捕虜を引きつれて得意然と山へ凱旋した。


その夜、戦勝祝賀の宴が盛大に開かれた。天王は愉快でたまらないので、大杯をぐいぐいあける。しばらくの間にすっかり酔ってしまった。そこで奥へ入って眠ろうとすると、石将軍が声をかけた。

「四人の坊主をどうしましょうか」

「取り調べはあすだ。それまで牢に放り込んでおけ」

「筆もあのままですか」

「そうだな。サル奴はもっと厳重に縛り直して筆は取って来い」

そこでさらに縄をふやして縛ったが、筆はどうにも取れない。

「お前たちは文盲で文筆に通じていないから取れないのだ」

大王は笑って軽々と取り、

「看視を怠るな」

と言って奥へ入ってしまった。

「大願がとげられないのに、こんなところで死ぬとは残念だ」

半偈は嘆息した。履真は、

「お師匠さま。弱気を起こしては困ります。何ですか、たかが筆ぐらい」

「いや、お前は筆の恐しさを知らないから、平気でそんなことを言うのだ。〝ペンは剣よりも強し〟といって、一度ジャーナリズムに叩かれたら、それで地位も名誉も人気もおしまいだ。プライバシーだろうが、何だろうが、やたらに書きまくり、あばき立てる日本の週刊誌がよい例だ」

「それは、そうですが…」

「そうですが、どうした」

「いま言われた〝ペンは剣よりも強し〟というのは、実際はペンよりも剣の方が強いということの逆説的な表現だと私は思うのです。だから、ペンは剣に屈してはならぬというペン側の、願いと理想を述べたことばであり、歴史的に見ても、ペンは多くの場合、剣に屈して来ました。太史が簡、董狐の筆がもてはやされるのは、ペンの権威を守り通した少数例であるからです。それが普通のことなら、青史に令名をうたわれるはずはありませんからね。ペンが剣に負けたよい例は、第二次大戦下の日本です〝政府のない国と、新聞のない国との、どちらかを選べといわれたら、私は、ためらうところなく政府のない国を選ぶ〟といったある賢者の言も、自由な言論の尊さを訴えることばではあり得ても、言論の強さをいうことばとは思えません。むしろ、権力と対立することを宿命づけられ、求められていながら、ややもすると、それに屈し、その道具となり易い言論に対する諫言だと私には思えます」

「お前らしくない理屈が始まったな。じゃあ訊くが、日本の週刊誌ジャーナリズムの強さはどう解釈するのだ」

「簡単ですよ。週刊誌に書き立てられる芸能人やタレントどもは、己れの弱さや虚名を週刊誌にカバーしてもらっている、つまり、週刊誌にオンブしているからこそ、その反面として、週刊誌に引きずりおろされもするのです。週刊誌によって人気を得た者が、週刊誌によって人気を失う。本来は虚なるものが、本来の姿に帰るだけです」

「強い奴だって、やっつけられているぞ」

「でも、すぐカムバックしますよ、本当の実力者ならば。たとえば以前に盗作と騒がれて総スカンを食ったものの、今日みごとに第一線に復帰して、力作を次次とものにしている某女流作家のようにです。それに、真の実力者は、ジャーナリズムなんか恐れません。一連の汚職事件の黒幕といわれるドンたちは、いくら叩かれようが、平気の平座で、ヌクヌクとして、よく眠っているではありませんか。こんな奸に対しては、ジャーナリズムの無力さを、つくづくと感じます。やはり権力は正義なのかと……」

「まあ、そう軽々しく結論づけるな。とにかく、こんな話を長々とやってる場合じゃない。ところで、お前、大丈夫か。かなりやられたようだが」

「頭から筆がなくなりましたから、もう平気です」

「がんじがらめに縛られているではないか」

「こんなもの、すぐ解けます。夜中までお待ち下さい」

聞いていた一戒が口を出した。

「ウソだ。お師匠さま。兄貴のホラを信じてはいけませんぜ。そんならなぜ筆でおさえつけられたんだ」

「馬鹿だな。いまお師匠さまが言われたではないか。俺は小さいときからあまり本を読んでいなかったので、文筆はニガ手だ。だから筆にやられたんだ。筆がなくなったからもう大丈夫だ」

そのうちに夜半となった。看視役の小者は、厳重に縛ってあるのに安心してか、白河夜舟の最中である。

一戒がせき立てる。

「早く解いてくれ」

「お前はあと廻しだ」

「ひどいぜ、兄貴」

「何をぬかす。人の悪口を言いやがって」

「ちょっと意見を述べただけだ」

「頼む、手足がしびれてしまった」

履真はかまわずに、まず自分で縄から抜けたのち、半偈の前へ行って息を吹き掛けると縄は刀をあてたように切れてしまった。次いで沙弥、一戒の順に縄を解いたのち、様子を偵察するため身体を隠して表の方へ行ってみると、一隊の兵士が夜警をしている。そこで身体の毛をとって眠り虫とし、兵士たちの方へ放ったところ、みんな居眠りを始めた。

「いまだ」

と三人を連れ出し、置いてあった荷物や武器を取り、厩から馬を引っぱり出した。

表門を通り抜けて五百メートルも進むと、仲間がいなくなってさびしくなったのか、烏錐馬が高くいないた。その声に天王は目を醒ました。

「あの竜馬に何かあったに違いない。早く行って見て来い」

宿直の者が行ってみると馬はいない。「さては？」と思っている所へ、眠りから醒めた夜警の者が、

「大変です。坊主どもに逃げられてしまいました」

と報告して来た。天王は怒り、

「まだ遠くへは行くまい。追え」

と厳命し、自分も馬に乗って追いかけた。一行が危地を脱してホッとしたのも束の間、後から馬蹄の音、叫び声、たいまつが追って来た。

「気がついたらしいぞ。油断するな」

履真はそう言って他の者を先へ急がせ、自分だけはとって返して天王に向かった。

「昨日は不覚をとったが、こんどはそうはいかんぞ。来い」

「この泥棒め、赦さん」

鉄棒と筆とがガッキと合わさった。なかなか勝負がつきそうもないので、天王は奥の手を出して筆を空へ投げ上げた。こんどは履真もその手には乗らない。筆が落ちて来る前に、これまた空へ飛び上がった。天王は筆をキャッチし、

「うまく逃げおったな。よーし。では他の奴をつかまえてやろう」

と馬を飛ばさせて三人を追う。一戒と沙弥は天王が来るのを見て、また縛られてはかなわんと、ひどい奴もあったもので、半偈を放ったらかしで雲に乗った。天王は難なく半偈を捉えて山へ連行した。

「こりゃ、坊主。お前は聖賢の国に生まれながら妖僧となっているのが第一の罪、魔術によって食物をかたり取ったのが第二の罪、捕えたのに逃げ出したのが第三の罪。以上、三つの罪は赦し難い。それにしても、三人の弟子はみなお前を捨てて逃げ出したようだが、坊主というものはそれほど不人情な奴だ。何しろ、人が死ねば儲かる商売だからな」

「逃げだしたのではない。どこかで変化《げ》して私を護っている」

「何を、この妖僧め。昨夜はどうやって逃げ出したか」

「履真には神通力があるから、縄なんか一吹きで解けてしまう。これは仏法の偉大さのおかげで、魔術などではない」

「ならば、どうして筆におさえつけられたのだ。さっきも筆を見て逃げ出しおったわい」

「悪が盛んなときは正に勝つこともある。だが、やがて悪は滅びずにはおかぬもの。お前が滅亡するのも時の問題だ」

「縛られているくせに大きな口をたたくな。昨日は縛って逃げられたので、きょうは筆でおさえつけてやろう」

といって縄をほどかせた。半偈は手足が楽になったので座禅を組んだ。天王はその頭の上に筆を立てた。半偈は幼少のころ、経書を一通り読んでいるし、仏教の経典にも広く通じているので文字には強い。だから、頭の筆は重くも何ともない。半偈が平然としているのを見た大王は、「それでは」と金錠を乗せた。清浄を旨とする半偈だが、まだ金銭を全然無視できるほど悟り切っていなかったためか、頭が急に重くなってへたばってしまった。天王は、

「これでよし。坊主とて金銭には弱いと見える。戒名だって、お布施次第だからな」

と笑って奥へ入った。外では履真と一戒、沙弥の三人が額を合わせて半偈救出の策を練っていたが、ことは急を要する。とても夜まで待てぬとあって、とりあえず履真が蜜蜂に化けて中へ入ることになった。うまく入り込んでみると、半偈は金錠の重さにへたばっている。その襟元にとまって、

「お師匠さま」

「おお、履真か助けてくれ。重くて仕方がないわい」

「いまはダメです。すみませんが夜までお待ち下さい」

と言って飛び出し、夜になるのを待って三人はしのび込んだ。一戒が、

「こんなもの、わけはない」

と金錠をゆすったが、欲の深い一戒にもちろん取れるわけはない。

「見ろ。お師匠さまはとてもお苦しそうだ。早くしなければ…」

手を組んでいた履真、

「そうだ、いい考えがあるぞ」

といってまた蜜蜂に化けて奥殿へ入った。そこには天王が侍女をはべらせて寝ている。履真は妖術を使って三千の菩薩を枕元に立たせ、韋駄天を使って降魔の杖で天王の頭をおさえさせた。

「こりゃ魔性。お前は金錠をもって仏弟子をおさえつけている。早く金錠を取りのぞいて西へ向かわせよ。さもなければ、この杖で頭を打ち砕いてくれようぞ」

天王は汗を流し、息をはずませて苦しがっていたが、やがて「助けてくれ」と大声をあげて目を醒ました。そばの侍女が驚いた。

「大分うなされておいでのようでしたが」

「うーむ、あの坊主どもの妖術だ。先日の食物詐欺と全く同じ手段だ」

「そんな奴は殺しておしまいになればよろしいのに」

「そうはいかん。軽々しく殺しては文筆の力を示すことができぬ」

「法力にすぐれた弟子がいるというではありませんか」

「なーに、棒を振り廻すだけだ」

「でも、だれか有名な文人を頼んで来たらどうなりますか」

「そんな者がいるものか。もっとも、天上の星を頼んで来れば別だが」

履真は「いいことを聞いた」とすぐ取って返し、

「奴めの泣き所がわかりました。ちょっと行って来ます」

といって雲に乗った。天王が恐れる星というと、文筆をつかさどる文昌星しかないはずである。天にのぼって文昌星の館を見つけ、案内を乞うと、「あちらは仏教、こちらは儒教で関係はないはずだが」

と首をかしげながら出て来た。

「あなたは文筆の司で、紙でも筆でもたやすくは人にお貸しにならぬはずですのに、なぜあんなとんでもない奴に筆を貸されたのですか」

と言って事件を物語った。

「とんでもない。貸したことはないぞ」

「しかし、現に師匠が筆で抑えつけられているんですから」

「おかしいな。よく調べてみよう」

と言って部下に調べさせると、果たして一本足りなかった。それは「春秋筆」であったが、なおもくわしく調べてみると、文昌星がまだ文筆のことを掌らない前の春秋時代、孔子が『春秋』を書いたが、魯の昭公十四年、麒麟が出現した。猟師が聖獣とは知らずにうち殺したので、孔子は嘆息して筆を投げた。殺された麒麟はのちに文明天王となって世に出、その「春秋筆」を持って玉架山に文明の教えを興したことが判った。

「これはとんだことをした。所管以前の出来ごととはいえ、春秋筆は当然こちらで拾い上げて保管すべきであった。履真君、勘弁してくれ給え」

「いや、判って下さればけっこうです。とにかく一刻も早く……」

とせき立てた。文昌星は魁星を呼び出して半偈救出を命じた。

雲に乗って山に来てみると、半偈はもはや息も絶え絶えのありさま。魁星はさっそく金錠をとり去り、筆に手をやると、ゴミでも拾い上げるように、いとも簡単に筆を頭からはずした。さすがは天下第一の文筆の星だけのことはある。

半偈はようやく起き上がり、魁星に一礼したのち、三人の弟子とともに山を降った。一行が立ち去ったのを見た履真は、魁星とともに奥殿に行って叫んだ。

「この麒麟め。早く出て来い。筆と金錠とをもらったぞ」

素性をいわれた天王は、はっと顔色を変えてとび起き、出てみると、頭の上がらぬ魁星がおり、筆と金錠はその手に握られている。口惜しがって履真に、

「とんでもない奴だ。わしの数百年の苦労をすっかりフイにしおった。頼みの筆を取り上げられてはもういかん」

と恨みごとを言うと、履真は笑った。

「恨みごとならお前自身に言え。本来なら死罪ものだが、文昌星はお前が聖獣なのを憐んで一命だけは助けられたのだ。早く隠れて聖天子の泰平の世が出現する時を待て。ぐずぐずしていると、この如意棒を見舞

うそ。俺は気が短いんだから」

天王はそこへ土下座して頭を下げたかと思うと、見る見るもとの麒麟の姿になり、どこへともなく消えてしまった。以来、この麒麟が出たという話を聞かないのは、聖天子が出現せず、人間どもが争い合って、本当の泰平の世が出現していないからであろう。

女にモテてモテて…

（一六）

半偈と履真との間に、若干の論争は起こったものの、文明天王から、筆の力をいやというほど見せつけられた一行、「もう今後は間違ってもジャーナリズムとは喧嘩などすまい」と話し合いながら西への旅を続けているうちに、山はあまり高くなくて笑みをたたえ、水も深過ぎもせず、おだやかな波を立てている所へ来た。天気はよいし道も平らか。絶好の旅と喜んでいるところへ、一陣の風が通り抜けた。

「いい匂いだな。何だろう」

半偈が言うと、履真は答える。

「大方、向うに花畠でもあるんでしょう」

「かも知れぬな」

一戒がそばから口を出した。

「お師匠さまは兄貴の言うことは何でもすぐ信用なさる」

「なぜだ」

「花にはこんな匂いはないはずです。どこかで法要をして香を焚いている匂いだと私は思います」

「馬鹿を言え。こんな人家のない野原で、だれが法要をするのだ」

「なら、麝《じゃ》香でしょう。私の鼻はみなさんよりも確かですから」

「そして口も胃袋もな」

「ひやかしっこなしですぜ」

「そんな詮索はやめやめ。日が暮れかかっていますす」

沙弥がそう言うので、一同「そうだ、急がなければ」と足を早めた。匂いはいよいよ強くなり、間もなく一軒の家が見えて来た。

「助かった。これで野宿せずにすむ」

と近付いてみると、居間に若い女が一人腰を掛けており、そばに三人の腰元が立っているが、いずれもすこぶるつきの美人である。

あまりの美人なので、一同しばし足を停めて見とれていたが、あたりはすでに薄暗くなりかけているので躊躇はできない。かと言って、半偈、履真、沙弥のいずれも女性はニガ手なのでグズグズしていると、美人に魂もケシとんでしまっている一戒が交渉役を買って出た。美人、食物と見るとやたらに張り切るのが一戒のくせである。衣をつくろい、顔を手ぬぐいで拭いた一戒は、取りすまして入口に立った。

「お頼み申します」

声に応じて腰元が出て来た。近くで見ると、また一段の美しさである。生ツバをのむ思いを制して、一夜の宿を乞うた。女中は美しい眉をひそめ、

「女ばかりの家ですから、殿方をお泊め申すわけには参りません」

と言う。一戒は必死である。

「でもございましょうが、日が暮れて行くところもありません。それに、私どもは出家の身です。決してご迷惑をお掛けするようなことはございません。どうか、お願いします。おがみます」

腰元は困って主人に相談に行く。しばらくして出て来て「やっとお許しが出ました。どうぞ」と言うので、一同は喜んで中へ入った。椅子に坐って待っているうちに、先ほどの美人が衣服を改め、化粧をし直してシャナリ、シャナリと出て来た。いや、美しいの何の、部屋全体が光り輝くようである。

「本来ならばお泊め出来ないのですが、高徳の方とお見受け致し、お宿することにいたしました」

と言う。そして、茶、菓子、くだものをたくさんならべ、手を出すよう勧めたが、四人が不思議に思ったのは、香も焚かないのによい匂いがすることである。お互いに自己紹介したところ、女は、

「ここは温柔村といい、私の姓は鹿でございます。私は生まれつき、人と変わった強い匂いがございますので、いまでは生香村と申します。父母もなくなりましたし、夫も死にましたので、いまはこうして一人で暮らしております」

「それはそれは。お一人では大変でしょう。早く再婚なさることですな」

「はい。でも適当な方がございませんので、いまは諦めております。在家のまま出家した気持ですわ」

（もったいない）という顔を一戒はした。そこへ腰元が料理を運んで来た。大変なご馳走である。美人は

徳利を手にして半偈にすすめたが、「手前は不調法でして」とことわると、

「ほんの水みたいなものです。さ、どうぞ召し上がれ」

「弱ったな。では、お前たちのうちで、だれかいただけ。せっかくのご好意だから」

と言うが、履真は「前に酒で大失敗しましたから」とことわり、沙弥も「下戸なものですから」と手をふる。お鉢は一戒に廻って来た。さっきからウズウズしていた一戒である。これ幸いと盃をとり、一杯飲んでみたが、そのうまいこと。〝酒はうまいし姐ちゃんはキレイ〟とあって、一杯が二杯、二杯は三杯と、たちまち一本を空にしてしまった。

空きっ腹にアルコールは入るし、そばには美形がいるものだから、一戒の気勢はとみに昂揚し、冗談をいって腰元を笑わせていたうちはよかったが、そのうちに腰元にたわむれはじめた。

(こりゃ、いかん)

半偈は見てとり、

「一戒、早くご飯をいただけ。あしたは早いのだから、適当に切り上げなければ」

とたしなめた。もう一息というところで腰を折られた一戒、不承不承茶碗をさし出して十幾杯も平らげ、名残り惜しそうに腰元に流し目をくれながら、みんなについて椅子を立った。

奥には半偈の部屋を真中にして、右に履真、左に一戒、沙弥と三つの部屋がとられ、寝具もちゃんと用意されている。日本ならさしずめ郡山の夜具に沈香でも焚き込めて…というところだが、錦のしとね、縫取りの几帳、匂いのいい柔かなふとんが敷いてある。平素、汗くさいせんべいぶとんに寝つけている半偈は、却ってとまどいして中へ入って横になる気にもならない。その脇に衣もぬがずに坐って目を閉じた。履真、沙弥も同様で、着衣のまま、うつらうつらとしていた。ただ一戒だけは、十分飲みかつ食ったのでご機嫌になり、着物をぬいでふとんの中へぶっ倒れたまま、前後不覚に眠りこけてしまった。

どうにも合点のゆかぬのは履真である。

(あの女は妖怪なのだろうか。かといって、どこにも妖気はないし、飲食物にも怪しいところはない。そ

れにしてもあの匂いは人間のものとは思われぬし、美しさも人間離れしている。恐らく霊獣が人に化けたものに違いない。一つ探ってやれ)

と決心して蛾に変じ、窓から抜け出して美人の部屋に来てみると、中では美人と腰元とが話し合っている。

「いままでのところはうまく行ったけど、これからはお前の腕の見せどころだよ。しっかりおし」

「大丈夫ですとも、奥さま。決してワナだと見抜かれるようなヘマは致しません」

「とにかく、結婚してしまえば、こっちのものさ。これで私も王さまに殺されずにすむわ」

「王さまといえば、近く狩りにやって来るそうでございます。急がなければ」

「だから、あの坊さんたちに目をつけたのじゃないか。全くいい所へ来てくれたものさね」

「結婚してしまえば匂いも消えてしまいますものね」

履真は聞いて驚いた。要するに女はワナをかけて四人をたぶらかし、契りを結ぼうというのである。

(冗談じゃない。そんなことをしたら西天行きもフイだ)

だが、一体どんなワナなのか、そこまでは想像もつかないけれども、用心するに越したことはない…と一人合点して室へ帰り、何食わぬ顔をしていた。

夜が明けた。一同起きて寝室を出たところ、美人ははや化粧をすませて出て来ている。

「まだ早いのに……。ゆっくりおやすみ下さいな」

「早く立ちたいと思いますので」

と言ったが、一人足りない。一戒である。

「阿呆め、まだ寝てやがる」

と言って履真が見に行ったところへ、中から一人の腰元がとび出して来た。まげはがっくりと乱れ、着物も前がはだけている。

「助けて」

と履真にかじりついた。

「ひどいお坊さんです。私が起こしてさしあげようと思って戸をあけたところ、いきなり寝床の中へ引っ張り込んで……。私はもう生きてはおれません。」

履真がよくよく見ると、昨夜、美人と話していた腰元である。

（さては…）と思っているところへ、美人が走って来た。

「高徳のお坊さまと信用してお泊め申し上げましたのに」

と半偈に食ってかかる。半偈も顔色を変えたが、履真は平然と、

「まあそうあわてなさんな。一戒をつかまえますから」

と言って中へ入り、「おい、一戒」と呼んだがまだ目を醒さない。仕方がないのでふとんを剝ぎ、何回かゆすったところ、一戒はようやく目を醒したが、

「ああ眠い。もう少し寝させてくれ」

とまた横になろうとする。

「馬鹿、それどころか。貴様はあの腰元をなぐさみものにしたな」

「何だって」

一戒はびっくりして目を大きく開いた。

「とんでもない。俺は昨夜ここへ入ってから何にも知らぬ。兄貴に起こされるまで夢も見ずに寝込んでいたよ」

「本当だな」

「うそをいうものか。そりゃ腰元に気はあったけど、みんなに迷惑になることを考えて思いとどまったよ。俺だって坊主だし、西天を志す身だからな」

一戒の言葉にうそはなさそうである。昨夜のワナというのが、次第に履真には判りかけて来た。だが、半偈は青くなって黙ったきり。美人はますます怒って一戒と腰元とを背中合わせに縛り上げ、役所につき出すといきまく。

「まあお待ちなさい。何かわけがあるでしょうから」

「待てません。この男は昨夜も腰元にいやらしいことをしようとしました。それを制せられたものですから、欲情を抑えかねて手を出したに違いありません」

「そんな男がよく朝まで我慢しましたね。なぜ夜中にしのんで行かなかったのでしょう」

「それは…」

と美人は口ごもる。

「いいでしょう。役所に突き出して下さい。こんなことでまさか死刑にもなりますまい。せいぜい打たれ

るのが関の山です。この男はいくら叩かれても平気ですが、その腰元さんはたまりますまいな。第一、お宅の名前も出ますよ。それよりも、内々で処置なさった方が賢明だと思いますがね」

美人は待っていましたとばかり、

「では、そうしましょう。私はこの人のいやらしい行ないを正当なことにするいい方法を思い付きました。しかも、お一人でなく、ほかの方もご一緒にです」

「不都合をしたのは一人だけですぞ。ほかの三人も一緒にとは一体どういうことですか」

「ならんだ部屋にやすまれた、いわば同類です。この人の悪ふざけを防げなかった罪、もっと言えば、こんな人と一緒に旅行している罪です」

「そんな馬鹿な。その論法で行くと、そんな男だと見抜けずに泊めたあなたの罪、酒を飲ませたあなたの罪、あなたや腰元の方が飛び切りの美人である罪、こんな所に住んでいる罪も当然問われて然るべきでしょうな」

「まあ、何てひどいことを……」

と美人は嘆息したが、美人である罪と言われたのは、マンザラでもなかったらしい。

「さあ、どうすれば気がすむんですか。こっちは忙しいのです」

「仕方がありません」

美人はホッと溜息をついた。

「うちの腰元とあの方とは、とうとう通じてしまったのです。生むすめを手ごめにしたのですから、その責任をとって結婚していただきます。お一人だけ結婚してここに留まられたのでは、残る方も心細いでしょうし、行く方も心残りだと存じます。そこで、みなさん、それぞれこの家の女とつれそっていただきます。私はあの、半偈さまとそわせていただきますわ」

照れもせずに言ってのけたので、履真は、(ハハア、そうだったのか)とすべてのからくりがわかってニヤリとした。

半偈はおさまらない。

「とんでもないことをおっしゃる。私は天竺へ行く大切な任務があります。断じて承知できませんぞ」

「まあ、こわいお顔。そんな固いことおっしゃらないで、ね」

と近寄って半偈の手をとり、いまにももたれ掛からんばかり。半偈はその手をふり払ったが、女の方はなおもすり寄って来る。半偈とても木石ではないから、美人のふくよかな柔かい身体の温か味、鼻を打つよい香り、玉をころばすような声に、ともすれば道心も崩れそうになる。そこで身体を固くし、目をつぶって一心に経文を唱えながら必死になって誘惑と戦っている。

「お師匠さま。どうです。申し出をお受けになっては……。据え膳食わぬは何とやら申します。お似合いのカップルができますよ」

履真がからかうと、真面目一方の半偈は真っ赤になって怒り、

「何てことを言う。お前までが私を馬鹿にするのか」

履真は押し問答をしていても始まらないと思ったので、半偈に目くばせしながら、

「何せめでたい話です。ありがたいとは思いますが、腹が減っては折角のいい話も台なしです。まあ斎でもいただき、腹のできた所でゆっくり話し合いましょう」

半偈も履真の目くばせの意味を悟り、

「そうだとも。食事をしてからのことだ。腹が空くと人間は怒りっぽくなるというからな」

とこれに応じる。他の者に異論はない。美人らは、(これは脈がありそうだ)と思ったものだから、懸命にサービスにこれつとめる。何が何やらよくは呑み込めない一戒だが、とにかく食わなきゃ損々と、またしても十何杯かを平げてしまった。

食事がすみ、デザートの果物も食べてしまったので、履真は「さて」と美人に切り出した。

「よく考えてみましたが、和尚が還俗して婿になるというのはよくないことです。折角の思召しですが、おことわりしましょう。私たちは先きを急ぎますのでこれにて」

半偈も口を合わせて言った。

「この弟子のいう通りです。いかいご迷惑をおかけ致しました」

この頃になると、一戒のことも、どうやら美人の仕組んだワナとわかりかけていたので、半偈ももうあやまろうとはしなくなった。美人は怒ったの何の、

「卑怯者、裏切り者、詐欺師、ペテン師、食い逃げ坊主、情知らずの恩知らず、恥知らずの破戒坊主……」

とあらん限りの悪罵を浴びせかけ、眉を逆立て、歯をキリキリと嚙む。

「女だと思って人を馬鹿にして。もうここから出しません」

門を閉じさせ、部屋の外側から鍵をかけて、

「このまま餓え死になさい。もう構ってあげませんから」

と叫んで行ってしまった。心配性の半偈は、

「困ったことになった。どうしよう」

と、はやベソをかく。履真は笑って、

「こんなのわけありません。いまに女たちの方から開けに来ますから」

と言って窓から飛び出し、空に上って毛を一つかみ抜いて「変われ」と言うと、四、五百人の猟師になった。猟師らは一斉に太鼓を叩き、大声ではやし立てながらやって来る。

「王さまのご命令で鹿を捕えて麝香をとる。鹿はどこだ」

美人らはこれを聞いて仰天した。

「大変、早く逃げよう」

と出てみたが、猟師はすでに四方をとりまいているので逃げるすべはない。仕方なく一緒になって泣き出した。履真はそれを見て空から下り、美人に声をかけた。

「そう泣きなさんな。私が助けてあげる。その前に戸を開けてお師匠さま方を出しなさい」

美人は、履真が外へ出ているのにびっくりしたが、いまそれを詮索しているひまはない。膝まづいて

「私たちが悪うございました。もうもう決して邪念は起こしませんからお助け下さい。あなた方を西へお行かせ申します。」

「よろしい。ならば早くみんなを出しなさい」

美人は急いで戸をあけた。その間に履真は毛をおさめた。全員出たところで馬に荷物を積み、門を出ようとした。美人はなおもふるえながら、

「私を助けてくれるのではないのですか」

とすがる。

「もう大丈夫です。ほれ、声も聞こえないではあり

ませんか」

美人はなおも信じかね、腰元を外へ出して様子をうかがわせたが、外の原には人っ子一人いないで、ただ風の音ばかり。

「生き仏さま。とんだ失礼をいたしました。二度とこんなことはいたしません。どうぞお赦し下さい」

と手を合わせる。

「鹿のくせに人間と夫婦になろうという大それた欲を起こしたからです。もう決して分不相応な望みを抱いてはなりませんぞ。それから、いい匂いを出すから狙われるのです。匂いを出さないようになさい。そうすれば安全でしょう」

と言い残してそこを発った。

「よくもあれたちのはかりごとが判ったな。さすがは履真だ」

と半偈がほめると、一戒も、

「あんな美人がいても、俺は敢えて手を出さなかった。してみると、俺も高僧の部に入るな」

とみんなを笑わせる。

「けれども美人でしたね」

女性にはあまり興味のなさそうな沙弥までもが溜息をつく。

「美人過ぎたよ。あんな凄いほどの美人が野中の一軒家に独身で住んでいる。しかも、えもいわれぬいい匂いを持っている。疑うのは当然じゃないか。おまけに姓は鹿と来たんだからね」

「それにしてもお師匠さま」

履真は半偈に笑いかけた。

「美人に言い寄られたときは、さすがのお師匠さまもドギマギしておられましたね。まんざらでもなかったでしょう」

「いや、全くのところ、私も閉口したよ。悟り切っているような顔をしていても、いざとなると人間はだらしがないものだな。五戒の内では邪淫戒がいちばんむずかしいわけだ」

半偈があっさり認めたので、朗かな哄笑がひとしきり一行を包む。

と、一戒が突然、妙なことを言い出した。

「そうだ。みだらという意味の淫という字。あれは以前は女ヘンの婬と書いたんだ。女がみだらなから婬と書いたのか、それとも、女がいるから男がみだらになるのか、俺にゃあ、どうも後の説のように思えてならねえ。あんな美人を見るとね」

「おめえ、意外にガクがあるんだな」

「兄貴、冷やかしっこなしですぜ。おいらは、その関係の字だけは一生懸命に覚えたんだから」

「そんなことだろうとは思ったかな」

一戒がテレて頭をかいていると、こんどは沙弥も口をはさむ。

「一戒兄いよ。ならば男のアレを、なぜマラというか知ってるかい」

「知らねえな」

「そんなら教えてやろう。マラとは本来、悪魔のことだ。それがなぜ男のアレのことになったかというと、アレこそ修行の最大のさまたげをなすもの、いってみれば悪魔のような存在だというところから、アレをマラというようになったものさ。色欲はそれぐらい断ち難いということでもあるわけだな」

半偈和尚も黙ってはいない。

「おお、マラで思い出したぞ『列女伝』という本にはな、女房の焼きもちに手を焼いた男が、ええい、めんどうとばかり、マラを自ら切り落とした話がのっているのだ。おかげで女房の焼きもちはおさまったが、亭主のこの行為、果たして女房にとって、よかったのか悪かったのか。ガッカリした公算の方が大きいのではなかったのかな」

「へー？　お師匠さまでも、こんなことを話される場合もあるんですか」

履真があきれると、半偈もいう。

「いや、初めてだ。やっぱり、さっきの美人の毒気にあてられたらしい」

「スケベエは、なにも俺だけじゃねえと分って、安心した」

という一戒に、まじめな顔にもどった半偈は、

「その通りだ。だが、それを抑えるところに真の精進がある。色欲は人の本性だからといって、それにアグラをかいてはいけない」。半偈のお説教が出たところで、マラ論争は打ち切りとなった。だが、三人の弟子たちは、この話によって、半偈に対する親しみと尊敬の念をふかめた。お師匠さまも人の子、やはり性の悩

みを抱いておられるのだなという人間的親しみと、それを克服すべく、努力に努力を重ねておられるのだなという尊敬の念とをである。その意味では、一行にとって貴重な体験であったといってよい。

美人やマラの話がどうやら出なくなったころ、こんどは変な匂いがして来はじめた。

「やれやれ、前にはいい匂い。こんどは嫌な匂いか」

「また何か起こりそうですぜ。油断なく」

と履真は心を引き緊めて先頭に立った。

妖怪を騙し討ち（一七）

一行が悪い匂いのしてくる方を眺めると、すごい形をした山が見えて来た。峯は狼の牙そっくり、石は鬼の顔で、重なり合った山々は、魔物や妖怪が集まったような不気味な格好をしている。

「どうも感じの悪い山だな」

「さきには美人に攻められ、こんどは妖怪がお待ちかね。どうせ苦しめられるなら美人の方がいいな」

「とにかく、一応調べてみましょう」

と履真は呪文を唱えて土地の神を呼び出したところ、神は言う。

「あの山は悪山と申し、十人の妖怪がいて人を取って食うため、この近辺に人は住んでいません。妖怪の名前は、簒《さん》悪、逆悪、反悪、叛悪、劫悪、殺悪、残悪、忍悪、暴悪、虐悪の十人で、方々の洞穴に分かれて住み、互いに争い合っておりますす。全員に共通しているのは、

悪い匂いを出すことです。少し弱い人なら、その匂いだけでも死んでしまいます。お気をつけられますように」

「そうか。そんな悪い奴はみんな退治してくれよう」

履真は土地の神を退らせ、先頭に立って山をめざした。土地の神も言った通り、十人の妖怪はさんざん人を殺して食ったため、あたりに人がいなくなった。そこで遂にはお互いに手下どもを食い合い、縄張を荒らし合って来た。ちょうど、この日、東の山にいる殺悪大王が、やって来る半偈の一行を見つけた。

「久しぶりで人間の肉が腹一杯食えるぞ」

とよだれを流しながら、手下を連れて四人を取り囲んだ。

「馬に乗った色の白いのは蒸すとうまそうだ」

「口の長い、耳の大きい奴は肥っているから煮よう」

「色の黒いのは塩漬けだ」

「毛面は肉が少なそうだから、炒って酒の肴にしよう」

「馬さしも乙なもんだぜ」

などと口々に勝手な熱を吹きながら掛かって来る。履真は笑ったが、一戒は怒って自分を煮ようと言った奴を熊手で引っ掛けて地面に叩きつけた。小者は血ヘドを吐いてそのままお陀仏。

「ざまあ見ろ。手前らの仲間の新しい死骸を煮て食いやがれ」

と言うと、殺悪大王は怒り狂って一戒めがけて打って掛かる。一戒は熊手で応じたが、なかなか勝負はつかない。履真はころ合いを見て後へ廻り、

「一戒、そこだ、やっつけろ」

と叫ぶと、大王はびっくりして後を振り向く。そのすきに一戒は熊手を突き刺した。これまた「グエーッ」と叫んでそのままこと切れた。手下どもは大王が負けたのを見てあわて、「わっ」と悲鳴をあげて散った。

「待て、妖怪ども。一匹のこらず成敗してくれん」

と一戒は図に乗って叫んだが、もちろん待つ奴はいない。勝手知った山中を必死になって逃げのびた手下どもは、方々の大王に急を告げる。平素は至って仲の悪い大王たちだが、外敵あらわると聞いては放ってはおけない。ここで四人を討ち取って山の覇権を握ろうといずれも振い立った。

近くにいたのは、劫悪、残悪、忍悪の三大王である。三人がガン首をならべて山の端に出てみると、一行が通り掛かっているのが見えた。殺悪大王をただの一打ちで殺したほどだから、とても生やさしい敵ではないと見た。

「三人が一緒に掛かるほかはあるまい」

三大王はしめし合わせ、一、二の三で一斉に襲い掛かった。三人は半偈を中に守って戦ったが、履真は面倒になり、早くカタをつけてしまおうと、わざとスキを見せたところ、劫悪はそれにつられて突っ込んで来た。それをかわして鉄棒を打ちおろすと、狙いあやまたず劫悪の脳天を打ち砕き、桃の花を散らすように血をほとばしらせて劫悪は死んでしまった。残悪、忍悪の二大王は大いに驚き、急いでその場をはずして逃げ出した。

「とんでもない奴に出遭った。これでは、まともに戦っても、とても勝ち目はない」

「何かいい手だてはないか」

「あるとも、奴らがあの谷間に入ったところを前後

の入り口に石を落としてふさぎ、前にも後にも出られんようにしてしまう。奴らはそのうちに干ぼしという寸法だ」

「妙計、妙計、それにしよう」

話はまとまった。一方、そうとも知らぬ一行は、二人の大王を殺したので、いい気になって進む。

「妖怪はあと八人いるというぞ。気をつけなければ」

「なーに、腕前の方は先刻見た通りです。大したことはありません」

一戒はえらい自信である。やがて両側が屛風のように切り立った道に出た。崖は天にとどくかと思うほど高くそそり立ち、それが延々と続いている。冷たい、くさったような風がヒュウヒュウと吹き抜け、とても物凄い道である。身体中が臭くなるのを我慢しながら進んで行くうちに、大きな物音が後の方で起こった。

「ややっ」

「後をふさぎおったぞ」

「馬鹿な奴だ。俺たちは前へ進んでいるのに後をふさぐとは」

「いや、待てよ。これはうかうかしてはおれん。前もふさがれるぞ」

そう言っているところへ、こんどは前の方で巨岩の落ちる音がした。

「履真の心配した通りだ。私たちはこんな谷間に閉じ込められたのだ。どうしよう」

半偈は早くもオロオロ声である。

「穴でも掘るか」

一戒はのんきなものである。

「一年もかけるつもりか」

「では、長い梯子はどうだ」

「どこに材料がある？」

沙弥と一戒の問答を聞いていた履真は、

「悪には悪だ。悪同士戦わせてやろう。お師匠さま。私は大王どもを説き廻って、互いに殺し合いをさせ、石のふたを開きましょう。しばらくお待ち下さい」

「それはおもしろい。うまくやれ」

一戒と沙弥に半偈を守らせて、自分は峯の上へとび上がった。そして反悪大王の洞穴を見つけ、案内を乞うた。

「天下の珍味を献上に参りました」

手下の者が反悪大王に通じた。大王は二大王を殺した坊主四人を捕えて殺し、食ってやろうと用意をしていたところなので、喜んで履真を引見した。

「私たち四人は大唐から参りました。西天へ真解を求めるために、難行苦行をして、やっとここまで到着いたしましたが、大王方のお力のため、とうとう閉じ込められてしまい、このままでは西天へ行くことはおろか、生きていることさえおぼつかない有様です。そこで私は考えました。夢のような西天行きをあきらめ、この地で大王の部下にしていただき、この世をおもしろおかしく送った方がよいのではないかと。そのお仲間入りの手土産として、師匠の半偈を献上いたしたいと存じます。

この半偈師匠は仏祖の生まれ変わりで、血を吸えば万年、肉を一切食べただけでも千年は確実に命をのばすことができます。ところが、残悪、忍悪の二大王が計略を設けて谷間に閉じ込めてしまいました。お二人で食べてしまおうという魂胆です。自分らだけで食べてしまおうというのは、独占禁止法に違反し、山の平和共存を乱す怪しからぬやり方です。私はこの山の総帥として最もふさわしい反悪大王さまに師匠を献じたいと、こうして参上したわけです。どうぞ私の命をお助け下さい。そして二大王をやっつけて師匠を召し上がり、一山をおさめて下さいまし」

口から出まかせに述べ立てた。根が単純でアホウの反悪大王はこれを聞いて、履真がどうやって谷底から抜け出せたかの追究もせず、喜ぶとともに、他の二大王のやり口に怒った。

「自分らだけでうまいものを食って長生きしようとはとんでもない奴。お前のいう通り、この山の総帥として最もふさわしい、このわしにまず献上すべきだ。どうしてくれようか。とにかく、殺さねば気がすまぬわい」

履真の思うつぼにはまって来た。

「ごもっともですとも。それについては手下をつれて〝手伝いに来た〟と言えば、先方は決して疑いますまい。そのうちにスキを見て一刀両断なさっては…」

「お前は大した軍師だな。うまく行ったら一方の頭にしてやるぞ」

「ありがとうございます」

反悪大王は手下を連れて残悪大王のところへやって来た。

「同じ山にいながら、自分らだけで食おうとは虫がいいぞ」

「まだつかまえていないのだ。つかまえたら知らせてやろうと思っていたのだ」

「では手伝おう。なかなか手ごわい奴らだそうだからな。一体どこにいるのだ」

といって近寄った。残悪大王が、

「ほれ、あの谷の底だ」

と指さすのを、いきなり横から一突き。大王は声も立てずに倒れて死んだ。残悪大王の手下どもは、ヘナヘナとそこに坐り、手を合わせて「命ばかりはお助けを」と哀願する。反悪大王は、

「よし、お前たちに関係はない。赦してやるから、よく番をしておれ」

と赦して履真にいう。

「和尚は忍悪大王と二人で食うとしよう」

「それはいけません。忍悪大王は残悪大王が殺されたことはまだ知らないのですから、これも片付けて大王一人で召し上がるべきです。何しろ、あなたはこの山の総帥なのですからな」

「そうだとも、そうしよう」

反悪大王は喜んで、谷の後を守る忍悪大王のところへやって来た。

「残悪大王から〝和尚を一緒に食べよう〟と招かれたが、こっちが手薄のようなので助太刀に行ってくれと頼まれたので来た」

と言うと、忍悪大王は喜んだ。

「それはありがたい。肉はきっと分ける」

「だが、方々の大王が知ってやって来るぞ。ほれ、あの通り」

と後の方を指さす。忍悪大王がそっちへ首を向けるところをバッサリ。

「これでうまいものは俺の一人占めにできるな」

「さあ、そううまく行きますかな」

「なぜだ」

「あの和尚が餓え死にするにはあと三、四日はかかります。その間に方々の大王が知って、〝分け前をよこせ〟と言って来るに違いありませんぞ」

「じゃ、どうすればよいのだ」

「大王は悪という字がついているにしては、悪ではありませんな」

「いや、俺は大悪人だ。人を殺しても平気だし、人を食っても何ともないわい」

「そんな大悪人が、どうしてこの山を十悪山と呼んで平気なんですか。なぜ独悪山としないのですか」

「そうだった。俺は天下無双の悪人でないことが恥かしい。お前も、その手助けをするために来てくれたのだものな」

「そうですとも。大王には悪心と悪力はおありですが、悪計が足りません。それを私は力添えいたしましょう」

「よし。お前の計略のおかげで俺が独悪大王になれたら、俺はお前を悪大功臣として、山の半分をほうびにやるぞ」

気前のいい悪大王である。

「いや、私は悪名さえ世に残せば、ほうびなんか要りません。私の計略というのはこうです。〝一緒に唐僧を食おう〟と言って方々の大王をお招きなさい。方々に散っているのですから、決して同時には参りません。それを片っぱしから殺してしまう。最後に大王一人が残り、うまいものも、この山も一人占めとなります。どうですか」

反悪大王はあきれた。

「お前の方が俺よりもよっぽど悪だ。だが、いい計略だ」

招待に応じて五人の大王が次々にやって来た。まず一番近い叛悪大王が、次いで暴悪、虐悪大王が来たのでそれぞれ殺し、死体を片付けたところへ、簒悪と逆悪の二大王が一緒にやって来た。

「二人一緒に来やがった。困ったぞ」

「何でもありません。手下の者に〝和尚らが後の山から逃げようとしている〟と言わせるのです。すると〝それは大変〟と一人が行くでしょう。一人ずつになればワケありますまい」

「なるほど、大いにそうだ」

話が決まったところへ、両大王がやって来た。

「君が苦労してつかまえた和尚なのに我々にも食わせてくれるとはありがたい」

と言っている所へ、打ち合わせ通り、手下が急を告げて来た。反悪大王はわざと驚いて、

「それは大変だ。後は手薄なのだな。困ったぞ」

聞いた簒悪大王、

「何もせずにいただくのは心苦しい。ひとつ、わしに行かせてくれ」

と駈け出した。その姿が見えなくなったのを見すまして、残っていた逆悪大王を一太刀でバッサリ、そして簒悪大王に追いつき、

「大王がみんなやって来たので前の方は心配ない。俺も後へ廻ろう」

「そうかい、じゃ一緒に」

と言って行きかけるのを後から突き殺した。反悪大王は大喜びで洞穴に帰り、履真に言う。

「みんなやっつけたぞ。これもお前のおかげだ。お前を〈逆悪大和尚〉と呼ぼうか、それとも〈悪計大将軍〉にしようか」

「どちらでもよろしいが、その前に一つお話があります」

「何だ」

「殺された大王はみんな閻魔の庁へ行って、あなたを卑怯だ、詐欺だ、うそつきだと訴えるでしょう。ここは一番、どうしても地獄の裁判所で弁明し、同時に死者を慰さめ、恨みを残さぬようにすることが必要です」

「なるほど、いい所へ気がついた。どうすればよいのだ」

「懺悔することです」

「どういうふうに？」

「天に向かってお膝まづきなさい。あとは私がやりますから」

「俺は大王だぞ。大王が膝まづくのか」

「大唐では天子だって天を祭るときには膝まづきますぞ。大王も天子なのですから、そうしなければいけません」

「俺は天子か、皇帝なんだな」

「そうですとも、独悪山の皇帝です」

「では、そうしよう」

と膝まづく。履真は如意棒を取り出し、

「簒悪、殺悪は不忠だから殺されて当然。逆悪、劫

悪は不孝なので殺されるもあたりまえ。暴悪、虐悪は不仁だから殺されても不当ではない。残悪、忍悪は不慈の罪により殺されてもやむを得ない。叛悪は不義なので殺されても仕方がない。また、反悪は叛悪と同じなので、殺されてもやむを得ないが、天に赦しを求めている。天よ、どうなされますか」

と言って一呼吸したのち、

「すべて十悪は許されぬ。反悪は履真をして打ち殺さしめるとの仰せじゃ」

と言うや否や、一撃のもとに反悪大王を打ち殺してしまった。手下どもはびっくりして逃げ出そうとするのを不動金縛りの術にかけ、

「貴様らは助けてやる。その代り石をどけて道をあけろ」

と命じる。外側から手下どもが、内側からは一戒、沙弥が石を突き崩すので、作業はどんどんはかどり、間もなくもと通りになったし、それにつれて悪い匂いも消えてしまった。一行が立ち去ろうとする所へ、土地の神が出て来て感謝した。

「悪念のきざす所、悪魔が生じるもの。以後、大いに気をつけろ」

履真はそう諭して谷を後にした。

一日も行かぬうちに、一つのかなり大きな都会にやって来た。

「帝王の都だ。田舎とは違う。お前たちも粗野な振舞のないように」

という半偈の戒めに、一同かしこまって進む。聞けば、ここは上善国といい、よく拓けた所。しかも君民ともに賢明なので争いもなく、作物もよくできる立派な国とのこと。通行手形を貰うために外務省へ赴いたところ、係の役人が驚いたように叫んだ。

「あなた方はいずれより参られた」

「はるばる大唐からです」

と言って、旅行の理由を述べるが、役人は不思議そうな顔をしている。

「いや、お疑いなら、この通行手形をご覧下さい」

と言うと、手形をとって見て、通過した国々の印がおしてあるので一応、疑念を晴らしたようだが、

「これにてしばらくお待ちを。ちょっと、所用がありますので」

と言って出かけてしまった。しばらくして三、四人の者が来たが、これらの人もいぶかしげに一行を見たのち、出て行ってしまった。

「何か曰くがありそうだな」

「待たせるのなら斎ぐらいだしたらどうだ」

と一戒は早くもブツブツ。そこへ表で喚声がわき起こり、一隊の兵士がなだれ込んで来て、有無を言わさず四人を縛り上げた。半偈はあわてた。

「私どもは西天へ向かう唐僧です。決して怪しいものではありません」

「黙れ、妖僧、ちゃんと証拠があるぞ。あれを持って来い」

と言って取り寄せたのは一枚の画像で、それに画いてある和尚は半偈そっくりなのである。

「どうだ。これでもシラを切るか」

半偈はあきれてものも言えない。

「判ったか。これより陛下の御前へ連行する。王が直々にお調べになるはずだ」

四人は縛られたまま宮殿へ引っ立てられた。ここの国王はまだ十八歳で、昨年なくなった国王のあとをついで若くして王になったが、利口な上に孝行者としている。その母の皇太后は大の仏教信者で、日夜、仏を拝して暮らしていたが、ある日仏が現れて、

「そなたの信仰心をめでて願いを聴き入れて取らせよう」

と言い、吉凶禍福を予言した。万事はその通りになったので、皇太后の信仰心はますますつのった。利口な国王は「何だかおかしい」と思って母を諌めたが、信仰にこり困っている太后は聴き入れようともしない。国王も仕方なく、母の言いなりにさせておいた。

ところが、ある日、仏がまた現れ、花を降らせ、いい香りのするそよ風を吹かせた。太后は感激のあまり、ひとりで仏堂にこもって祈っていたが、しばらくして臣下が行ってみると、太后はかき消すように見えなくなっていた。

国王は驚きあわてて方々を探したが、行く方はさっぱり判らない。結局〝妖僧の仕業〟ということになり、大后の行方とともにその妖僧の画像を手掛りに探し求めていた所へ半偈一行が通りかかり、間違って逮捕されたものである。

縄を打たれて連れて来られた半偈を見た国王は言下に言う。

「こ奴だ。間違いない。これ、妖僧、どうして仏に化けて母上をたぶらかしたのだ」

半偈はそこで氏素性から旅行の目的などについてくわしく物語ったが、国王は信用しない。

「もし、お前のいうことが本当なら、どうしてここまで来られた。途中には妖怪もたくさんいるという。大きな徳か、すぐれた法術がなくてはかなわぬことじゃ」

履真が膝を乗り出した。

「申し上げます。その妖僧の様子をお聞かせ下されば、手前捕えてご覧に入れます」

国王は履真の異相に驚いたが、その生まれと育ち、西天への旅の途中での数々の手柄を聞いて、かなり心が動いた。そして、にせ仏について初めからのべた。

「判りました。どんな奴かと思ったら、けものの変化ですな。大したことはありません。退治してお目に掛けましょう。その前にまず師匠をお赦し下され、斎など賜わりたいものです」

「斎どころか、宴会でもバイキング・パーティでも開くぞ。これ、縄をほどいてつかわせ」

「けっこうです。こんな縄ぐらい何ともありません」

呪文を唱えると、四人の縄は一せいに切れてしまった。役人どもは驚いて逃げようとするので「エイッ」と声をかけると、みんなそこへ棒立ちになったまま目を白黒。国王は驚いた。

「これは大した法力だ。凡僧と思ったのはわしの誤りだった。これへ、これへ」

と招く。四人は殿上に招かれ、けっこうな斎にあずかったわけだが、国王は旅行中のさまざまな話にすっかり感心して、ただ感嘆の声をあげるばかり。

「ところで、妖僧をどうやってつかまえるのだ。当てでもあるか」

「この辺に名のある山はございませんか」

宰相が話を取って、

「ありますとも、ここから六十キロほど離れたところに九尾山というのがあります。名のある山というと、まずここでしょう」

「なるほど、その山に違いありますまい」

と言うと、履真は一礼して空中にとび上がった。国王はびっくりした。半偈が得意そうに言う。

「私にはできませんが、弟子たちには法力がございます」

「なるほど、その法力があればこそ、ここまで無事来ることができたのだな」

と感に堪えた様子なので、

「退屈しのぎに、残る二人の弟子の法術もお目に掛けましょう」

と言って一戒と沙弥に武術くらべを命じた。二人は地上五十メートルばかりの中空に飛び上がり、熊手と宝杖を振って立ち廻りをしてみせた。国王はいよいよ感心して半偈を〈国師〉と呼び、下へも置かぬもてなしぶり。

六十キロを一飛びした履真、目ざす九尾山へやって来てみると、下の方でかすかに鐘の音が聞こえる。地上へ下りたところ、二人の尼僧が洗濯をしながら話し合っている。

「きょうはいよいよ法主さまが大歓喜縁を結ばれるんですね」

「ええ。でも太后さまは嫌がっておいでの様子ですから、どうなることやら」

「ここまで来てしまっては、太后さまも仕方がないでしょう」

「仏門に入った方が、歓喜縁とかいって、あれするなんて、何だかおかしいわね」

履真は蝿に身を変じて尼僧の衣の襟にとまったまま寺の中へ入った。中には過去、現在、未来の三尊大仏が祭ってあり、その前の左には席がしつられてあって、半偈によく似た色白の僧が坐っている。

（なるほど、お師匠さまによく似ているわい。これじゃ間違えられるのも無理ない）

感心してしばらく見ていたが、その右にある空いた席は、どうやら太后のものらしい。感心ばかりもしておれぬので、履真は寺の奥の方へ飛んで行ってみた。すると、一番奥まった錠付きの部屋に太后は閉じこめられていた。齢のころなら三十五、六、色の白い、気品のある、絶世の美人である。その美人が坐って涙ぐんでいるさまは、まさに雨に悩める海棠といった風情《ふぜい》、

（かなりのうばざくらだが、これならエロ坊主がゾッコン参るのもあたりまえだ）

飛び降りて襟にとまり、「太后さま」と呼んだ。太后はびっくりしてふるえながら、

「まだ私を騙そうというのかえ」

「そうではありません。国王のお言い付けでお助けに参上しました」

そう言って姿を現した。太后は後ずさりしてこわがったが、履真がいろいろと説明したため、やっと心をほぐした。

「一体どうやって救い出してくれるのじゃ」

「こうして下さい。奴が呼びに来ましたら、お出まし下さい。そして〝歓喜縁を結ぼう〟と言ったら、三尊仏に、ことの可否をお訊ね下さい。ご心配なく。私に手段がありますから」

と言い終ったところへ、尼僧が呼びに来た。太后は、履真に言われた通り素直に立ち上がる。本堂へ出ると、妖僧は、

「よく来てくれました。これであなたも仏になることができます。いざ儀式をすませて寝所へ」

太后の気の変わらぬうちにとせき立てる。

「少しお待ちを。その前に私は仏さまへおたずねしてみます。もし仏さまが、そうせよとおっしゃいますなら、その通りにいたしましょう。そうでなければ仰せには従いかねます」

「仏さまが声を出されるわけはありますまい」

「いいえ。きっとお答え下さいますとも」

と言って仏前に礼拝して、法主から歓喜縁を結ぶように迫られているが、どうしたものだろうか、と訊ねた。妖僧が、（仏像が口をきいてたまるか）と多寡をくくっていると、意外にも仏が声を出した。

「上喜太后、その方は前世において僧侶であった。だが、まことの仏法を知らず、ただ口先だけで説教をして衆人を惑わした。その罪によって女性に生まれ変わり、今日、このように野狐にまつわりつかれて人たるの道を踏みはずそうとしているのだ。いま前非を悔い改め、まことの仏法に帰依するならば、野狐は退散させてつかわすがどうじゃ」

妖僧は自分の本性を言い当てられてびっくりした。実は九尾の狐で、多年の修練で化けられるようになり、

太后の美貌に目がくらんで仏に化け、太后の信仰心を利用してモノにしようとたくらんだのである。恐れ入って膝まづいた妖僧に仏は告げた。

「こりゃ、九尾の狐、慌てるな。お前は前生は虎であり、たくさんの狐を食い殺した。お前はその罪で狐とされ、こんどは虎に食われる身となった。だが、わしはお前のために大慈悲心を起こし、山の神に言いつけて虎の爪も牙も抜き取らせた。虎は仇を討ったが、実は討てないようにし、善悪の報が違《たが》わないようにしてやる。今日のこのことは中止し、明朝、お前は後の山へ登るとよい。そこに一匹の牙も爪もない虎が寝ているから、お前は本性を現して、その虎の口へ頭を入れろ。それで一切の恨みはなくなるであろう」

太后も妖僧も頭を下げて礼を述べる。履真は王宮へ飛んで帰り、事の次第を王や半偈に告げた。翌朝、一戒に言った。

「ご馳走になるばかりが能ではあるまい。一緒に行って手柄を立てんか」

「よし来た。行こう」

二人して九尾山へ飛び、一戒に歯と牙のない虎に化けさせた。

「妖僧が口へ頭を入れたら隠し持った熊手で退治しろ」

と言い終わって履真が身を隠したところへ、九尾の狐がひとりでやって来た。見ると果たして牙も爪もない老虎が寝そべっている。「仏さまのおっしゃた通りだ」と喜んで頭をその中へ入れる。待ちかねていた一戒は、そばの草の中から熊手を取り出して一突き。九尾の狐はあえない最期をとげた。

そのすきに国王の臣下は輿を持って太后を救い出して王宮へもどる。途中まで出迎えた国王と太后は抱き合って嬉し涙にくれた。

「生き仏さま」「命の恩人」と何度も手を合わせておがむ国王母子に、半偈は、

「仏は即ち心、心は即ち仏です。済度を待ち、形式を喜ぶ心の隙間に野狐が入って来たのです。まことの仏法を信じなされませ」

と勧めて西へ向かった。前の悪大王の場合といい、こんどの野狐の場合といい、騙し討ちにしたのは実は履真の方だったということになる。

「一日も間を置かずに、事件が起こったのは、こんどが初めてだな」

ホッとしたのか、一戒の例の軽口が始まった。

「おかげで忙しい思いをしたが、考えてみりゃ、あの反悪大王の奴、悪たれにしてはトンマな野郎だったぜ。悪党は悪党らしく、もっと徹底していなくちゃいけねえ。強力な独裁者でなくちゃ、海千山千の荒くれどもを抑えて行けるもんかい。たとえていえば、ヒトラーのごとく……」

と履真がいうと、一戒も口をはさむ。

「スターリンのごとく、と言いてえんだろう」

「そいつあ、帝国議会で問題になる発言だな」

「ゴミ箱をのぞいて歩く、どこかの軍人宰相よりは遙かにマシよ」

「トンマといえば、九尾の狐もトンマな奴さ。人間を化かすのが商売の狐が、人間に化かされるなんて、しまらねえ」

「悪業のむくいだ。仕方あるまい」

「それにしても、どうも後味がよくねえな」

と一戒が言うと、履真は、

「仏さまでも方便を使いなさる。正しい目的のためなら、やむを得ずに不正な手段を取っても認められるのだ。気にするな」

「その正しい、正しくないは一体だれが判断するんだ」

「そりゃ、仏さまに決まっている」

「その仏さまが間違ったらどうなる？」

「仏さまに間違いがあるものか」

「全知全能、絶対に正しいというわけか」

「そうだ。仏さまは絶対に正しいと信じるのが仏教なのだ」

「そんなもんかねえ」

一戒は判ったような、判らないような顔をして荷物をゆすり上げた。

造化小児にやり込められる

（一八）

履真は上善国王のために野狐を殺し、太后を正しい信仰に立ち戻らせ、半偈の無実の罪を晴らすという功を立てたわけで、半偈も、「私はとんだ目に遭ったが、かえって大きな善行をした。これも履真のおかげだ」と喜ぶ。履真も、

「いや、あれは仏に化けた奴を、こっちも仏に化けて降したのです。言ってみれば儒者の〝爾《なんじ》に出ずる者は爾にかえる〟ということわざの通りにしただけです」

と笑う。和気あいあいと進むうちに、また山が見えて来た。すっかり山ノイローゼにかかっている半偈は心配そうに言う。

「また山か。こんどはどんな目に遭うのだろう」

「お師匠さまの山ノイローゼはとうとう本ものになったぞ」

と一戒が笑っているうちに、小さな岡を越え、農夫が柴を刈っているのに出会った。履真が声を掛けると、農夫はふり向いた。

「お前さん方はどこへ行きなさる」

「西へ」

「それはちとむずかしい。諦めたが身のためだ」

「なぜだ」

「行ってみれば判る」

「そんな意地の悪いことを言わずに教えてくれ」

農夫は答えずに行こうとしたので、履真が手をあげて指さすと、柴が急に重くなって農夫は尻餅をついた。起き上がろうとするが、どうしても起きられない。

「それ見ろ。教えてくれない罰だ」

と言うと、農夫は仕方なさそうに口を開いた。

「前の東の山の陽山には陽大王がおり、西の山は陰山で陰大王が住んでいる。陽大王はおだやかな人で、陰大王は冷たい。陽大王は〝天は一家だ〟と言い、陰大王は〝地は一族だ〟と言っている。二人とも大変な力持ちで、天にものぼり、地にももぐり、大河をも湧き立たせる。しかも、二人とも槍の名人と来ている。

245　⑱　造化小児にやり込められる

この土地の者は二人の気性をよくのみ込んで逆らわないようにしているからよいが、お前さん方はきかぬ気らしいから、きっともめ事を起こして通れなくなるだろう。それを心配したので、ああ言ったのだ」

「何だ。そんなことか。この辺の人は胆っ玉が小さいのだな。よし、判った。我々は平気だよ」

履真の言葉に、農夫はあきれたような顔をして去って行く。

「大したことはない」

と多寡をくくって一キロも進むと、道が二つに分かれているので、東の道をとった。すると急に暑くなり、百メートルも進まぬうちに耐えられぬほどの暑さとなった。

「秋も深いというのに、何てことだ」

と半偈がこぼすと、一戒も沙弥も汗だくになって、

「暑い、暑い。死にそうだ」

とゲンナリしている。仕方がないので引き返し、今度は西の道を選んだところ、涼しい風が吹いて来て、さっきの暑さは忘れたよう。

「これはいい按配だ」

と喜んでいるうちに、だんだん寒くなり、手足も凍え、血の気は全くなくなったので、驚いてもとの分岐点へ戻った。

「なるほど、東は陽で西は陰か。だから暑かったり寒かったりするのだな。それにしても、両方の気が一つにならぬから、こんなおかしなことになるのだ。山の横に穴をあけて風通しをよくしたら、両方が交わって適当な温度になるだろう」

「理屈はそうだが、そんなに簡単に行くか」

「大丈夫だ。俺とお前とでやってみよう」

履真は一戒に呼び掛けた。

「冗談じゃないぜ、兄貴。一生かかったってそりゃ無理だ」

一戒は予防線を張る。

「いや。この山は中が空洞になっているはずだから、一ヵ所に穴をあければ、あとは大したことはない」

半偈もうなづいたので、一戒も仕方なく、履真と一緒に空へ飛び上がった。山の形を確かめたのち、二人でまず東へ下りてみたところ、真ん中に土の色の変わったところがある。

「ここが変だぞ。やってみよう」

一戒が熊手で突き崩したところ、石の穴にぶつかった。その石を履真が動かすと、中から熱気が火のように噴き出した。

「危うく焼け死ぬところだった」

二人は飛びのいて汗をぬぐう。

「これでよし、こんどは西だ」

行ってみると、真ん中に黒々とした土がある。

「ここだな」

と同様に土を掘り、石を動かすと、一陣の冷気が流れ出し、二人とも凍るような寒さに大きなクサメをした。

「これでは両方別々だ。どうしよう」

「きっと真ん中に壁があるに違いない。空へ上がってみよう」

飛び上がって山の頂上へ来てみると、真ん中に石碑がある。近寄って眺めたところ、何やらむずかしい文句が書いてあるのだが、二人にはよく読めない。が、どうやらこの碑が両方の壁になっていると察し、二人で力を合わせてそれを倒すと、下から大きな穴があらわれ、底の方から、また熱気がほとばしり出たと見ると、次には冷気が流れ出し、その二つが混和したかと思う間に雨が降り出した。しばらくすると雨はやみ、暑からず、寒からずの、おだやかな大気があたりに満ち満ちた。

「陰陽二気が交わり合うと、こんなにもおだやかな気候になるのか」

と感心し合い、戻って半偈に報告して山を越えた。

陽大王と陰大王は洞穴の中にいたが、突然、陽大王は寒くなり、陰大王は暑くなった。

「変だぞ。何かあったに違いない」

と山頂へ行ってみると碑が倒れて穴があいている。

「だれだ、これを倒したのは」

と怒鳴っている所へ、手下の者が、

「変な和尚四人が山を越えて行っております。奴らの仕業に違いありません」

と報告した。それを聞いた狐陽、狐陰の二人の兄貴株の手下が、

「おまかせ下さい。捕えて来ましょう」

と駈け出した。一行に追いついた二人は、

「どこのどいつだ。碑を倒して寒暑を一つにしゃがって。俺たちの縄張りを荒らす奴は赦してはおけねえ」

と斬りかかる。履真は少しも騒がず、

「天地間には和気が必要だ。冷熱の二つに分かれて互いに融合しないのはよくない。砂漠とツンドラでは人は住めないし、作物も育たないではないか。どこまでも我を張るなら、山ごとハネ飛ばしてくれるぞ」

と如意棒をしごいて二人の刀をへし折り、尻をしたたかに叩いて追い返した。

「早く陰陽の大将をあいさつによこせ。ぐずぐずしやがると本当に山を粉微塵にしてしまうぞ」

二人は痛む尻をさすりながら逃げ帰り、両大王に報告した。武力自慢の二人が手もなくやっつけられたのには両大王はガッカリした。

「これはとても力ではかなわぬ。計略を用いよう」

「そうだ、陰陽八卦の陣を造って死門の穴に誘い込んで捕えてやろう」

「それがいい」

両大王は相談をまとめ、一行の先廻りをして八卦の陣を作り、西南の死門に大きな落とし穴を掘り、上に土をかぶせ、まわりに兵を伏せておいた。そして自身は老弱兵ばかりを選んで供とし、一行の前に立ちはだかった。それを見た先頭の履真、

「来たか両大王。話は弱虫の部下から聞いただろう。すなおに通せばよし。刃向かうというのなら、ただではすまんぞ」

「この盗人野郎。本来なら叩き殺すところだが、坊主なのに免じて通してやる。さっさと通りやがれ」

と言うだけで、敢えて手出しをしない。

「見ろ。あんなヘロヘロの手下どもを抱えていては手も出せまい」

と一戒は得意になって行こうとするが、慎重居士の沙弥は、

「どうもおかしい。黙って見のがすはずはないのに。何かたくらんでいるな」

と首をかしげる。半偈も、

「確かにおかしい。履真、どうする」

「私もそう思います。ここへ留まってもおれませんから、三つに分かれて行きましょう。一戒が前衛、お

師匠さまと沙弥が本隊、私は後衛をつとめます」

そこで一戒は先きに立った。いい工合に生門を入ったが、それから驚門へ出るべきなのに、道が狭いものだから、もっと広い道を…と欲を出して死門に来た。ほかの者もそちらへ進んだところ、突然前を行く一戒の姿が見えなくなった。落とし穴にはまったのである。たちまち伏兵が出て来て一戒を縛り上げた。

中を行く半偈と沙弥が驚き、あわてて引き返そうとする所を陰陽大王とその部下が突っ掛けて来たため、半偈は馬もろともつかまってしまった。沙弥は半偈を救出しようとしたが、部下どもに遮られて手が届かない。駈け付けた履真も、自慢の如意棒を振う暇もなく、半偈は両大王の居所の中間にある洞穴に引きずり込まれた。

半偈と一戒を引き据えた陰陽両大王、

「陰陽両気が別々だからこそ、俺たちの存在意義があるのだ。それが一つになると、俺たちは用がなくなり、したがって飯の食い上げだ。よけいなことをしやがって。殺してしまえ」

と命令を下した。手下の者が大ダンビラを抜いて二人の後へ廻ったとき、一戒が大声をあげた。

「やい待て。俺たちに指一本でもふれてみろ。手前《めえ》らは身の破滅だぞ」

「何だと？」

「俺たち一行は何人か知ってるか」

「四人だ」

「いまここにつかまったのは何人だ」

「二人に決まっているわい」

「じゃ、あとの二人はどうした」

「逃げおった」

「それみろ、手前たちがつかまえそこなった二人が手前たちの命とりのたねになるんだ。あの中の一人は斉天大聖孫悟空の後継ぎの孫履真、大聖に勝るとも劣らぬ法力の持ち主で、いままでに退治した妖怪は数知れず。またもう一人は沙和尚の後継ぎの沙弥で、宝杖を振えば鬼神も負かしてしまう。かく言う俺だって天蓬元帥猪八戒の忘れ形見だ。いまここでお前たちに捕えられているのは、お師匠さまを思えばこそだ。その気になれば、こんな縄など切ってしまうのはわけはない」

陰大王は、

「ホラを吹くな。こんな大勢で固めているのに寄りつけるものか」

「それが素人の浅はかさというものだ。兄貴は蝿にでも化けられるし、飛ぼうと思えば地の果て、天上へも行けるわい」

陽大王は、

「この口から出まかせのウソつき野郎、殺してしまえ」

と言っている所へ、一匹の蝶が飛んで来た。いうまでもなく、履真が偵察のために変化して来たのである。

「変だな。この辺に花もないのに蝶が来るとは」

そこで、さっきの一戒の言葉を思い出して気味が悪くなった。

「その蝶は変だ。捕えろ」

手下どもは懸命に追いかける。右に左にいい加減あしらった履真、こんどは蝿に化けた。

「あっ。蝿がいる。こんどは蝿に化けた。早くつかまえろ」

騒いでいる中に、蝿は陰大王の顔にぶつかった。鉄の弾丸が当たったように痛いので、思わず盃を落として顔をおおった。

(首を取りに来たのだ)

そう思うと、もう恐しくて、いても立ってもおれぬ。

「こいつたちの処分は、いまでなくてもよかろう。貴公にあずける。拙者は一応これで失礼する」

と立ち上がる。陽大王は、

「蝿ぐらい大したことはない。むかでやさそりなら話は別だ。まあ落着き給え」

陰大王は仕方なくまた坐り込む。履真はこんどは五十センチもあろうかという羽根の生えた大むかでに化け、梁の上から陰大王に飛び掛かった。陰大王は完全にド肝を抜かれてふるえ出した。

「人間の五人や十人は何ともないが、こんな薄気味悪い化けものは敵わん。いまのうちに本拠へ帰って戸じまりをしっかりしておくに限る」

と言って、あたふたと引き揚げた。履真は、陰大王が臆病で疑い深いのを知って、これを利用してやろうと、姿を消してその後について行った。

陰大王は帰ってからもふるえがやまず、全手下を配置につかせ、それでも足らずと奥の間に通じる戸をすべて閉め、厳重にカギをおろしてからやっと寝についた。

（こんなにしているところを見ると、二人の生命は大丈夫だな。もう一脅しをかけたら、恐れ入って二人を返すに違いない）

そこでまた蝿に化けて、壁の割目から奥の間へ入ってみると、驚いたことに、部屋の真ん中にある大きな石の箱の中からいびきが聞こえる。どうやら恐しさのあまり、その石箱の中へ入って寝ているようである。それを見すましたので、こんどは陽大王の所へ来てみた。陽大王は何の用心もなく、あけっぴろげで大の字に寝ている。そこで二本の毛を抜いて、一本を剣に、一本を縄にしてその枕元に掛けておいてから外へ出た。

外へ出てみると、陰大王の部屋の一隊が巡察をしている。呪文を唱えたところ、その頭は寒透骨と判ったので、その姿に化けて陰大王の寝所へ行き、大王に面会を求めた。大王は用心して戸をしめたまま言う。

「夜中に何ごとだ」

「申し上げます。私がパトロールをしておりますと、山の中でサルのような顔をした例の坊主が、もう一人の色の黒い坊主と相談しておりました。聞き耳を立てましたところ、仇討ちをしたいが仏弟子の身なので人殺しは避けたい。そこで陽大王の枕元に剣を立て掛けて置いた。これを見て大王が後悔して二人を送り返せばよし、でなければ戒律を破っても殺すほかはあるまい、と申しておりました」

「そうか、それで俺のことは何か言っていなかったか」

「申しておりましたとも。石箱の中に隠れたって、如意棒でこなごなに砕いてやるわい。箱と一緒にお陀仏さ、とのことです」

大王はまたしても身体がふるえ出した。

（どうして石箱の中にいることまで知ってやがるのだろう）

「行け。警戒を怠るな」

無理に元気をつけて寒透骨を外へ出したものの、思えば思うほどこわい。そこで、別の部下を陽大王のもとへやり「枕元に剣が立て掛けてあるかどうか」と訊ねさせた。部下は間もなく戻って来て、

「ありました。陽大王もびっくりしておられました」

との返事。両大王はあわてて夜中の会見をすることとした。

「私の枕元の剣をどうしてご存知で？」

「手下の者から聞いたのだ。何でもサル顔の坊主が言っていたとか」

「不思議なこともあるものだ。あいつは本当にそんな神通力があるのだろうか」

「どうにも仕様がない。この上は夜が明けたら一戦交えるとしよう。勝てばよし、負けたら造化山へ行って、どうにかして貰おう」

二人は相談をまとめて別れた。

夜が明けた。昨夜の相談通り、両大王は手下を残らず繰り出して決戦を挑んで来た。履真と沙弥は、ここで半偈と一戒を取り戻さないと殺されてしまう、と思うから必死になって戦う。片や両大王の方は、昨夜の出来事で恐怖心がきざしているのだから、この合戦の帰趨は最初から判り切っている。しばらく戦ううちに、両大王勢は次第に浮き足立ち始めた。勢いに乗った履真と沙弥、両大王にいま一息というところまで迫ったが、大王はいち早く遁走した。大将が背を向けたので残兵は戦う気力を完全に失い、算を乱して敗走する。手下どもに目もくれず、西大王の本拠へ殴り込んだところ、二人の姿はすでになく、齢とった半病人が二、三人いるばかり。

「やい。お師匠さまと弟分をどこへ隠した。白状しろ」

と言うと、残った奴は縮み上がり、

「こ、ここにはいません。大王は盗まれるのを心配して造化山へ送り込みましたので、はい」

「何だ、造化山とは。どんな妖怪がいるのだ」

「妖怪じゃありません。主人は十三、四ぐらいの造化小児です。この小児は天帝と同じぐらいの力があり、大王はその手下になって暑くしたり、寒くしたりしていたのです」

「どんな武器を持っているのだ」

「戦わないのですから武器は持ちません」

「平和憲法で武装を放棄した道徳国家というわけなのだな。力がないのに人が服従するところを見ると、日本のように金をたくさん持っているエコノミック・アニマルなのか」

「いいえ。たくさんの輪を持っており、それにかかると脱け出ることができないので、人はみな降参するのです」

「その山はどこにあるのだ」

「西南十キロほどの所です」

「よし、判った。赦してやるから行け」

手下はびっこを引き引き逃げて行った。二人は早速、雲を飛ばして造化山へ急いだ。なるほど、それらしい山が間もなく見えて来たので下りて探したが、どこにも入口はない。困って土地の神を呼び出して訊ねたところ、土地の神はいう。

「門はありません」

「門がなくて、どうして入るのだ」

「造化小児は禍いと福とを司っており、〃禍福に門はない。ただ人が自分で招くのだ。だから門は要らない〃と常に申しております」

「なるほど、禍福は心にあるものだ。判った」

と笑って土地の神を帰らせたが、

（お師匠さまと一戒をかくまうのは、禍いの門を開くことになるはずだ）

と思って、その門を探したけれども一向に見付からないので、怒って附近の岩をやたらに壊し始めた。

造化小児は、陰陽二大王が半偈と一戒とを送って来たことを知ったが、いずれも仏門に帰依しており、真解を求めての長旅の途中での出事ごとを知っているので、むしろねんごろにもてなしたい。「ぜひ履真らをやっつけてほしい」という大王の要請に対しても、「まあ、そう言うな」となだめるばかりで、味方をして戦ってくれようとはしない。両大王はむくれた。

「そうすると、天地間に尊いのは仏教だけで、造化も陰陽も無用ということですか」

「そう極論を言うな。ある所では有用であり、ある所では無用になる。有といい無といい、所詮は相対的なものなのだ」

「むずかしいことは判りませんが、我々にも面子というものがあります。それを台なしにされたのです。何とかして下さい」

「よしよし。それでは、お前たちの面子の立つように、来たら輪をかけて少し困らせてやろう。そして、此方を軽く見ないようにしよう。それで我慢しろ」

となだめている所へ、「履真が鉄棒で石を砕いています」という知らせ。小児はやっと腰を上げて出かけ、山の頂上の石の上に坐って「サルよ、早く来い」と呼び掛けた。

履真はサルと呼ばれて怒り、あたりを見廻したが誰もいない。と、また「サルよ、何をぐずぐずしている。早く来ないか」という声。頭を上げてみると、万丈もある高い峯の上で手招きしている者がいる。

（ははあ、あれが造化小児という小ワッパか）

と思い、空中に飛び上がったが、それでは曲がない。そこで山の上に鉄棒を立て、その上に乗って先方と同じ高さになって向かい合った。

「何だ。まだクチバシの黄色な小セガレではないか。お前のような奴は、先生についてイロハでも習っておればよいのに、悪王に味方をしてお師匠さまを捕えるとは何ごとだ。その上、この俺さまをサルサルと呼びやがる。近ごろのジャリは礼儀というものを全く知らん。文部大臣や日教組や先生は何をしてるんだ」

小児はこの毒舌にもニヤニヤするばかり。

「こりゃサル。俺は見かけは若いが、お前のひい爺さんよりも、もっと年長なんだぞ」

「うそをつけ。一体いつ生まれたのだ」

「俺の年齢は天地と等しいのだ。周の文王や孔子とも議論しているし、そのずっと前の黄帝とも親しくしたのだ」

「出たらめ言うな。まあいい。俺は議論をしに来たのじゃない。さっさとお師匠さまと一戒を返せ」

「おお、返してやらぬでもない。返してやるから、そこへ膝まづいて〝どうかお返し下さい〟と言え。それがイヤなら、この輪をはめて町へ連れて行き、太鼓を叩いてサル舞いをやらせるが、どうだ」

「ぬ、ぬかしたな。手前《めえ》の自慢の輪って奴は、どんなのがあるんだ。言ってみやがれ」

「ああ、いいとも、輪にはな。名輪、利輪、富輪、貴輪、色輪といろいろある。」

「そんなものが何だ」

「そうはいかんぞ。俺の輪に一度入ったら出られぬぞ」

「俺さまのような大人物にはまるものか」

「さあ、どうかな。もしお前にはまらなかったら即座に友達になって師匠らを返してやろう。どうだ、やるか」

「よし、来い。負けるものか」

そこで小児はまず名輪を投げた。直径二十センチほどのものだが、空に上がると大きなニワトリかごのようになって頭の上からかぶさって来る。履真は空中に飛び上がってそれをはずした。輪はもとの大きさとなって小児の手元にもどる。

「何だ、大したことはないわい」

「そうかな。まだあるぞ」

と言って小児は利、酒、色、財、貴の順に次々と輪を投げたが、いずれも履真をとらえることはできない。

「サル奴。なかなかやるな」

「もうそれでお仕舞いかい」

小児はこんどは貪、嗔《じん》、痴、愛と投げたが、これも履真はうまく逃げた。

「よし、では次はこれだ。これに掛からなかったら、お前は本モノだ」

といって好勝輪というのを投げた。だが、履真はこの輪が飛んで来るのを見たとたん、「何くそ」という気がムラムラと起こって、前のように平気ではおられない。「おのれ、わしとしたことが…」とあせって鉄棒を振り廻したり、横へ逃げたりしているうちに、とうとう好勝輪のニワトリかごに入れられてしまった。小児はカラカラと笑った。

「どうだ、サル、出られまい。まだ威張る気か」

履真は雷のような声を出して力一杯、空へ飛び上がった。輪もそれについて上がって行ったところへ、太上老君が通りかかり、危うくぶつかるところだった。

「危い、乱暴な奴だ」

と老君がよく見ると履真なので、

「何をしてるのだ。いまごろ、こんな所で」

と訊ねる。履真が詫びて、ことの次第を話すと老君は笑った。

「お前はいままで、天上天下に無敵と威張っているから、こんなことになったのだ」

履真には、よく判らない。

「とにかく、この輪をはずして下さい」

「ほかのことなら何でもしてやるが、そればかりは俺にもできない」

「なぜですか」

「お前は自分で掛けたものだからな」

「何ですって？」

「お前は鉄棒を手にしては自分に敵う者はいないと自惚れているから、この輪は離れないのだ」

「……」

「判らぬか。要は勝ち好む念を捨てることじゃ」

とたんに履真は悟った。そこで老君に別れを告げた。

「どこへ行く？」

「下へ降りて小児に詫びを言い、輪をはずしてもらいます」

「いや、その必要はない。輪はもうとれているぞ」

なるほど、輪はもうなくなっている。

「ただの一念あるのみ。多少の力や勇気などを自慢していた自分がはずかしくなりました」

「うん、お前もだんだん本モノになって来たぞ。頑張れ」

老君が行ってしまったので、履真は下へ降りて来ると、小児はすべてを知っていた。

「老君はおしゃべりだから、みんな話してしまったようだな。お前も判ったらしいから、もうよろしい。師匠を返そう」

そう言って小児が山を指さすと、山の前に立派な宮殿が現れた。

「これはこれは。いままではなかったのに」

と履真が不思議がると、小児は言う。

「いやいや、もとからちゃんとあるのだ。お前の心の目がふさがれていたから見えなかっただけだ。すべては己れの心にあるということが、これでよく判ったろう」

履真と沙弥をつれて中へ入ってみると、半偈と一戒もいて、互いに無事を喜び合う。陰陽の両大王もそこへ出て来たところで小児はみんなに言った。

「履真が碑を倒して二つの気を一つにしたのは、西天行きを急いだためで悪意はないのだから、両大王は水に流して、もとの通り山に帰って任務につけ」

両大王は承り、半偈らにもあいさつをして引き上げる。こんどは半偈らに対して、

「お前たちは、真心から仏にお仕えせよ。もともと、ここへ留めるつもりも、いじめるつもりもなかった。ただ、お前たちの道心を強くするためにしたことだ。悪く思うな」

と言って立派な斎を出して手厚くもてなした。四人は厚く礼を述べて造化小児の山を後にした。

大ハマグリの胃の中へ（一九）

造化小児と別れた一行がそれから数百キロも進むと、気候は寒く、日も短くなり、大きな村につかないうちに夕方となった。あたりは一面の野原である。

一行がようやく見付けた野中の一軒家の門を叩いたところ、返事はなくて内から悲しそうな泣き声がする。叩く手もにぶったが、ほかに家はなく、寒さも厳しくなって来たので、やむを得ず少し強く叩いた。すると、中から老人が出て来た。そして履真を見るなり、

「また悪魔が来た」

とおびえて戸を閉めようとする。履真は、戸を閉められては大変、と法力で戸を閉まらないようにして、一夜の宿を乞うた。一戒、沙弥も顔をそろえ、同じように頼んだが、三人の異様な面相を見て、老人はいよいよ恐しがるばかり。そこで三人は顔をやわらげ、ここへ来たいきさつをかいつまんで話したところ、老人

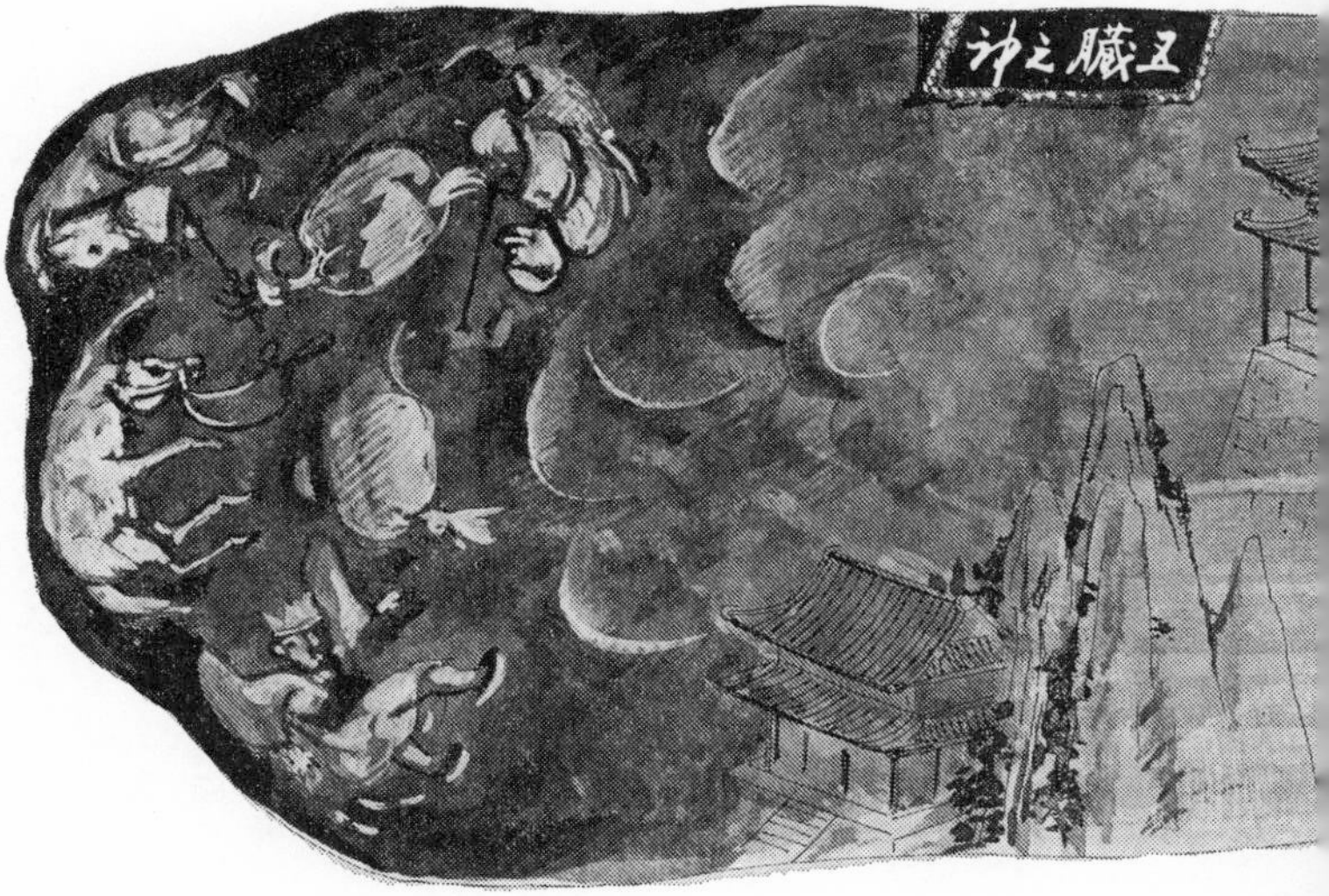

の恐怖心は、やっと消えたらしい。

「なるほど、判りました。しかし、お泊めしたいにも相憎く取り込み中でして」

「どんなお取り込みですか。ことと次第によってはお助けしましょう」

「言っても無駄に決まっている」

「そんなことはありません。失せものなら見つけ、病人なら直し、死者でさえ生き返らせますぞ」

この寒空に野宿をさせられるかどうかの瀬戸際だけに、いろんな公約をならべ立てて気をひく。

「でたらめだろう」

「いや、本当です。私は決してウソは申しません」

「前にもそんなことをいう首相がいたので本気にしたら、酷い目にあった。だから私は政治家は嫌いだ」

「私たちは政治家ではなくて僧侶です。毛のない坊主がウソを言う（結う）でしょうか」

この駄洒落に、老人の心もいくらかなごんだらしい。

「では、奥さまに申し上げてみるから、ちょっと待っていて下さい」

と中へ入った。老人はこの家の下男だったのである。

「取り込み中だが、それは旅の坊さんとは何の関わりもないこと。それに、坊さんの話でも聞けば少しは気が楽になるかも知れない。泊めておあげ」

という女主人のことばを老人が伝えたので、一同は喜んで中へ入る。女主人は四十五、六、なかなかの美人である。一行を迎えて涙ながらにあいさつをする。困った人を見ると放っておけないのが、半偈の性分である。取り込みの理由を訊ねたところ、女主人は涙ながらに話し出した。

——この婦人は未亡人で、一粒種の、今年十八になる息子の劉仁が昨夜、泥棒につれて行かれた。その泥棒というのは、ここから百キロほど離れた山におり、行屍、立屍、眠屍という三人の頭目とその手下どもで、人肉をことのほか好み、常に五、六人の手下に附近をパトロールさせて、近くを通る者は片っぱしから捕えて頭目に献上しているが、それと同時に、二百キロ四方にいる肉のやわらかい若者を探し出しては食うのを常としているので、劉仁も見付かって食われたに違いない——と言うのである。

「攫まったのは、おたくの息子さんだけですか」

「いいえ。きょうのひる間、三十人ばかりの若者が縛られたまま連れて行かれるのを見たという人がいましたので……」

「どこで見かけたのですか」

「ここから十キロほどの所でです」

「すぐ追いかければ間に合うのに」

「とても敵いそうもありませんので」

「それはちと弱気過ぎる。待てよ。ひる間十キロほどの所なら、まだ山塞にはついていないな。よろしい。これから行って取りもどしてあげましょう」

女主人は喜んだ。

「では馬の仕度を…」

「いや、要りません。すぐ出かけます」

と言ったかと思うと、履真の姿はもうそこにいない。

「大丈夫です。奥さん。おまかせなさい。あんな顔をしていますが、弟子は神通力を持っておりますから」

と半偈がそばから慰める。一戒も、

「そうですとも。兄貴にかかっちゃ、そんなことぐらいチョンの間だ」

と口を揃えて言うものだから、女主人も安心して、「生き仏さま」と手を合わせる。

履真は空中から探したが、手下の一行はなかなか見付からない。

（そうだ。俺としたことが。この夕方にゾロゾロ歩くはずはない。どこかで休んでいるに違いない）

と野中の建て物に注意して見ていたところ、いたいた。女主人の家から二十キロほど離れた廟の入り口に、人相のよくないのが五人坐っている。

（あの中に若者を入れて、あいつらは張り番か）

と思って下へ降りた。履真の察した通り、若者たちが歩き疲れて動けなくなったので、ここへ入れて休ませていたのである。

「この盗人野郎、往生しろ」

と鉄棒をふるって打ち掛かった。五人の手下は、まさかと思っていたので武器も放り出して雑談していたものだから、打たれた奴は打たれた奴で血ヘドを吐いてのびてしまい、残る奴はびっくり仰天して逃げ出してしまった。

「逃げ足の早い奴らだな」

と履真は入口の扉を押しあけたところ、若者たちはみな数珠つなぎに縛られて坐らされている。

「劉仁はいるか」

「私です」

と答える者がいる。

「助けに来た。泥棒は追っ払ったから、一緒に帰ろう」

「私たちも助けて下さい」

「よしよし。みんな助けてやる」

といって指さすと、縄は切れてバラバラになる。全員を外へ出させ、目を閉じさせて息を吹きかけると俄かに強い風が起こり、それに乗ってアッという間に劉家の庭についた。

劉家では驚くとともに大喜び、女主人の悲しみの涙はたちまち嬉し涙に早変わり、息子と抱き合って泣く。一緒に戻った若者たちをそれぞれ引き取らせたところで、盛大なご馳走が出され、下へも置かぬもてなしに、食いしん坊の一戒さえ「もうけっこうです」と腹をさすってことわる始末。

五人の泥棒のうち、生き残った三人は、履真が若者をつれて去ったあと、ノコノコ出て来て廟で顔を合わせたが、このままでは帰れない。急いで劉家まで駈けつけてみると、夜中の大宴会が終わってみんな寝につこうとするところだった。それを見すまして夜道を山へとって返し、首領たちに報告した。首領たちは、

「フライにしようか、塩づけにしようか、それとも蒸してやろうかと、朝から楽しみにして待っていたのに、とんでもない奴らだ。とっつかまえて頭から丸かじりにしてやる」

と怒ったが、よく聞いてみると、なかなか手ごわそうな相手なので、ここは一つ謀りごとによって捕えようということになった。

三日三晩のご馳走攻めののち、半偈一行は劉家を発った。山の麓まで来たので、

「泥棒どもがきっと仕返しに来るぞ。油断するな」

と言い合っている所へ、三人の首領が部下をつれて襲い掛かって来た。「ござんなれ」と三人は、腹ごなしを兼ねて迎えうつ。中でも沙弥は半偈のそばを離れずに守護することになっているので、初めのうちは半偈をかばって宝杖をふるっていたが、泥棒どもの挑発に乗って、ついつい半偈と離れてしまった。待ってました、とばかり手下どもが半偈を馬から引きずりおろそうとする。馬が大きくいななくのを耳にした沙弥は、相手にしていた眠屍を捨ててもどり、

「無礼者」

と大声をあげると、手下どもは恐れて逃げ出す。一戒はこの声を聞くと、半偈の身の上を案じ、渡り合っていた立屍の槍を引きはずして救けに来た。眠屍は沙弥をのがすまいと追いかけたが、その眠屍を一戒が追いかける格構になったことに、眠屍は気がつかない。眠屍の後に一戒の姿を見出した沙弥はニヤニヤしながら言う。

「人を追う奴は、ほかの者に追われて殺されるぞ」

「何だと、だれが俺を殺すのだ」

「俺さまが殺すのだ」

と一戒が後から突く。眠屍はたちまち熊手に引っかけられて死んでしまった。一戒に外された立屍は一戒を追ったが、目の前で眠屍があっけなく殺されたのを見て驚いて逃げ出した。一方、履真は行屍と戦っていたが、半偈のことが心配なので適当にあしらって駈け

もどったところへ立屍が逃げて来たので「これはうまい」と如意棒を横に払うと、立屍は受けそこねて骨を砕いて死んでしまった。行屍は「とても敵わん」と雲に乗って逃げ出した。一戒が汗をふきふき、

「三人のうちの二人をやっつけたのだから、もう大丈夫だろう。さあ行こう」

と言うと、沙弥が、

「まあ待て。これで黙って引き下がる奴ではあるまい。劉家へ行って仕返しをするに違いない」

と心配する。半偈も、

「そうだ。人を助けたことが却って仇になっては何にもならぬ。行ってみろ」

というので、履真は、

「俺一人でいい。お前ら二人は物かげに隠れていて、泥棒がお師匠さまを奪いに来たらやっつけてくれ」

と言い残して雲に乗る。劉家へ来てみると、思った通り行屍が手下をつれて来ており、女主人はじめ家族全員を縛り上げ、

「よくも要らぬことをしやがったな。みな殺しだ」

とわめいているところだった。履真は雲からとび下りざま、

「こやつ。もう逃がさんぞ、この棒を食らえ」

と如意棒をふり上げると、行屍は手向かいもせずに風に乗って逃げ出した。手下どもは地べたに坐って頭をすりつけるばかり。履真は手下に家族の縄を解かせ、

「命だけは助けてやる。二度と悪いことをすると承知せんぞ」

と手下を追い出した。一方、行屍大王が山へ逃げ帰ってみると、半偈が石の上に一人坐っている。

(ははあ、弟子どもはいないな。よし、捕えてやれ)

と駈けよると、物蔭から一戒と沙弥が飛び出して行屍をはさみうちにする。行屍は声を出すひまもなく打ち殺されてしまった。

劉家をはじめ、さきに息子を取り戻してもらった家家では「これでやっと安心」とばかり大喜びでまたぞろご馳走ぜめにしようとしたのをふり切って、一行は西へ向かった。

それから五百キロほど進んで峠の上に立ったところ、向うにたくさんの人家があり、城、楼閣、塔もあまたそびえ立つ大きな町があるのが見えた。半偈は喜んだ。

「賑やかな町だな。霊山も近いせいだろう」

「しかし、何となく気に食わぬ町です」

と履真は首をかしげたが、一戒は、

「何でもいい。早く斎にありつきたいよ」

と食うことばかり考えている。とにかく行ってみよう、と峠を下りて五キロも来たが、町へは一向に入れない。それどころか、何もない原っぱが続いているだけである。

「変だな。あれほどハッキリ見えたのに」

「高い所からだったので近く見えたのだろう。もう少し行けば見えるさ」

そう言い合って、なお四、五キロ進んだが、やはり町へは到達しない。

「ひとつ俺が空から見て来よう」

と飛び上がってみると、下は一面の野原で、家なんぞは一軒もない。

（どうもおかしい）

と思っていると、たちまち地上から白い気が立ちのぼり、それが晴れると家や城や楼閣のある立派な町が現れた。

（これはいかん。きっと妖怪の仕業だ。三人がワナにかかっていなければよいが）

と急いで元の場所へ下りてみると、三人の姿はない。

（大変だ。騙されたのだ）

と思って探してみたが、町どころか、野原がどこまでも続いているばかり。また空にのぼってみると、下にはちゃんと賑やかな都会が横たわっている。で、下りかけると、町はだんだん消えて行く。探すにも方法がないので、土地の神を呼び出したところ、土地の神は言う。

「ここは百キロ四方の無人の野です。もとからの野原ではなくて、人の心から造り出した罪悪の海でして、一日中、波が立ち騒いでおり、人がそれに落ちると決して出られない恐しい場所でした。仏さまがそれを憐れんで恒河の砂で埋め立てて平地になさいました」

「海が埋め立てられたのなら、人が住み、田畑がひらけ、町ができ、工場も進出して来るし、立派なハイウェイも造られるはずだ。それなのに、どうしてこんな荒野のままなのだ。ははあ、わかった。悪徳地主がいて売らずに値上がりを待っているのだな。太平洋ベルト地帯でもないこんな不便な所の地価がそんなに簡単に上がってたまるか」

「とんでもございません」土地の神は手をふった。

「平地になり立てのころは、おっしゃる通り、人も住み、田畑もひらけて、かなり繁昌しましたし、工場用地の引き合いもありましたが、仏が砂を運ばれたとき、その砂の中に蛤《はまぐり》がまじっておりました。その蛤は次第に罪悪の海の気を受けて成長し、年功を積んで気を吐くようになると、悪い蛤となって人も家も田畑もみんな飲み込んで食べてしまいました。おかげでここは無人の荒野となってしまったのです」

「なるほど。そう言えば蜃気楼の蜃とは大蛤のことだったな。蜃気楼は海市ともいうぐらいだから、海にだけできると思っていたのに、陸でも出るのか」

「はい。さようでございます。蛤の気によってできた町や城へ人はそれと知らずに入り、そのまま奥へ吹き寄せられ、胃で消化されてしまうのです」

履真は驚いた。

「すると、お師匠さまも、二人の弟分も、馬から行李まで、みんな呑まれてしまったというわけだな」

「かも知れません。ですが、すぐにどうってことはありますまい」

「なぜだ」

「蛤の胃は大きいので、呑まれても十日間ぐらいは生きておれますから、早く救い出せば大丈夫です」

「そうか。しかし、気という奴はどこが口か頭か腹かわからないので手がつけられん。お前は神だから知っているだろう」

「私にも判りません」

仕方なく履真は土地の神を帰らせ、一人で探し始めたが、どうにも判らない。さすがの気丈の履真も失望してボンヤリ坐り込んでしまった。

一方の半偈らは、履真がとび上がってしばらくすると、目の前にたちまち大きな町が現れたのに、びっくりするとともに喜んだ。中でも一戒は、

「兄貴も慌てずに、もう少し待っておればよかったのに。間もなく下りて来るでしょうから、一足先きに入りましょうや。大きなお寺もあるに違いありませんから、そこへ行って斎でもいただきましょう」

「しかし、履真が下りてみて私たちがいなければ困

るだろう。こんな大きな町だから、探すのは厄介だぞ」

「なあに、神通力のある兄貴のことです。きっと探してやって来まさあ。私はもう腹ペコで我慢できません」

半偈も早く西へ行きたいので、それにつられて橋を渡り、城門をくぐった。ところが、一歩城内へ入ったとたん、あたりは夜のように黒々としていて、何も見えない。

「変だぞ。あれほどいい天気だったのに」

と思って空を見上げたが、空は真っ暗である。

「多分、大きな城門がまだ続いているのでしょう。もう少し行けば明るくなりますよ」

と一戒が言うので、そのまま進んでいたところ、一陣のなまぐさい強風が後に起こって、三人を中へ中へと押し込んで行く。一行は足もとめられずに、のめるように前へ進んで、壁にたたきつけられてとまった。たたきつけられたとはいっても、壁は柔かいので怪我はなかったが、真っ暗なので生きた心地はしない。

「一体ここはどこだ」

「城内には間違いないでしょう」

「いや。ここは地獄に違いない」

と言っているうちに、薄ぼんやりと明るくなって来た。一戒が声をあげた。

「明るくなったぞう」

「そうだ、心眼がひらけたので明るくなったのだ」

一戒は立ち上がってあちこち見廻すと、ここは一つの大きな部屋になっており、一枚の額がかかっている。それには〈五臓の神〉と書いてあるのには一同驚いた。

「五臓といえば腹の中のこと、俺たちはいつの間にか怪物に呑み込まれて、その腹の中にいるのだ」

一戒は泣き出した。もはや斎どころではない。聞いた半偈も腕組みをした。

「なるほど。それで判った。町が見えたり見えなかったりしたのは、妖怪が人を迷わしたのだ。城へ入るときに渡った橋は妖怪の舌で、入ってから暗かったのはノドだ。吸い寄せられて入ったここは奴の胃で、周囲の壁は胃壁だから柔かいはずだ」

「ウワーン」と一戒はこどものように泣き出したので、半偈は戒めた。

「一戒、泣くな。生も死もすべて夢まぼろしだ。仏さまの思召しなら仕方がないではないか」

「あーあ。やがて化物のウンコになっちまうのか」

「大丈夫。そうやすやすとは死なぬぞ、そのうちに兄貴がきっと助けに来てくれる」

平素はパッとしない沙弥だが、イザとなると、なかなかしっかりしている。

「どうやって助けに来るのだ。俺たちは腹の中にいるんだぞ」

「しかし、兄貴のことだから、そこを何とかして来るに違いない。仏さまに頼むか何かして」

仏さまと言われて半偈はハッと思った。

「そうだ。忘れていた。あれを呼び寄せる方法を……。私は以前、仏さまに教わった定心真言を念じてあれを花果山から呼び寄せたことがある。よし、あれの頭を痛くするのはかわいそうだが、ほかに方法がないのだから仕方がない。一つ、やってみよう」

半偈は坐り直して念じ始めた。外にいる履真は、取りつくひまもないまま、原っぱに坐ってボンヤリしていたところ、急に頭が痛み始めた。

(おかしいな。頭が痛むなんて、いままでなかったのに)と思っていると止んだ。しばらくすると、また痛み出し、しかも次第に激しくなる。そこで履真もハッと思いあたった。

(お師匠さまだ。お師匠さまが定心真言を念じて俺を呼んでおられるに違いない。とすると、どこかで、いや、多分、妖怪の腹の中に入っておられるのだろうが、この痛みがあるところを見ると、まだ生きておられるのだ)

と喜んだが、どことといって取りかかりはない。けれども、痛みの来る方角だけは判ったので、その方へ顔を向けたところ、たちまち目の前に城門が現れた。

(判った。あの城門が化物の口だな。口なら歯もあるだろう)

と空に飛び上がり、如意棒を取り出して直径三メートル、長さ三百メートルもの巨大な棒に変え、自分も身のたけ三百メートルぐらいのジャイアントになって、片っぱしから城門はじめ城内を壊し始めた。

蛤は歯を数枚折られ、痛いので、にわかに雷のようにうめき声をあげ、真っ黒な毒気を吐き出した。もっとも、城内の家や楼閣は気で出来たものだから、こわされても何ともなかったが、歯をへし折られたのだけは大いにこたえたのである。

毒気はなまぐさい臭いをともなってあたりを包み、履真はそれに目とノドをやられたので急いで空中へ飛び上がった。下は一面の黒い海である。

(妖怪め。形をあらわせば何とかなるが、毒気を吐くばかりでは、どうしようもない)

と思っているうちに、ふと気がついた。

(蛤はもともと海のものだ。海は竜王の支配下にある。竜王に頼んだら何とかなるだろう)

そこで雲を飛ばして西海に来た。それと見た巡海夜叉が竜王に報告する。竜王は急いで出て来た。久しぶりのあいさつもそこそこに、来た用件を話すと、

「たしかに、もとは私の配下なんですが、地上にいて妖怪となったのですから、もはや私の管轄外です」

という。相も変わらぬ官僚的縄張り根性である。

「いまはそうでも、もともと海中のものだし、同類は海にいるのだから、やっつける方法はあるでしょう」

「それはあります。が、私は地上の出来ごとに手出しはできませんから、ご自分でなさって下さい」

といって、金肺珠という玉を貸してくれた。履真は急いで引き返してみると、下は依然として暗黒の海である。

(お師匠さま。もうすぐ助け出しますから待っていて下さい。一戒、沙弥、くじけるな)

と心に念じて金肺珠を投げつけると、不気味な黒気は日光に当たった霧のように、次第に消えはじめ、その下から亀とも竜ともつかぬ妖怪が現れた。履真はまたジャイアントに身を変じて、地上に下り立ち大木のような鉄棒で妖怪を所かまわずなぐりつける。

「貴様の城や楼閣や街はどこへ行った。よくも気を吐いて人を吸い込んだな」

と打ちすえるものだから、痛さにたまりかねた妖怪は、城門のような大きな口をあけて呑もうとする。どっこい、そうはさせじ、と履真は空へ飛び上がる。妖怪はしまったと思ってまた黒気を吐こうとしたが、金肺珠のおかげで出て来るのは無色のただの空気だけ。それでも妖怪は気違いのように暴れながら気を吐き続

けていたが、そのうちに気を吐き尽し、同時に、生命の気も吐き出してしまったと見え、一声大きく叫ぶとバッタリと倒れてそれ切り動かなくなった。

一方、中の三人は妖怪が動きまわるにつれて倒れたり、転がったりしていたが、時折り、ドスン、ドスンという大きな物音がするのを聞き、

「兄貴だ。兄貴が外で戦っているのだ」

「おお、履真が助けに来てくれたぞ」

「しめた。俺たちも内側から攻めてやろう」

と二人して熊手と宝杖をふるって、所かまわず突き立て、切り裂きはじめた。外も痛い、内も痛いで気違いのように暴れ廻ったわけだが、沙弥が宝杖で背骨らしい所を突き破って穴をあけたのがこたえ、痛さの悲鳴をあげて死んでしまったわけである。

半偈はゴロゴロ転がりながら目をつむってお経をとなえているうちに、突然地震がやんだので目をあけてみると、屋根にポッカリと穴があいて日光がさし込んでいるのにびっくりした。

「お師匠さま。穴があきました。早く早く」

と一戒は言いながら、自分が先導しようと穴から首を出した。外には履真が棒を構えているので、あわてて熊手に手拭いを結びつけてふりながら、

「兄貴、俺だ、一戒だ。間違えて打たんでくれ」

と叫ぶ。履真も喜んだ。

「お師匠さまや沙弥は大丈夫か」

「大丈夫だ。けど、穴が少し小さいな。これでは出にくい」

「よし来た」

履真は鉄棒を包丁に変え、外から切り開く。たちまち妖怪は二つになった。半偈も出て来た。沙弥も馬をつれて出て来た。互いに無事を喜び合ったが、

「それにしてもすごい大きな蛤だな。ハマなべにしたら何人分あるだろう」

のんきなもので、一戒ははや食うことを考えている。

「妖怪がいなくなったから、またこの地は発展するだろうよ」

「発展もいいけれど、その次ぎに来るのはお定まりの公害、交通事故、土地の値上がりか。かなわんな」

言い合いながら荒野をあとにした。

東風は西風を圧する？

（二〇）

蛤の腹の中から出て一ヵ月余り進んだころ、前方に山が見えて来た。

「山とはイヤだな」

半偈の例の山ノイローゼが出た。履真は、

「ここはもう霊山から大して遠くありません。高い山はなかったはずなのに、どうしていまあるんでしょう」

と首をかしげる。

「とにかく行きましょう。行くほかはありません。われわれは行くばかりです。行くべく運命づけられているんですから」

一戒が妙に悟り切ったような言い方をするのも、終点が近付きつつあるせいか。進むうちに山は一そう近くなった。大体が松林で、真ん中に道が一筋ついているが、進めば進むほど、道はだんだんけわしくなって

胸突き八丁の上り坂。半偈も音をあげて馬を停めた。

「やむを得ません。だれかに聞いてみましょう」

と履真は脇へそれた。すると、松林の中から鐘の音が聞こえて来た。喜んでその方へ行くと、小さな庵があって門口に〈猛省庵〉と書いてある。戻ってそのことを告げると、半偈は、こんな所に僧侶がいるとは…と弟子たちを待たせて中へ入った。持仏堂には老僧がいたが、半偈の姿を見て出て来た。

「いずこよりお越しじゃな」

「はるばる大唐より参りました。霊山へ行きます。ところで、いま見ましたところ、前の山は大変けわしいようですが、登れるでしょうか」

「あなたはお一人でここまで？」

「いいえ、弟子が三人おります。外に待たせております」

「なるほど、この山をお通りになるについて話せば長くなります。お弟子の方も一緒に聞いていただきましょう」

半偈は三人を呼び入れた。三人を見た和尚は、

「変わった方ばかりですな」

と言うので履真はいささかムッと来た。

「そんなことは、どうでもよろしい。一体この山は、いままであったものですか」

和尚は驚いた。

「あなたは前に西天へ行かれたことがあるのですね」

「どうしてそれが判るんですか」

「以前のことを言われるから」

「通ったことはあります。けれども雲で往来するのですから、下のことはよく判りませんが、どうもなかったように思います」

和尚は大きくうなづいた。

「さよう。なかったのです」

「妙ですな。山は人力では造れません、それがあったり、なかったりとは」

和尚は、そこだ、と膝を乗り出した。

「西方の仏地へはいままで平らかで、だれでも行けたのですが、仏教が中国で盛んになると、怪しげな奴、インチキな奴が多くなって、少しばかりお経をかじって判ったような顔をしたり、葬式と法事にだけ力を入れたり、俗受けする説教をして稼いだりするばかりで、本当の仏法が地を払うようになったので、如来は中国に仏教を伝えたことを深く後悔され、アメション族のように、ちょっと霊山を訪れただけで、真の仏教が判ったような顔をする俗僧や、珍しいもの見たさだけの観光客を拒否するため、霊山の後半分をここへ移して通りにくくされたのです」

「判りました。が、道が一本だけついているのは?」

「いや。それは本当に仏心ある者まで拒否してはならぬという仏のお慈悲です。この道をどこかに上っても、この山の頂上に中分寺という寺があり、大弁才菩薩が通してよい者は通し、通してはいけない者は追い返されることになっております」

「どうも有難とうございました」

といって一行は坂道にかかった。急な道をそれこそ一歩一歩、つまづいたり、すべったりしながらようやく山頂に達すると、いわれた通り大きな寺があり〈中分寺〉という額がかかっている。半偈は弟子を待たせて一人で中へ入り、受付の小坊主に西天行きの趣旨をのべて、菩薩に面会を求めた。

中へ入った小坊主は、しばらくして出て来たが、

「菩薩は〝解を求める者は通せない〟と仰せられます」

半偈は驚いた。

「それはまた、なぜで」

「菩薩は言っておられます。〝むかし、三蔵法師が経を求めたため三蔵真経を渡したが、いまだに庶人を救うことができず、却って仏教を堕落させる結果となり、世尊もつくづく後悔しておられる。解を求めるのは経を求めるのと同じだから、ここを通すわけには行かぬ〟とのことです」

「なるほど。しかし私が解を求めるのは、並の経を求めるのとは違いますぞ」

「どう違いますか」

「そもそものあやまちは、真経があって真解がないからです。私は真解を持ち帰ってあやまりを正し、如来の本当のお教えを広めようという目的で、はるばる参ったのです。このところよくお取りなし下さい」

「そういうことなら、もう一度申し上げてみましょう。が、菩薩はいま趺坐《ふざ》してご修行中です。しばらく門外でお待ち下さい」

半偈は言われた通り、門の外へ出た。話を聞いて一同不安の表情。いらいらしながら一時間も待ったが、小坊主は出て来ない。とうとう一戒がじれて怒り出した。

「俺たちは、お人好しだな。この山にはちゃんと道があるのだから。別にこの寺の許可を得なくても、通ろうと思えば通れる。面倒だから、放っといて通ろうじゃないか」

履真も多少待ちくたびれていたので、

「じゃ、そうするか」

と言うと、半偈はキッとなって、

「霊山を目前にしながら何という情ないことを……。これも、われわれの道心を試す仏のおはからいじゃ。わしは待つぞ」

と目をつむった。一同仕方なく、また腰をおろしたところへ、中から小坊主が顔を出し、一同へ入るように言う。四人がかたちを改めて中へ入り、半偈だけが堂に上がって膝まづくと、菩薩は、

「お前の真心は、すでによく判っている。調べも済んでいる。通ってよろしい。だが、弟子たちは調べる必要があるな」

と言うので、半偈は一々名前を呼んで人定尋問を受けさせる。出身、だれの後裔で、どういういきさつで弟子になったか、途中の手柄は？　などをくわしく訊ねたのち、

「いずれも仏縁とゆかりのある者ばかり、関を通ることを許す。但し、善根の浅い者、凡情の抜けぬ者、罪障のある者は通り抜ることはできない。それはみな各自のせいであって、私のせいではない。感違いをしないよう」

と言って菩薩は台から下り、「ついて来い」と先に立った。一戒が小さな声でいう。

「妙だな。関もないのに」

「黙っていろ」

と履真がたしなめる。寺の門を出てみると、いままでなかった関所が西の方に見えた。

「あんれ、いつの間に」

「菩薩はまさかウソはつかれまい。俺たちには見えなかったんだろうよ」

と言っていると、菩薩は半偈に訊ねた。

「関外に近道もある。もちろん大道ではない。関の内と、関の外と、どちらを選ぶか」

「私は大道を通りたく存じます。どうか関をおあけ下さい」

「よし、開けてはやるが、通るのはなかなかむずかしいぞ。頭をあげてあの額を見ろ」

見ると〈罣礙《けいげ》関〉と書いてある。

「私は何の念もありませんから、したがって罣礙《さわり》もありません」

菩薩は「よろしい」と大きくうなづき、弟子三人を呼んだ。

「お前たちは、どちらを選ぶか」

「弟子は当然、師匠の行く道に従います」

「よかろう。だが、途中でいろんな障害があるかも知れん。けれど師匠はお前たちには構ってくれないぞ。自力で克服しろ」

そう言って関所の封をはがして門を開いた。一同、菩薩に礼を述べて入る。平らな道が続いているだろう

と思っていたのに、案に相違して冷い風が吹き、雪やアラシが降りしきり、道は高く低く曲りくねる石ころ道、おまけに葛やつる草が両方からからみついて歩きにくいことおびただしい。半偈は苦にせず、馬にムチをあててどんどん進む。履真も遅れじとその馬について走って行く。沙弥も荷物は重いが、歯を食いしばって後を追う。

一戒もブツブツ言いながら進んだが、凍った道にすべって倒れた。「痛い」と叫んで起き上がったところ、いばらに着物が引っかかった。やっと取ると、こんどは下の方が引っかかる。怒って力まかせに引っぱったところ、着物を破いた上に、顔をトゲにやられて怪我をした。それぱかりか、引っぱった余勢で後へひっくり返り、頭を石にぶっつけて血が流れ出した。ようやく起き上がって見たところ、三人は知らん顔をしてどんどん進んでいる。

「おーい。待ってくれ。薄情だぞ」

と叫んだが、だれもふり向こうとしない。仕方なく再びノソノソと歩き出したが、こんどは風がまき起こって砂を吹きつける。あわてて目を閉じたところ、木の根につまづいてバッタリ倒れた。「ヤレヤレ」と起き上がってビッコを引き引き歩き出すと、雪とアラレが激しさを増し、肩、大きな耳、長い口に降りつもり、次々に凍って、まるで氷製の人形のようになってしまった。

一時間も懸命に馬を走らせた半偈、ふと見ると目の前に大きな山があり、寺があるのが判った。追いついて来た履真、沙弥とともに山門の前まで来てみると〈中分寺〉という額がかかっている。何のことはない、出発した所へ戻ったわけだが、不思議なことに、西の方にあった罣礙関が消えてしまっている。あきれて立っていると、山の下で会った例の和尚が現れ、ニコニコしながら言う。

「あなた方はどうしたのじゃ。なぜ通られぬ」

そこへ小坊主も出て来た。

「もうお調べは済んだはずなのに、何をグズグズしていらっしゃるのですか」

これが、もとの半偈なら文句の一つもいったかもしれないところだが、その場でハッと悟った。

「私の心に油断があるので、同じ所へ戻ってしまったのでしょう。菩薩の御前で懺悔したい。ご案内下さい」

と言うと、小坊主は、

「それには及びません。菩薩は、あなたに渡すように、とこれを出されました」

と一枚の紙をさし出した。半偈が受け取ってみると、次のように書いてある。

寺前寺後、同一ノ寺
関有リ関無キハスベテ関ニアラズ
真修アラバ何ノワザワイトナランヤ
慧性常ニ明ラカナラバ頑ヲモ赦スベシ
タダ一人、野心貪狡ノ甚ダシキ者アリ
故ニ荊棘ヲ生ジテ道途ハ難シ
ココニソノ意ヲ教エ
一体トナリテ霊山ニ到ラシメン

もとの所へ戻ったのも各自のせいだが、心から仏道を願う限り、たとえ頑なな者でも赦してやろう。ただ一人、まだ心の出来ていないのがいるから、ここで教え諭して誤りを正し、全員そろって霊山へ行かしてやろう…という意味である。


半偈には意味がよく判った。そういえば一戒の姿が見えない。随分困っていることだろう…とあわれになり、小坊主に、

「一戒はまだまだの弟子ですが、せっかくいままで苦労して来たのです。どうか前の罪を赦し、お慈悲をもって関を越えさせてやって下さい」

と言うと、小坊主は、

「もう赦されています」

と言って中へ入ってしまった。するとそこへ、血だらけ、破れ衣、氷人形のような一戒が、びっこを引き引きやって来た。

「ひでえ目に遭った」

とこぼしている。半偈は、

「愚か者、グズグズ言うでない。すべてはお前の心から出たこと、心さえ清浄なら、わしたちと同様、楽に歩けたのだ。これを見ろ」

と例の紙を出して読んで聞かせる。一戒は恐れ入り、

「自分の悪かったことがよく判りました。以後慎しみます」

とうなだれる。そのとたんに、氷は消え、衣の破れ

は直り、血のあとかたもなくなって、すっかりもと通りになった。

「よろしい、一同出発」

と半偈はムチをあげる。こんどは平らな山道を下ってさらに西へ進んだ。このあたりは高い山も大きな河もなく、山の色はつややかで、水は澄み、少しも険悪な様子はない。心楽しく行くうちに、村が見えて来た。半偈は言う。

「ちと腹がへったな。どこかで斎をもらって来ないか」

村の入口まで来ると、家々は小ざっぱりしているし、道路も掃除が行き届いている。だが、不思議なことに、牛、馬、羊、鶏などの家畜がいないし、田、畑、稲、麦、野菜も見当たらない。

「何と変わった所だろう。ここの人は一体、何を食って生きているのかしら」

たまたま一軒の家から老人が出て来た。杖をついて歩きながら鼻をヒクヒクさせ、

「きょうは蓮花の花がよく匂う。また旅の和尚が来るかもしれん」

と言う。履真が近付いて、

「失礼でございますが、斎をいただきたいのですけれど…」

と小腰をかがめると、老人は履真や一戒、沙弥の顔を見てびっくりし、あわてて逃げ出そうとする。履真が、

「別に怪しいものではありません。通りがかりの僧です。斎さえいただければ、すぐ退散いたします」

と言うと初めて安心したような顔をして、

「おお、やはりそうか。どうも蓮花が匂うと思った。斎ならば遠慮なくお入り下され」

と言って家の中へ招じ入れる。客室へ導かれたところ、すでに飯、お茶、くだもの、菓子のたぐいが、ちゃんとととのえられ、ふかし立ての饅頭から白い湯気がのぼっている。

みんなは驚いた。

「どうしてこんなに早く出来たのだろう。まるで待ち受けていたみたいだ。これだけのものを作るには、ずいぶん手間とひまがかかるだろうに」

と言い合っていると、老人はにこにこして「召し上

がれ」と言う。みんな喜んで手を出したが、とくに一戒は大いに気をよくして、片っぱしから平らげ、いまに腹がパンクするかと思うほどのつめ込みぶり。

「おかげで十分いただきました。有難うございました」

と半偈が礼を述べると、老人は言う。

「いやいや。めいめいに備わった衣食ですからお礼には及びません」

半偈は不思議でたまらない。

「私どもが斎をお願いしましたら、すぐにこんな立派なご馳走をご用意下さいました。あまりに早くできたのに驚きましたが、いまはまた、そのようなことをおっしゃる。一体どうしてなのでしょうか」

「そのことですか」と老人は笑った。

「遠方の方にはお判りにならぬかも知れませんが、ここは蓮花村といいまして、小さな村ですが、ここの住人はみな父母から生まれたのではなくて、善行の積もった者が蓮花から自然に生まれ出したものです。ですから、飲み食いもふつうの人と違って、井戸もかまどもありません、田畑も要らないのです」

「では、ご馳走はどうやって出来るのですか」

「仏さまのおかげです。思いが起きると、すぐそれができるのです。あなた方に斎をさし上げようと思うと、それだけで自然にできてしまうのです。ですから、ここには奪い合い、盗み合いということはありません」

半偈は感心した。

「欲望はすべて満たされる、完全な共産主義社会でもこうはいきますまい。私はかつて、〝西の仏地では欲しいことはすべて叶えられるそうだ〟と聞いたことがありますが、そんなこと、あるはずがないと思っていました。いま目の前にそれを見て、私の認識の浅さによる独断をはずかしく思います」

履真も感心した。

「ここはまことに極楽です。ここから見ると、あわれなのは東土の人民だ。人びとはみな苦しみの海に沈んだままになっている。気の毒なことだ」

と言うと、老人は聞きとがめた。

「東の国といわれましたな。あなた方は何か関係がおありなのかな」

そこで半偈は、この旅行の目的を話して聞かせた。

老人は嘆息した。

「〈東風は西風を圧する〉という言葉がありますが、事実は逆ですな。それでは東の人民は浮かばれますまい。お説の通り、ここは極楽です。私は片時も仏恩を忘れたことはありません。けれども、世の中にはヘソ曲りな奴もいるもので、こんなけっこうな生活を批判する者が現われました。冥報和尚という奴です。この和尚の言によると〝こんな生活は堕落であり、修正主義のもとだ。真の幸福は革命から生まれ、革命を忘れた精神に真の解放はない。解放を闘い取ろう〟とか言って、人民をおだて、東教というのを開いて東方の聖者の語録とやらを勉強し、その語録をふり回しながら町をねり歩いたり、奪権闘争とか文化大革命とかをやったり、何か困難にぶつかると、みんなで語録を開いて読み合うことによって解決の方法を見出そうとするような狂信ぶりです。この連中は〈東風は西風を圧する〉と固く信じ込んでいるのです。もしこの和尚の言うことが本当なら、あなた方も東の国に落ちついておればよく、何も苦労してわざわざ西へ来られる必要はないということになりますね」

聞いた半偈もため息をついた。

「もしおっしゃる通りなら、私はここまで参りません。その和尚の言うことが正しいかどうかは、私がここまで来たことでも判りましょう。東方では階級区分がやかましく、労働者、貧農など、いわゆる紅五類以外は何の役にもつけず、知識人はバカにされ、僧侶などはひどく虐待されています。これでは新しい階級社会であり、搾取ではありませんか。ここの人が、自分の生活のよさを忘れ、東方の怪しげな主義にかぶれるなんて、全くとんでもないことです」

「ところが、かぶれる者がふえて困っているんです。第一、この和尚は大変な術者で、その呪文を受けると眠りこけてしまい、そこをやすやすと殺されるのです。また一条の光が和尚を守っているので、刀でも剣でも傷つけることはできません。ここの村の者は徹底した平和主義者なので原水爆はもちろん、ミサイル、軍艦、大砲、機関銃、小銃どころか、刀さえ持っておりませんので、とても敵わず、仕方なく服従している者もいます。あなた方が西へ行かれるには、必ずこの和尚のいる西の村を通られるでしょう。が、なるだけソッとお通りなさい。もし和尚に知れると、〃東を嫌って西へ行く裏切り者、反革命分子、実権派、プロレタリア階級の敵〃などのレッテルを貼られて、やっつけられますよ」

「ご教示ありがとう。しかし、我々は行かねばならんのですよ。何とかして通ります」

一行は礼をいって老人と別れた。老人は、

「冥報和尚の魔力に、くれぐれも気をつけなさい」

と何度も言っていたのが、一行の心の中に残った。

「大分むずかしい議論だったが、要するに冥報和尚は、いま東方で行なわれている仏教のあり方が正しく、ここの仏教は空々莫々で、人びとには家庭の楽しみ、夫婦の喜びはなく、死にはしないが木石と同じだ、東方では喜捨さえすれば貧者も富者となれ、物惜しみすれば富者も貧者になる。仏教のいう応報はすぐ現れる。寺が繁昌し、僧侶が大切にされていることが正しい仏教だ、というにあるようだ。ここまで来て、そんな議論を聞こうとは思わなかった。人間の業とは深いものだ」

と半偈は解説しながら西の村へ入った。見かけは蓮花村と大同小異だが、行き交う人々には活気があり、蓮花村の静かなのと大変な違い。一番にぎやかな所まで来ると、一戒はさっきのご馳走を思い出してよだれを垂らした。

「どうだい兄貴、斎を貰おうじゃないか」

「まだ腹はへるまいに。もう少し行ってからにしよう」

「こんな重い荷物をかついでいるんだから、食わなきゃ身体がもたんよ」

半偈もたしなめた。

「やめぬか。変な和尚のいる所だ。早く通り抜けよう」

「だって、こんな立派な村で斎をもらわず、小さな、うらぶれた村で一杯の雑炊を貰うとは情ないじゃありませんか。どんな和尚か知りませんが、たった十分か十五分か食べるのに気がつくものですか」

「お前のくいしん坊には、いつもながらあきれるよ」

半偈が口をはさんだ。

「貰いたければ貰え。だが、私はまだ欲しくない。

お前たち三人で行くがよい」

「いいえ。私もまだ大丈夫です」

「私も同様です。要りません」

履真と沙弥は断ったので、一戒はすねた。

「何だ。俺だけを行かして、あとでまた〝食いしん坊〟〝仕様のない奴〟と悪口をいうつもりかい。いいよ、いいよ。要らないよ。欲しくなんかありませんよ。もう絶対に腹がへったなんて言いませんよ。食わなきゃいいんだろう。食わずにいて餓え死にしたって、俺のせいじゃないぞ。覚えていろ」

と言うと、荷物を持ち直してどんどん先きへ行ってしまった。半偈は心配した。

「一戒の胃袋は我々のよりも大きいので、本当に腹がへったのかもしれぬぞ」

「大丈夫ですよ。多少、腹がへったって、まさか死ぬようなことはありますまい。第一、あれだけの元気があるんですから」

と、笑いながらゆっくり後を追うた。一戒は腹立ちまぎれに馳け出したが、そのうちに町角へ来た。大勢の人が集まってワイワイ、ガヤガヤさわいでいて通れない。仕方がないので立ちどまって訊ねたところ、

「きょうは十五日なので、冥報和尚さまが斎を下さるというので、みんなこうして待っているのです」

「へっ。あの、斎をですか。それは通りがかりの者でもいいんでしょうか」

「だれでもかまいません。大変なご馳走ですよ」

一戒は嬉しくなって生ツバを呑み込んだ。そして、むらがる人を押しのけ押しのけ、教えられた大きな寺へ足を運んだ。山門を入ると本堂があり、台の上で一人の和尚が説教をしている。大勢の人が熱心に聞き耳を立てているが、食うことに目も耳もくらんだ一戒には、それが説教だとは気がつかない。いまや斎の最中で、ここにいる者はみんな斎をねらって集まった「食い仇《がたき》」だと思ったものだから、人を分けて前へ出た。

「お前さん方は近くの者、いつでもいただける。俺は先を急ぐ旅人だ、斎は先に食わしてもらうぜ」

人びとは、その異様な人相に驚いて道をあける。一戒はようやく前へ出て見渡したが、食事らしいものは何もない。

「何だ、斎を出すというのはうそか」

執事や和尚たちはあきれ顔。

「どこから来たのだ、お前は？　それでも仏弟子か」

「何をぬかす。坊主でも腹がへれば食うわい。早く約束の斎を出せ」

とわめく。冥報和尚は法座からその様子を見て声を荒らげた。

「ブタめ。何だって法話の邪魔をするのじゃ」

「邪魔はせぬ。早く斎を出せ」

「よし、手なみがあるのなら食って行け」

「手なみもクソもあるものか。出してみろ」

冥報和尚は答えず、目を閉じて呪文を唱えると、一戒は急に頭が痛くなってバッタリ倒れ、口から泡を吹き出した。

「見よ。仏法の邪魔をする奴ばらは、このような罰を受けるのだ」

和尚がそう叫ぶと、みんな一斉に手を合わせてひれ伏し、和尚の法力を讃える。

「馬鹿者どもは、ここへ死にに来たのだ。仕方がない。奥の部屋へ放り込んでおけ。もし訪ねてやってくる者がいたら、仏罰を受けて死んでしまったと知らせてやれ」

と言って、一戒の身体と行李とを奥の部屋へ引きずり込ませた。

最後の四難に大弱り（二一）

ふてくさって一人ですっ飛んで行った一戒を追って半偈、履真、沙弥の三人は村へ入ったが、人がごった返しているので、なかなか進めない。かき分けるようにして一時間ばかり歩いてやっと村の外れまで来た。どこにも一戒の姿はない。

「おかしいな。どこかで追い越したのかな」

「怒って走り出したのですから、後になるということはありますまい」

「しかし、いないではないか」

「さては」と履真は思いあたった。

「寺で斎を出すと言っていたのを聞きましたから、一戒はそれを貰いに行ったに違いありません」

「阿呆め。寺に近付くなとあれほど注意しておいたのに」

「私が探して参りましょう」

と沙弥が探す役を買って出た。寺をたずねて行ってみると、大勢の人が出たり入ったりしている。その人ごみの中に紛れて本堂の前まで出ると、一人の和尚が坐っており、人びとはその和尚に手を合わせてから斎堂の方へ流れて行く。沙弥も流されて行ったが、二十余ヵ所の食事場のどこにも一戒はいない。

(食べ過ぎて動くのが大儀になり、どこかで寝込んでいるに違いない)

と方々を探したが、それらしい姿はない。ふと東の廊下の方を見ると、二人の和尚が行李をあけて中を調べている。

(何だか見たような行李だな)

と近付いて見ると、まぎれもなく一戒のかついでいた半偈の行李である。

「こらっ、行李泥棒。何をしやがる」

と怒鳴りつけると、二人の和尚は、

「泥棒なんかするか。あの耳の大きい、口の長い和尚がうちの大和尚の法力によって眠らされたので、その持ち物を調べているのだ」

「何っ! で、死んだのか」

「いや、死んではおらぬ」

沙弥は二人を捕えて殴りつける。二人は悲鳴をあげた。聞きつけた人が冥報に告げる。冥報がやって来てわめいた。

「狼籍者、何をさらす」

「クソ坊主。貴様は強盗の親分か。兄弟を仆して行李を奪いやがって」

「あのブタ坊主があんまり無礼なので、ちとこらしめたまでだ。だれがそんなオンボロ行李なんか盗むものか」

沙弥は怒った。

「俺の兄弟は東国からここまで十万余里、妖怪どもとも随分戦ったが、みんなやっつけて来た勇者だ。それを仆しゃがるとは太え野郎。さっさと生かして返せ。さもなければ、この宝杖が黙ってはおらぬぞ」

「東の方から来たと？　ならば少しは法力もあろう」

「俺はおとなしい方だが、兄貴が聞いたら、ただではすまんぞ。如意棒でこんな寺ぐらいコッパ微塵だ」

「貴様も死にに来たようだな」

冥報和尚はそういって目と閉じて呪文をとなえると、沙弥もたちまたそこへ倒れてしまった。和尚はそれを奥へかつぎ込ませ、くだんの行李を開いてくわしく調べさせた。

中から通行手形があらわれ、それには「唐の半偈和尚が、大唐皇帝の命によって西天へ経の真解を求めに行く」と書いてある。

「何？　東から西へ行くだと？　けしからん。わが教義にそむき、革命的人民大衆の期待を裏切る奴だ。これを赦しては、わしの主義が成り立たん。呼びつけて法力で殺してしまおう」

と怒って二人の和尚に命じた。

「東国から来た和尚に〝斎をさし上げますから〟とか何とかうまい口実をつけて引っぱって来い」

二人はかしこまって出かけた。

一方、半偈と履真、村のはずれで待っていたが、沙弥も一戒ももどって来ない。

「二人とも斎をいただいているのでしょう。沙弥も空腹の様子でしたから」

「そう言えば、多少腹がへったな」

と言って道ばたの庵の前に坐っていると、その庵の中から丸い頭、丸い顔の和尚が出て来て、にこにこ笑いながら、

「和尚、お前の死ぬ時が来たぞ」

という。半偈は少しも騒がず、急いで合掌し、

「さようでございますか。覚悟はとうに出来ております。それはいつのことですか」

「それが何ときょうなのだよ」

履真は大笑いした。

「よけいなことを言っておどかしなさんな。お師匠さまは高徳の方、死んでたまるか」

「そうか。そんならいいだろう。ならば、どうしてあの二人の弟子は死んだのだ」

と言って中へ入ってしまった。半偈は「二人の弟子が死んだ」と聞いて驚き、

「さては冥報和尚の魔法にかかったのではあるまいか。何かわけがありそうだ。たずねてみよう」

と庵の中へ入ると、にこにこ和尚はキチンと坐っている。半偈はうやうやしく、

「ただいまは有難うございました。私の生命は惜しくありませんが、二人の弟子が死んだのは、寿命が尽きたためでしょうか、それとも人に殺されたのでしょうか。お教え下されば幸いに存じます」

和尚はにこにこした。

「殺されたのだ。しかし、わざわざ遠方から来て霊山を目前にして殺されたのでは、折角の努力が無駄になってしまう。お前もきょう、悪くすると殺されかねないが、一つ、お前に法を授ける。助かるものなら、それによって難をのがれたらよかろう」

「有難うございます。どうぞお授け下さい」

「よし、相手が呪文を唱え出したら、お前も唱えるのだ。そうすれば決して負けはしない。いいか、こう唱えるのだ。

毒心ハ仇ヲナス
毒口ハ呪ヲナス
舌頭ヲ嚙ミ破ルトモ
虚空ハ受ケズ

よいか、よく覚えておけ。また会う時もあろう」

と言うと、消えてしまった。「不思議なこともあればあるものだ」と話し合っていると、二人の僧がやっ

て来た。

「東寺の冥報和尚の使いでございます。大和尚が、〝東方から見えた高僧にぜひお目にかかりたい。ぜひお越し下さるように〟と申しております。何とぞお立ち寄り下さい」

半偈も、二人の弟子の行方を案じていたことだし、さっきのにこにこ和尚の教えもあるので直ちに承知し、一緒に東寺へ向かった。

冥報和尚はすでに法座から降りて待っていた。半偈が見ると、白目が多くて黒目の少い悪相である。斎を食べる多くの僧侶は「東から来た高僧と大和尚とが法論を展開するそうだ」と聞いて待っている。

二人は向かい合って法論を闘わしたわけだが、要するに冥報は本書のはじめのころにあるような、通俗的な見せかけの仏教、布施と喜捨で寺が大いに繁昌するのが仏教の興隆だとするのに対し、半偈の方は持論の清浄論を展開して、双方いつまでたっても議論はかみ合わない。冥報はいら立って、

「教えを立てる者は神通力を持っているものです。あなたはどのような神通力をお持ちでしょうか」

半偈はあっさりと言う。

「私はただ一心清浄あるのみで、何の力も持っておりません」

「これはしたり。何の力も持たないことが、そのまま大神通力になるわけですな。けれども何かお持ちでしょう。一つ、お互いにこころみてみませんか」

「いや。本当に何もないのですから、それは困ります」

「法力もないのに私の相手になろうと言われるのか」

と大笑いをする。そばにひかえていた履真にはカチンと来た。

「老和尚。うちのお師匠さまは心正しく、行ないまた正しい人だ。そんな小手先きの法力などを自慢らしくもてあそぶお人ではない。そちらに法力があるのなら、この俺がお相手いたそう」

「弟子のくせに大口をたたくな。このわしと法力を比べようとは片腹いたい。一体どんな法力を持っているのだ」

「一飛び十万八千里の觔斗雲《きんと》、伸ばせば天にもとど

き、縮めれば縫い針にもなる如意棒、七十二の変化、十万八千の毛穴の利用だ」

「大きく出たな、サル奴。そんなにたくさんあるのなら、一つこちらから言ってみよう。そして、それをやり合うか」

「よろしい。やろう」

「では行くぞ。むかしから〝高僧が説法すると天女が花を散らす〟というが、お前の師匠にかつてそんなことがあったたか。いままで論じ合ったがなかったではないか」

「何だ、そんなことか。お師匠さまは一心清浄だから色相をとどめない。だから花は降らないのだ。だが、俺が降らそうと思えば、すぐにも降るわい」

と言って、そっと一つかみの毛を引き抜いて噛んで吐くと、空から匂いのいい風につれて花びらが雨のようにはらはらと降り出した。見ていた人びとは思わず合掌して、

「有難や、生き仏さま。両師の説法のお蔭です」

とほめたたえる。冥報は喜んで聞いていたが、履真は、

「おっと待った。お立ち合い、この花はうちのお師匠さまのために降るのだ。そっちの生臭坊主のためではないわい」

と手で招くと、花は風に吹かれたように、みんな半偈の前に山のように積もった。それと見た人びとは冥報に構わず、半偈の方を向いて、

「こちらのお坊さまの方が有難い」

と手を合わせる。冥報は面白くない。

「そんなことは、子供だましだぞ」

半偈も、

「おっしゃる通り、ほんの子供だましです」

と言って履真に「早くやめろ」と命じた。履真が手を収めると、花はあとかたもない。そうすると、人びとはまた感心して手を合わせる。冥報は怒り出した。

「人を惑わす幻術使いめ。俺のは人の生き死にに関わることだぞ。お前たち二人の命を奪うのは屁でもない。いま手本を見せてやる」

と言って一戒と沙弥の二人をかつぎ出させた。

「見ろ。これが手本だ」

と誇らしげに言う。半偈は思わず声をあげたが、履

真はつかつかと近寄り、身体をさすってみた。

「大丈夫です。お師匠さま。ちょっと眠っているだけです」

「そんなら呼んで醒したらよかろう」

と冥報和尚は笑う。履真はさすりながら、心を閻魔の庁に飛ばせた。直ちに大王に会って訊ねたところ、

「いや、まだこっちには来ていません」

「では死んでいないということですね」

「そうです。だから、腹をよくもんでいると毒気が去って目をさますでしょう」

履真の心は再びもとの場所に帰った。冥報和尚は、

「さあ、どうした、どうした。早う生き返らせぬかい」

とせき立てる。履真があせらずさすっていると、二人の腹がごうごう鳴り出した。「これはうまい」と、もむ手に一層力を入れているうちに、二人はブーッと大きな屁をひったかと思うと、まず一戒が目をさまして起き上がり、

「あーあ、よく寝た。斎はどうした」

とあたりを見廻す。続いて沙弥も起き上がり、

「ひどい和尚だ。行李を盗んだ上に兄弟を殺し、俺までも呪い殺そうとしやがって」

と大声をあげる。一戒もそれを聞いて

「何、俺を殺そうとしたって、けしからん奴」

とにらみつける。冥報和尚は二人が生き返ったのにびっくりしたが、

「盗んだり殺そうとしたりするか。ちょっと中を改め、ついでに一ねむりしてもらっただけだ」

と言って、行李をそこへ放り出させる。一戒と沙弥は、「もう赦せぬ」と熊手と宝杖をふり上げて打ちかかった。冥報は、

「やれるものならやってみろ」

と呪文を唱えたところ、空から直径二メートルあまりの光があらわれ、和尚の身体を包んで光の防弾幕、防護壁を作ったため、熊手と宝杖をいくら打ちつけても和尚の身体には届かない。冥報和尚はその中で笑いながら、

「さあ、どうした。手が出ぬのか。おいで、おいで」

とからかう。履真は二人をとめた。

「放っておけ。そんなものは幻に過ぎない。自然に

消えるさ」

二人が手を止めて見ていると、光は間もなく消えてしまった。こんどは二人が手を叩いて、はやし立てた。

「どうした。消えたぞ。貴様の光は線香花火か」

冥報和尚はいよいよ怒った。

「クソ坊主め、よくも俺の教法を破りおったな。よーし。いまから呪文を唱えて四人とものろい殺してやる」

と言って目を閉じ、呪文を唱え始めた。半偈は(邪が正に勝つはずはない)と信じて平然としていたが、だんだん気が落ち込みそうになって来た。そのとき思い出したのは、さっき、にこにこ和尚から教わった偈である。そこで急ぎ声高らかに三回唱えたところ、身も心もしゃんとして来たし、その声は三人の弟子の心にもしみ通り、三人とも平気になってしまった。

冥報和尚、何回も呪文を唱えたので「もう参ったろう」と目をあけてみたところ、四人ともケロリとしているのにびっくり、

「仆れぬはずはないのに、何とした事だ」

といいきり立ち、舌を嚙み、血を吐きながらなおも念じ続ける。一戒が笑って、

「おい、いいかげんにしろ。〝舌頭ヲ嚙ミ破ルトモ虚空ハ受ケズ〟とお師匠さまは唱えられたではないか」

とからかうと、沙弥も負けじと、

「多分ノドがかわくので、血でうるおしているんだろうよ」

と嘲笑する。冥報和尚は大勢の面前でいいおもちゃにされたので顔中を真っ赤にしていきり立ち、昂奮の余り目から火を出しながら四人を指さし、

「おのれ、法敵め。人民の敵、革命のかたき、無念、口惜しや」

とわめきながら、息たえてしまった。半偈は、

「死ぬまで悟らなかったとは、さても気の毒な和尚だ」

と憐れんで、手向けの回向をした。たくさんの僧俗の中には、もともと冥報和尚をインチキだと思っていた者もいたが、その法力を恐れて敢て歯向かえなかったもので、邪法の滅びたことを喜んで半偈らに盛大な供養をした。

「どうだ。一戒。こんな目に遭ってもまだお前の食いしん坊はやまないか」

と履真がからかうと、一戒は、

「もう、そのことは言いっこなしだ。けれども兄貴、俺がヘマをやったおかげで冥報和尚は死んじまったし、邪法は消えたんだから、これも怪我の功名さ」

とすましている。半偈も、

「何も彼も仏のみ心だ。それにしても〈東風は西風を圧する〉などという危険な思想がはびこらなくてよかった」

と胸をなでおろし、一同は西へ向かったが、あのにこにこ和尚の助けがなかったら、とても勝利はおぼつかなかったと思われたので、例の庵の前に来てみると、そんなものは影も形もない。

「これも仏のお加護であったか」

と改めて西天を拝して道を急いだ。この辺まで来ると、木は花をつけ、草は芳香を放ち、空には鶴が舞っている。仏地の近いのを喜びながら行くと、たちまち前に大きな山が現れた。

ここまで来ても半偈の山恐怖症は直らず、期待二分、不安八分で麓まで達したが、草木が重なり合っていて道らしい道もない。

「道が判らんぞ。どこぞに訊ねる人はいないものか」

と言っている所へ笛の音が聞こえ、牛飼いの童子が牛にさかさに乗って現れた。面白い小僧…と呼びとめたところ、童子は言う。

「道が判らないのでしょう」

「そうだ」

「どこでも道です。どこへでも行かれます」

人を食ったような返事なので履真は腹を立てた。

「でたらめを言うな。まじめに答えろ」

と言うのを半偈が「まあまあ」と制すると、童子は言う。

「ここは大天竺領の雲渡山で、廻り道をすれば千里、真っ直に行けば百里ほどの道のりです。その道は、心を静めてゆっくり行けば平らかですが、腹を立てると水が枯れ、弱気を出すと乗物にも乗れず、心の火が燃えれば道がとだえ、心の風が吹けば何でも飛んでしまい、通れなくなる所です」

履真は笑った。

「仏地が近いと子供まで妙なことを言うわい。では訊ねるが、水もなく、渡しもないのに雲渡山とはこれ如何？」

「中国では〝非礼ハ見ルナ、聞クナ、受ケルナ〟と言うではないか。人にものを訊ねるときは、ていねいに問え。威張ってきく奴があるか」

半偈が笑って、

「まあそう言わずに教えていただきたい。雲渡とは一体どういうわけですか」

「では申しましょう。この山は仏と俗との大事な分かれ目です。道は二筋あります。山の下の道は真面目な人なら通れますが、なかなか骨の折れる道です。山の下の道を行くと峯が三つあり、霊山と向かい合っているものですから、人びとが金銀の気を集めて雲で橋をかけました。これから雲の渡し、つまり雲渡山と呼ぶようになったのです」

「そこには人がいて渡してくれるのか」

一戒が口をはさんだところ、童子は、

「大事なことです。お金を下さるならご案内しましょう。何しろ金の力で作った橋ですから」

「地獄のみか、仏界の沙汰まで金次第とは驚いた。そんなものはやれぬわ」

「そうか。金をくれぬなら案内してやらぬ。勝手にしろ、あとについて来てもいかん」

と言って牛を連れて行ってしまった。すると、その通ったあとに、不思議や一筋の道がついている。

（童子は仏のお指図で道案内に来、金を出すやましい心があるかどうかを試したのだ）

と悟って、心静かにその道を進んだ。道は平らかで何のさしさわりもない。すると、前方の大きな河が見え、幸いなことに舟が岸につないである。駈け出してその舟に行李を放り込んだ一戒は、

「早く、早く。全くついているよ」

と叫ぶ。沙弥は半信半疑で、

「この河を渡れば本当に霊山へ行けるのかいな」

とキョロキョロあたりを見廻したところ、岸の石碑が目についた。その石碑には〈通聖河〉とあり、その下には〈東は崑崙道、西は霊山道〉と書いてある。そこへ半偈らもやって来て一同舟に乗り込む。一戒がサオをとって漕ぎ出したが、しばらく行くと水は浅くな

り、とうとう舟底がくっついて押しても引いても動かなくなった。

「こりゃいかん。縄で引っぱろう」

「よし、そうしよう」

と二人は岸に上がって引くが、なかなか前へ進まない。半偈はいらいらして、

「何だ、もっと力を出して引け」

と怒鳴りつけた。

「これで精一ぱいなんですよ。仕方がありません。岸に上がっていただけませんか」

と言うので、半偈は怒った。

「何だ。舟に乗れ乗れというから乗ったのに、こんどは岸へ上がれか。人を馬鹿にするな」

すると、河はとたんに干上がって水気は少しもなくなった。履真はそばからなだめた。

「お師匠さま。あの子の言ったことをお忘れですか。〝腹を立てると水が枯れる〟とはこのことです。舟から お上がり下さい」

半偈は返す言葉もなく岸へ上がって西へ進む。一戒も身体が軽くなったような気がして遅れもせずについて来たが、日が暮れかかったのであせった。

「少し馬を急がせましょう」

と馬の尻を一つ叩くと、馬は高くいなないて走り出した。半偈は慌てて手綱を引きしめ、ふり落とされまいと懸命。百キロも行ってやっと馬は停ったが、半偈の顔は真っ青で汗は滝のよう、胸はドキドキし、手足のふるえも止まらない。疲れ切って馬から下りると、そのまま地上に倒れてゼィゼィと肩で息をしている所へ三人が追いついた。

「馬鹿。お師匠さまを殺す気か」

と履真は一戒を叱りつけるし、半偈も珍しくいきり立ち、

「阿呆め。すんでに命を落とすところだったぞ。畜生」

と怒鳴りつける。一戒は恐れて行李をかついだまま逃げ出してしまった。

「さあ参りましょう」

「駄目だ。手綱をとる元気もない」

と半偈がいうと、履真が、

「これも童子の言った通りです。〝弱気になると乗

り物にも乗れない〟そうです」

と戒めるものだから、半偈もしぶしぶ立ち上がって馬に乗ったが、身体中が痛くてたまらない。

「やれやれ、とんだ目に遭った」

とこぼしながら行く。すると、前方に火の手があがった。

「おや、失火だな。入山者の火の不始末か」

「人の通らぬこんな山の中でどうしてたんだろう」

「自然発火ということもあります」

そこへ一戒が火のついた草にまみれながら行李と一緒に転んで来た。沙弥が駈け寄って火を消したが、一戒は頭髪を焼かれてツルツルになっている。

「一体どうしたんだ」

と訊ねたが、一戒は声も出ない。

「火の中に入るとは、慌て者だな」

「はいったんじゃない」

「じゃ、どうして焼かれたんだ」

「歩いていると突然まわりの草に火がついたんだ。どうして火が起きたのかさっぱり分らん」

「盛んに燃えてるぞ。どうして通ったものやら」

と半偈が心配すると、履真がいった。

「そうだ。あの童子が〝心の火が燃えると道がとだえる〟と言いましたが、その通りになったのです。お師匠さまがお怒りになったので火が出たのですよ。それにしても、万事あの童子の言う通りになるのは不思議ですね」

半偈は悟った。

「なるほど、お前の言う通りだ。さっき一戒を叱りつけたが、その心から火が起こったわけなんだな。心の火が外にあらわれて火事となる。なるほど。それが判ったら、心が急にサッパリして来た」

一戒も力を得て、

「あれはお師匠さまの火だったんですか。私の身体は構いませんが、道が通れないと困ります。どうしましょうか」

と珍らしく殊勝なことを言う。履真は見廻した。

「馬鹿を言うな。見ろ、どこに火がある？」

「あの火が急に消えてたまるか」

と一戒も頭を上げて見たが、火は全く見えない。喜んで、

「早く行こう」

と先きに立つ。不思議なことに大火のあとは少しもないし、一戒のツルツルもすっかりもと通りになっている。

風が次第に強くなり、一行はよろけるようにして前へ進んだが、一戒は却って喜び、

「いい風だ。もっと吹け、もっと吹け。霊山まで吹きつけてくれ」

と言っていたが、風がうなりを生じるようになると恐しくなり、とうとう頭をおさえて、そこへ坐り込んでしまった。

一時間ほどで風はやんだ。

「これはまた何としたことだ」

と半偈が言うと、履真が答える。

「何でもないですよ。あの子が〝心の風が吹けば何でも飛んで行く〟と言った通りです。そういえば、お師匠さま。帽子はどうなさいました。

「あっ、ない。帽子がなくなったぞ」

長安を出るとき以来かぶっていた帽子がなくなったのには半偈はがっかりした。

「仕方がないですよ。あんなに吹いたんですから」

見廻したところ、一戒がいない。

「人間まで吹き飛ばしたのかな」

と言っているところへ、一戒が草の中から頭を出した。

「もう風はやみましたかな」

一同、吹き出してまた元気を取り戻し、西へ向かった。

首尾よくお釈迦さまの面前へ

（一二一）

一行は、地、水、火、風の難に遭ってから、何となく胸の中がスッキリした。道も平らかなので悠々と進んだが、暮れそうなので、どこかに宿をとろうとしていると、林の中に庵が見えた。近付くと中から蓮花西村で会ったことのある、にこにこ和尚が出て来た。

「頭がさみしそうだな。これをかぶりなさい」

と言って帽子をさし出す。半偈は驚くとともに喜んで馬からとび下りて膝まづき、礼を述べると、和尚はにこにこして、

「いろいろな苦しみに遭ったな。疲れたであろう。早く入って休みなさい。明日はいよいよ如来にお目にかかれるぞ」

「えっ？　明日ですか。本当ですか」

一行は小躍りして喜んだ。

「ところで、お前さんは一体、如来の御心を拝もう

と言うのか、それともお目にかかりたいのか。どちらだ？」

とにこにこ和尚が訊ねる。

「私は下根の者ですから、一度お姿を拝みたいと存じます」

「なるほど、だが、お姿を拝むにも色々ある。色面を拝むのか、空面を拝むのか」

半偈にはその意味がよく判らない。

「それはどういうことでしょうか」

「いまは言えぬ。そのうちにわかる。まあ休め」

四人は中へ入って一晩寝た。

夜が明けたので起きてみたが、庵もなければ、にこにこ和尚の姿もない。

「またしても仏の御導きだ。有難い」

と礼拝して出立した。

このあたりは、草木花鳥、いずれもいままでの所のものと違って清浄の気に満ち満ちている。通る人も見るからに清浄そのものなので、清浄主義者の半偈は大感激、石ころや雑草にまで頬ずりをしたいほどの喜びようで馬を進める。まるでレーニン廟や延安を訪れたコミュニストのようなウットリした表情である。間もなく向うに高い立派な楼閣が見えて来た。履真が言う。

「多分あれは王真観でしょう」

「そうなら金頂大仙がおられるはず。参詣して行こう」

半偈が先きに立って入ると、大仙が庭に立っていて半偈を見て、

「これは御坊、いずこより見えられたな？」

と訊ねる。半偈は進んで、

「唐の天子の命により、真解を求めて霊山へ参りました半偈でございます」

と言うと、大仙は喜んで、

「おお、聞いておる。聞いておる。はるばる唐土より真解を求めて高僧が旅して来るとな。いや、よう参られた。それにしても、三蔵法師は十いく年かかったのに、わずか五年で来られるとは、全くご苦労なこと、近道でもされたのかな」

「いいえ、一足ずつ本道を、この足で踏みしめて参りました」

「本道を一足ずつのう。それは痛快じゃ、明日は仏の御前に出て教えの奥義を悟られるじゃろう。まずはめでたい」

と殿中に招じ入れて四人に斎をふるまった。

「有難うございました。つきましては、霊山への道をご教示いただけますなら幸いでございますが」

「霊山はすぐそこだ。教えてあげてもよいが、一足一足、実地を踏んで来られたのだから、いちいち指し示すこともあるまい」

半偈はうなずいて、敢えてそれ以上は訊ねず、礼を述べて外へ出た。

四人は静かに足を進めた。霊山はそこにあるのに、なかなか到着しない。一戒があせって言う。

「道を間違えたのかな」

「目の前に見えているんだから間違いっこないよ」

「そうさ。少なくとも一歩一歩近づいている。決して遠ざかってはいない」

半偈はそう言って、少しも慌てない。いくつかの山坂を越えると、大きな寺の前に出た。

「世尊のおわす雷音寺であろう」

半偈はうやうやしく、一段また一段と上がって第一

の山門まで来たが、だれもいない。

「如来のお膝下には優婆塞《うばそく》、優婆夷《うばい》、比久《びく》、比丘尼《びくに》合わせて三千の大衆が集《つど》うていると聞いていたのに、一人も見えないとは一体どうしたことだ」

「多分どこかで説法でもされているので、みんなそれを聴聞《もん》に行っているのでしょう」

「説法ならば我々も聴聞したいものだ」

と言いながら第二の山門に来たが、ここにもいない。第三の山門も同様空っぽ。本殿へ廻ってみても、やはり人の姿はない。半偈はあまりのことにガッカリしていると、履真がハタと膝を叩いた。

「そうだ。仏家は本来が空なる門です。それを世の俗人どもが〝仏を拝みたい〟と願うので、方便として、いろいろの形を示されているだけで、世の人は、この仮りのお姿をまことと思って拝んでいるだけです。お師匠さまは清浄を以て旨となさいますので、仏もまた清々浄々の真空を示されたのです」

一戒が不服そうに言う。

「それでは西天に仏はいないことになる。苦労して来る必要はないではないか」

「これ何をいう」半偈はたしなめた。

「履真のいう通りだ。昨日も、にこにこ和尚が〝色面と空面とがある〟と言われたが、これはきっと空面だ。しかし、私は勅命によって来たのだから、色面も拝まなくては復命できない」

「いや。如来の色面にお目にかかるのは決してむずかしいことではありません」

と履真が言うと、一戒は笑う。

「あんなこと言ってらあ。そんなに簡単に拝めるものか」

「よし、そんなら見せてやろう。山門の外で待っていろ」

と三人を外へ出し、自分は毛を抜いて口に入れ、空に吹き上げて「変われ！」と言うと、八菩薩、四金剛、五百羅漢となって両側にならぶ。自分は釈迦如来になって中央の蓮台の上に坐る。すると鐘が鳴り、香煙が立ちのぼる。その物音に外の三人が驚いていると、門番の六金剛が出て来て、

「世尊の仰せだ。入ってよい」

と呼ぶ。三人は喜んで中へ入り、本殿にのぼった。

居ならぶ仏、菩薩の威光に打たれて、三人は腋の下から冷汗をたらたら。ひれ伏す三人に如来は声をかけた。

「東国の僧はそのまま。弟子ども、前へ出よ」

一戒と沙弥が恐る恐る進み出ると、

「お前たちは私が説教中で、みんなそれを聴聞に出かけて留守の間、謹んで待とうともせず、あれこれ私を批判していたようだが、絶対者の私を批判するとは何事じゃ」

「恐れながら、そんなことはございません。心を静め、居ずまいを正し、心に世尊を念じながら待っておりました」

「うそを言うな。ちゃんと聞いたぞ」

「たとえ舌がただれても、そんなことは申しません」

「では、だれが言った」

「兄弟子の履真です。あいつは猿の出身で悪賢い奴ですから」

如来は怒った。

「お前こそ豚の出身で、怠け者、大食い、好色漢と来ている。自分の非をタナにあげて他人をそしる卑劣な奴、それにひきかえ、履真は誠心一図に師匠を護ってここまで来た。この私が、そんなことを知らぬと思うか。金剛、こやつを地獄へ追放して舌を抜いてしまえ」

四金剛が出て来て一戒をつかまえる。一戒は「どうぞ、お赦しを……」と悲鳴を上げるが、如来は、

「いや、いかん。早くしろ」

とせき立てる。一戒はワアワア泣きながら、

「お師匠さま。お助け下さい。あなたの忠実な弟子の一戒めをお救い下さい」

とわめき立てる。半偈が膝まづいて赦しを乞おうとすると、如来はそれを見て大笑い。その顔は履真に変わった。履真は下りて来て半偈を助け起こし、

「あの馬鹿者の言うことをお聞きになってはいけません」

と言って毛をおさめ、菩薩や金剛などを消してしまった。一戒は大汗をふきながら、

「とんだ目に遭わせたな。すっかり胆を潰してしまった」

とボヤいているところへ、例のにこにこ和尚が出て

来て手招きした。

「これこれ。たわむれはいい加減にせい。早く来て如来を拝むのだ」

四人は、にこにこ和尚の後について行くと、山でもなく、水でもなく、寺でもなく、院でもなく、木があって鳥がおり、霞がかかって楼閣のある所へ出た。全体に白い光が満ち渡り、花の香が漂っている。

「あの光の中が須弥園の芥子庵、すなわち世尊のいらっしゃる極楽世界だ。ご用のないときはいつもここにおられる。早く行ってお目にかかり、真解をいただけ」

と言うと行ってしまった。半偈は感激にふるえながら、一歩一歩入りかけたところ、菩薩が出て来て、

「それなるは東国から解を求めに来た僧であろう。世尊がお待ちかねだ。入るがよい」

と言う。半偈が一歩一拝しながら三人の弟子とともに入ると、如来は大きな石の上に坐っておられる。半偈は三拝して膝まづき、真心こめて言上した。

「謹しんで申上げます。南贍《せん》部州は唐の僧半偈こと大顚《てん》、皇帝の命により三蔵真経の解を賜わりたく、ここまで参上いたしました。何とぞ衆生の身の上を憐れと思し召し、格別のお慈悲をもちまして、お下げ渡し下さいますよう、伏してお願い申し上げます」

世尊はうなづいた。

「よいかな、よいかな。さまざまの困苦に堪え、妖怪を克服してここまで参ったその方たちの労、大いに多とする。その方が真解を求めて出発したことは、私もとっくに承知しており、真解を惜しむものでもない。だが、いまの堕落した南贍部州の者たちに真解をやっても果たして効果があるであろうか。いっそ、もとに返して何もなくしてしまった方がよいかも知れん」

半偈は、ここぞと押し返した。

「お言葉を返すようでございますが、経をお作りになりましたのも、三蔵真経を賜りましたのも、ひとえに世尊のお慈悲からと拝察いたします。いま一切をもとに返してしまおうとなされますのも、同じお気持からかと存じます。けれども私は下根にしてただ一心、解をいただきたいという心を何とぞ遂げさせて下さいませ」

「そうか。そうまで申すなら持って行くがよい」

と阿難、伽葉を呼ばれた。

「三蔵の持って行った真経の数は？」

「三十五部、五千四十八巻でございます」

「よし、では、その真解を取らせよ」

「承知いたしました。ところで世尊、三蔵の時には経の数も、難の数も、時の数も、みんな仏門の九九、三三の数に合わせました。いま大顚のは、それと合っていませんが、よろしゅうございますか」

「それは構わない。三蔵はもと私の弟子であったが、説法を聴く際に不謹慎であったため、身に九十九の難を受けさせて罰を全くさせたのだ。大顚には、そのような因縁は全くなくてここへ来たのだから、数に合わずとも授けてよろしい」

そこで二人は半偈をつれて経蔵へ行き、三十五部の真解三十五種を取り出して渡した。梱包したところ、小さな二つの包みになったので、一戒と沙弥に一包ずつ持たせ、如来のところへもどってお礼を言った。如来は、

「すぐさま東土へ行って因縁をすませ、ここへまた戻って来い」

と言われる。半偈は言った。

「承りました。つきましては、仰せによって経を封じてありますが、いま真解を賜りましたので、封は解いてよろしいと存じますが、いかがでございましょう」

「解があれば経を封じる必要はない。ところで、唐の命運ももう長くはない。お前も去りごろだ。長居はするなよ」

半偈は三拝してお礼を繰返し、一同そろって外へ出た。二、三歩行くと半偈が、

「おや、身体が軽くなった」

と言って飛び上がると、そのまま空中に留まって落ちて来ない。「下へ」と言うと、スッと下りた。

「おめでとうございます。真解をいただかれたので身体に霊が通じ、凡胎を脱してしまわれたのでしょう。もう空もお歩きになれます」

と履真は祝い、一戒と沙弥に、

「お師匠さまは身が軽くなられた。みんな雲に乗って行こうではないか」

「馬はどうだろうか」

「馬だって大丈夫だ」

そこで雲を手招きしてみんな乗り、極楽世界をふり返って言った。「行って参りまあす」

香ばしい風が吹き起こって雲は東へ飛んだ。

雲は紺碧の空を東へ東へと進む。あえぎあえぎ登り、妖怪に苦しめられ、餓えにさいなまれた山河や林野が遙か下を後へ後へと飛んで行く。まるで夢のようである。受けた苦しみの数々も、いまとなっては、むしろ懐しく心によみがえる。一戒は不審そうに訊ねる。

「お師匠さまは〝実地を一足一足踏んだ〟と言われましたが、いま空を飛んで行くのも、やはり実地を歩くことになるのでしょうか」

「つまらんことをいうな。仏になられる前は実地に一足一足歩かれたのだが、仏となられたいま、空中を雲で行かれるのも、やはり実地を歩かれることになるのだ。判らんか」

と履真が言うと、一戒はやっと悟り、

「そうだ、そうだったのか」と感心した。

そのころ、唐では憲宗の十六年、というから西暦八二一年、日本では平安時代、嵯峨天皇の弘仁十二年にあたっていた。生有法師は経文を封じられたのですることもなく、したがって信者の布施もめっきり減って寺の台所は火の車。「これもみな、あの大顚めのせい」と恨み続けて三年前に死んでしまった。

憲宗はというと、大顚は西へ行ったま音沙汰ないし、生有は死んだしで、心に大きなすきまが出来たような気持でいる所へ、柳泌《ひつ》という道士が現れて、言葉巧みに道教へ引き入れた。こうして道教に凝った帝は、柳泌の作った金丹を飲んで、その年に急死した。本書の初めの方で述べた通り、これもかつて履真が閻魔の庁で決めた通りである。

穆《ぼく》宗が次いで立ち、長慶と改元して柳泌を死刑に処したが、一たん興隆した道教の勢いはなかなか強く、むしろ仏教を圧するようになった。

半偈らの雲は早く、数日後には長安城に達した。一行は人目につかぬ所へそっと降り、歩いて皇城へ赴いた。前の通り、すぐ入れてもらえると思っていたら、案に相違して門でとがめられた。不審に思って訊ねると、憲宗はついさきごろ亡くなり、いまは穆宗の長慶元年だという。そこで、自分は勅命によって西天へ赴き、いま戻ったことをくわしく述べると、役人は慌てて上奏した。

穆宗は、太子のころに出発したことを聞いた半偈が戻ったという上奏を受け、すぐに御前に召した。半偈は三人の弟子を下に待たせ、自分は昇殿して穆宗の前に進み出た。

「僧大顚、勅命によって西天に赴き、釈迦如来にお目にかかり、三蔵真解をいただいて、ただいま帰任いたしました」

と報告して、三十五巻の真解と、出発に当たって交付された通行手形をさし出した。穆宗は大いに喜び、別席へ半偈と弟子を招いて盛大な宴を張った。半偈が途中で異相の三弟子を得たこと、途中でいろいろの難に遭い、妖を下したこと、天竺で世尊にお目にかかったことをくわしく奏上すると、天子の自分も忘れて膝を乗り出し、手を叩いての喜びよう。

「この異相と術なくしては、妖怪も平らげることは出来まいのう」

と三弟子をも厚くねぎらった。

真解はしばらく洪福寺に預けることにしたが、同寺の住職は生有の弟子なので、半偈にいい感じを持っていない。真解を持ち帰ったと聞いて、

「経を封じられた仏が真解を下されるはずはない。そんなものインチキだ」

と奏上する。天子から訊ねられた半偈は答える。

「世尊は私に、〝封皮をはがし、真解にのっとって経を講ぜよ。〟と命ぜられました」

「では、いつ取るのだ」

「いつとはまだ決めておりませんが、その日はどの寺でも台の上に経を置いて、すぐ封がとれるようにしておいていただきとうございます」

「よし、役人に命じて吉日を調べさせよう」

役人が調べた結果、「釈尊の誕生日の四月八日がよろしい」ということになった。

四月八日までまだ若干間がある。半偈は韓愈(退之)に会おうと思ったが、愈は侍郎に昇進して、いま遠方へ視察に行っているとのこと、残念ながら見送るほかはない。

四月八日がやって来た。洪福寺の住職は「半偈がどうやって封を解くのだろうか」と疑い、仲間と相談し

た。

「あいつはきっと失敗するに違いない。そうしたら早速つかまえて、天下にそのインチキを宣伝してやろう」

と待ちかまえている。半偈が仏命によって封を解き、真解に則って経を講じるという。噂は長安中に伝わり、その日は朝から境内は人の波、境内に入り切れなくて、外にもスピーカーをあちこちに取りつけなくてはならないありさま。机の前にはたくさんのマイクがならび、TVのライトが四方八方から浴びせかけられていることは勿論である。

定刻、鐘が鳴り、大鼓が響いた。半偈は机の前に坐り、経を捧げて黙禱した。それが済むと高い声で、

「僧大顚、ここに仏命によって経の封を解かんとす。わが弟子の履真は、さっそく天下各寺の封を解いて参れ」

と言うと、そばにひかえていた履真は空中にとび上がり
「仰せ、かしこまって候」

と歌舞伎もどきに返事をし、毛をむしって百千万の履真を作った。それらは異口同音に、

「封を解いて参ります」

といって八方に散った。本ものの履真は下へ下り、半偈の前の机の上にある経の金封をはがして脇机に置くと、八方に散った履真は手に手に封皮をもって相次いで帰って来、封皮を積み上げる。履真は身をふるわせて毛をもとにもどした。この日、わざわざ行幸して来ていた天子をはじめ文武百官、群集は一斉に讃嘆の声をあげ、そのどよめきは天地をふるわし、おかげでこわれたテレビ、破れたガラスもあったぐらい。

喜んだ穆宗は、

「封がとれた以上、どうか経を講じて貰いたい」

と言う。半偈は承知して金剛経と金剛解をとり出して、音声朗々と真義を説き始めた。折りから空中に五色の雲がかかり、花が降りはじめ、清浄の気があたりに満ち満ちた。天子、百官、民衆ことごとく頭を垂れ、感に堪えぬ面持ちで聞き入る。洪福寺の住職らも、不遜な企てなんぞ、とっくに忘れ、涙をこぼして手を合わせる。

半偈はすぐにも霊山へ戻って如来にこの始来を報告

したかったが、天子は許さない。

「三十五部ことごとく講ぜよ」と命じて、毎日、洪福寺へ行幸して来る。説教が進んで三十五部目の華厳経が四分の三まで進んだとき、群集の中から、にこにこ和尚が現れた。台に向かって、

「もう十分だ。行け、行け」

と言う。半偈は驚いて台から飛び下りた。

「老師、あなたは一体どなたなのですか」

「わたしか。本当の姿はこれだよ」

といって台の上へ上がり、仏の姿になった。見れば、三蔵の後身、旃壇功徳仏である。

「もう用はあらかた済んだ。私について来なさい」

と言うと、空中から火の目、金の瞳をした仏が現れた。孫悟空の後身、闘戦勝仏である。これまた、

「如来がお待ちかねだ。一刻も早く」

と言うので、半偈はやむを得ず天子に向かい、

「陛下、お聞きの通りです。私たちは急ぎ西天へ参らねばなりません。いままでの説教をお忘れなく。真経や真解を、どうか大切にして下さいますよう」

と言うなり、雲にとび乗った。そでにいた履真、一戒、沙弥、馬も同様、続いて雲に乗る。みんな声もなく、ただあっけにとられている中を、雲はあっという間に西の空へ消えてしまった。

半偈の真解は幸いテープにとり速記もしてあったので、大急ぎで活字にして天下に配布した。何とか語録以上のベストセラーズになったことは言うまでもない。

さて、一同は霊山へ着いた。いよいよ論功行賞である。如来の前に四人と一匹は畏まった。

「真解をもたらして真経の誠の意味を伝えた功は決して小さくない。これというのも、大顚と弟子たちの労苦の賜物である」

と優の講評を与えたのち、

「大顚、その方は清々浄々をモットーとする世にもまれな高潔の僧だけに、清浄喜仏とする。孫履真、その方は先祖そっくりの勇者なので、あとを継がせて小闘戦勝仏とする。猪一戒、その方はまだ俗気が十分抜けてないようだが、手柄に免じて、父親と同じく浄壇使者とする。沙弥、その方は真面目なので師と同じく金身羅漢とする。馬はまた功によって在天飛竜とする」

と申し渡された。一同「有難うございます」と礼を述べる中にあって、一戒だけは黙っている。

「一戒、その方は不服か。職が低いと思っているのであろう！」

「いいえ。職の高低を言うのではありません。いつか父親が〝浄壇はいい匂いを嗅ぐだけだ〟と申しておりましたので、それでは腹が一杯にならないだろうと心配したものですから…」

如来は笑い出した。

「仏にならぬ前はそうであろうが、なった後は、この匂いが甘露にまさるものだ。何なら父親にもう一度訊ねてみよ」

と言われたので、一戒はやっと安心し、喜んでお礼を言った。一応文句を言ってみなければ気の済まない一戒、最後までゴテたわけである。

「私もお師匠さまと同じく仏になれたのですから、頭の輪をはずして下さい」

と履真が言うと、半偈は、

「あなたのおっしゃる通りです。頭に手をやってごらんなさい」

とていねいに答える。履真が手をあててみると、金輪はいつのまにかなくなっていた。

一同、ならんで合掌し、仏法の功徳をたたえる。仏になりたてのホヤホヤの半偈ら四人も、神妙らしく手を合わせる。

　願わくはこの功徳をもって仏浄土に荘厳《しょうごん》し……
　若し見聞《けんもん》する者あらば、ことごとく菩提心を発し、
　同じく極楽浄土に生まれ、すべてここに報ぜん
　十方三世一切仏、諸尊菩薩摩訶《まか》薩、摩訶般若波羅《はんにゃはら》
　密《みつ》

そのとき、如来は眉間《みけん》から白い光を放って三千大千世界を照らされた。その光で東方の暗く濁った国土はすべて清浄で光明に満ちた極楽浄土と化したのであった。めでたし、めでたし。終わりまで読んで下さった読者のみなさんも、本当におつかれさまでした。

（了）

訳者略歴

寺尾 善雄（てらお・よしお）
1923年（大正12年）岡山県生まれ。作家、中国文学研究家。東京外国語学校（現東京外語大学）中国語部文学科卒業。岡山日々新聞社、産経新聞東京本社、秋田書店に勤務。1987年（昭和62年）没。著訳書に『水滸後伝』、『後西遊記』（以上、秀英書房）、『中国文化伝来事典』、『中国故事物語』、『漢詩故事物語』、『宦官物語』（以上、河出書房新社）、『三国志物語』（光風社出版）、『諸葛孔明の生涯』、『知略の人間学』『貞観政要に学ぶ』（以上、三笠書房）ほか多数。

後西遊記 第二版

2023年4月25日　第1刷発行

訳　者　寺尾善雄
発行者　瀬戸起彦
発行所　株式会社 秀英書房
東京都世田谷区宮坂 3-2-10　〒 156-0051
電話　03-3439-8382
https://shueishobo.co.jp

装　丁　タカハシイチエ
印刷所　歩プロセス
製本所　ナショナル製本

ISBN978-4-87957-151-9

安泰の世は永く続かず！再びはじまる戦国時代！

後三國演義（『三国志』後伝）　寺尾善雄 訳

三国鼎立時代の最後に天下を統一した魏は、権臣・司馬炎に国を奪われて晋の時代となったが、諸王の権力争いから朝政は乱れた。女道士・石珠と武人・劉弘祖の二人は、続々と集まる憂国気概の同志と結んで、天下平定のために晋都洛陽を目指す。知謀あり、武勇あり、武術、妖術が入り乱れる混戦のうちに、首尾よく勝利の日を迎える痛快な歴史物語。

定価（本体二五〇〇円＋税）

梁山泊に英傑が再結集！予想を超えた展開に！

水滸後伝　陳忱 著　寺尾善雄 訳

民衆の英雄『水滸伝』の生き残りたちが、運命の糸に操られて再び大同団結し、戦いに嬖言《へいごん》によって殺された不運の兄弟たちの無念を晴らそうと、大陸と海を舞台に痛快極まりない縦横無尽の大活躍を繰り広げる。民衆の願望の中に生き続けるこれら英雄たちの復活劇を快テンポの筆で見事に活写した『水滸伝』の後日譚。

定価（本体二五〇〇円＋税）